www.tredition.de

AF177069

Johanna E. Cosack

Ich darf nichts sagen.

Roman

© 2020 Johanna E. Cosack
Umschlag: Johanna E. Cosack, IStock
Lektorat: Michael Lohmann
Verlag & Druck: tredition GmbH, Halenreie 40-44,
22359 Hamburg
ISBN
Paperback   978-3-347-11630-6
Hardcover   978-3-347-11631-3
e-Book   978-3-347-11632-0

Wer bin ich *wirklich*?

Ein *Name* – der mir gegeben wurde und wieder in Vergessenheit gerät?

Ein *Geist* – der von Verlangen nach Besitz und Weisheit getrieben wird?

Ein *Körper* - der sich fortpflanzt, altert und stirbt?

Ich bin ein *Nichts im unendlichen Universum.*

Für Sybill Ehrmann-Schneider und Heide Fischer.

Erstes Kapitel

Nina weinte lautlos. Sie hatte die Bettdecke über den Kopf gezogen und umklammerte ihren Teddy. Doch selbst der konnte ihre Frage nicht beantworten. Seine Knopfaugen glänzten nur schwarz und vorwurfsvoll.

Nina fasste sich an die Stelle, wo Papa ihr immer wehgetan hatte, wenn Mama arbeiten war und er seinen nackten, verschwitzten Körper auf ihren presste. »Wir spielen doch nur Bauch-Bauch.« Er keuchte dann und sein Atem roch bitter nach Alkohol. Sie hatte ihn gewähren lassen und ihr Gesicht abgewandt, damit er ihre Tränen nicht sehen konnte. Ihr zarter Körper schmerzte, sie verstand dieses Spiel nicht. Ihr größter, geheimer Wunsch war ein Schlüssel für die Badezimmertür, denn sie wollte endlich keine Angst mehr haben, wenn sie dort allein war.

Sie hatte Papa lieb und ihm fest versprochen, niemand zu verraten, dass sie manchmal im Badezimmer vor ihm knien musste. Es fühlte sich eklig an und tat ihr weh, aber er hatte sie sicher nicht mehr lieb, wenn sie sich weigerte.

Eines Tages war Papa weg.

Sie zermarterte sich ihren kleinen Kopf über die Frage, was an ihrem zwölften Geburtstag geschehen war. Was hatte sie denn angestellt? Sie hatte doch immer alles getan, was er von ihr verlangte.

Sie hatte Angst, dass Mama ebenfalls fortgehen könnte, und wagte nicht, nach dem Warum oder Wohin zu fragen. Nein, sie durfte ihre Mutter nicht noch mehr belasten. Das leise Wimmern eines Neugeborenen im Nachbarzimmer und der Anblick ihrer übernächtigten

Mutter ... all das war ihre Schuld. Und wenn sie dem kleinen Wesen frühmorgens sein Fläschchen gab und seinen süßen Babyduft schnupperte, spürte sie, dass sie ihren Bruder brauchte.

Zusammen waren sie nicht mehr so allein.

Siebenundzwanzig Jahre, vier Monate und elf Tage nach seinem Verschwinden knabberte Nina lustlos an einem Stück ihrer Lieblingspizza. Das italienische Restaurant war fast immer ausgebucht und die Kollegen in Anbetracht der Enge an den langen Holztischen lieber zu einem Würstchen-Imbiss weitergezogen.

Aber Nina war der Appetit vergangen, denn sie verabscheute Oliven, die entgegen ihren Wünschen wieder auf ihrer Pizza lagen. Jedes Mal aufs Neue ärgerte sie sich über die Nachlässigkeit des jugendlichen Personals, ihre Bitte zu ignorieren, die Oliven wegzulassen. Jetzt lagen die Früchte wie glänzende schwarze Käfer zwischen den angebissenen Stücken auf ihrem Teller und Nina wollte endlich zurück in die Agentur.

Während ihre Füße ungeduldig wippten, blickte sie über die anderen Gäste hinweg, um nach der Rechnung zu verlangen. Dabei bemühte sie sich vergeblich, die laute Stimme ihrer Tischnachbarin zu ignorieren, die sich bei ihrer Freundin darüber beschwerte, dass ihr Mann zu häufig allein verreiste.

Mein Gott, dann lass ihn doch! Nina warf die rot karierte Papierserviette auf den Teller. Die Situation erinnerte sie aber sofort daran, dass Michael vor Kurzem ebenfalls für zwei Tage weggefahren war, ohne ihr einen Grund hierfür zu nennen. Er war noch nie allein verreist! Sie wollte ihn schon längst darauf ansprechen, aber auch diese Frage wurde von der Routine der alltäglichen Konversation überrollt. Seit der Rückkehr schien ihn etwas zu beschäftigen, denn er wirkte wortkarg und nachdenklicher als zuvor. Aber es gab so vieles, das sie ihm schon lange sagen wollte – wenn sie nur endlich könnte.

Nina ging nicht, sie lief. Und selbst wenn die zierliche Gestalt für ein paar Sekunden innehielt, schien sie immer auf der Flucht vor einer imaginären Bedrohung zu sein. Die scheuen Augen hinter den langen dunkelblonden Ponyfransen vertieften sich nur kurz im direkten Blickkontakt mit anderen Menschen, aber ihrer ruhelosen Aufmerksamkeit entging selten etwas. Sie strahlte eine beängstigende Energie aus, die bei den Kollegen den Eindruck erweckte, Nina sorgte für fast alles. Ihre Bereitschaft mehr – und von anderen ungeliebte – Aufgaben zu übernehmen, war im Laufe der Zeit zu einem festen Bestandteil der Unternehmenskultur der Agentur Springer&König geworden.

In den modernen Büroräumen der Frankfurter Werbeagentur herrschte wie gewöhnlich jene konzentrierte Lässigkeit, die für den Ideenreichtum der Mitarbeiter und damit für Erfolg sorgte. An manchen Arbeitstagen allerdings verwandelte sich dieser Mikrokosmos in einen Bienenstock, in dem jeder Einzelne seinen Aufgaben nachging, aber in deren Ergebnis doch alle miteinbezogen waren. Eine mitunter chaotische Masse von kreativen Individuen funktionierte so perfekt wie ein Schweizer Uhrwerk.

Kahle Fenster, die von dem dunklen Parkettboden bis hoch zur weiß gestrichenen Decke reichten, eröffneten den Blick auf die alten Backsteingebäude in der Umgebung. Die warme Nachmittagssonne fiel auf eines der grellbunten Sofas, die überall in den Räumen zum Ausruhen einluden. Zwei Praktikanten hatten es sich darauf bequem gemacht und betrachteten unter Feixen ein Youtube-Video auf dem Laptop.

Von ihrem Schreibtisch aus beobachtete Nina die beiden. Sie selbst hatte gleich nach dem Studium als Marketing-Assistentin in der Werbeagentur angefangen. Nur dieser Job schien zu ihrer Persönlichkeit zu passen und war es bis heute geblieben.

Wenige Wochen zuvor war ihre Mutter nach kurzer Krankheit gestorben und Papa ... nein ... Nina wandte den Blick ab.

»Hier, Nina-Schatz, hab ich dir mitgebracht.« Ferdi, einer der Junior Designer, stellte einen Kaffeebecher neben Ninas Mac.

»Hey ... alles okay bei dir? Du bist gerade etwas blass um deine hübsche Nasenspitze.« Seine freundlichen braunen Augen sahen auf Nina herab. Er zog die Schultern bis zu den tiefroten Ohren hoch und begrub beide Hände in den Taschen seiner Jeans, so als suche er darin sein überzeugendstes Lächeln.

»Du, Nina-Schatz, ich habe ein Moodboard für die Wellness-Drink-Kampagne in deine Mailbox gelegt. Könntest du eventuell mal drüberschauen und wir reden später darüber?« Ohne die Hände aus den Hosentaschen zu nehmen beugte er sich zu ihr »Pierre nervt mich schon den ganzen Tag damit.«

»Oh je, Ferdi, du bist nicht der Einzige, der von Pierre genervt ist. Ich arbeite gerade an seiner Müller-Präsentation.« Nina hob kurz den Kopf und pustete eine

Haarsträhne aus dem Gesicht. »Ich hab noch die Excel-Tabelle mit der Kostenschätzung und etliche Sachen für vorgestern auf meiner To-do-Liste und eigentlich muss ich heute pünktlich weg. Ich gucke mir dein Moodboard aber gern heute Abend von zu Hause aus an und wir reden morgen früh. Ist das okay?« Sie ärgerte sich ein wenig über ihre Bereitwilligkeit, denn Michael hasste es, wenn sie abends arbeitete.

Ferdis schlaksige Gestalt richtete sich wieder auf, wobei er von einem Fuß auf den anderen trat, um dann auf Ninas Schreibtischecke Platz zu nehmen.

»Hmm ... könnte nicht Sandra die Excel-Tabelle übernehmen? Sie ist doch so fit mit diesem Formelquatsch.«

Sein sommersprossiges Gesicht verzog sich zu einem breiten Grinsen, während er eine Locke seiner rotblonden Haare wieder hinter dem Ohr befestigte. »Ich hoffe, dass Pierre heute nicht noch mal danach fragt – du kennst ihn ja.« Er betrachtete die Seiten der Präsentation, die auf Ninas Monitor geöffnet war, als ihr Telefon summte.

Bevor sie sich melden konnte, hörte sie Michaels vertraute Stimme: »Nina, ich bin schon zu Hause und stelle dich jetzt mal auf Lautsprecher. Hör mal. Wie findest du diese Melodie?« Wie aus einer anderen Galaxie strömten die harmonischen Takte eines Klassikstücks aus dem Hörer, aber sie lauschte ungeduldig auf deren Ende.

»Michi, das klingt wunderschön, von wem ist das?«

Ferdi machte keine Anstalten, wieder zu seinem eigenen Schreibtisch zurückzukehren, sondern nippte genüsslich am Kaffee.

»Baby, das ist von mir! Ich habe diese Melodie

geschrieben. Heute Abend spiele ich dir das ganze Stück auf dem Flügel vor und ...«

Michael atmete hörbar tief ein.

»Und außerdem habe ich eine riesengroße Überraschung für dich.« Er schwieg und erwartete offenbar eine Antwort. »Nina? Bist du noch dran? ... okay, ich merke schon, du hast wie immer keine Zeit. Ich bitte dich, komm ein einziges Mal pünktlich heute Abend, es ist sehr wichtig ... für uns beide.«

»Schatz, ich verspreche dir, ich versuche, so schnell wie möglich zu Hause zu sein. Muss vorher noch Maxis Sachen von der Reinigung abholen und komme dann aber sofort.«

Abrupt verstummten die Klaviertöne im Hintergrund.

»Nina! Max ist fast siebenundzwanzig und die Reinigung ist ganz in der Nähe seiner Kfz-Werkstatt. Kann er das denn nicht selbst erledigen? Wie lange willst du deinen Bruder eigentlich noch bemuttern?«

Nina erschrak über seinen harschen Ton und flüsterte: »Michi, ich kann jetzt nicht ... bitte lass uns später weiterreden.« Schnell beendete sie das Gespräch. Es gab keine Antwort auf diese Frage.

»Stress mit deinem Mann?« Ferdi sah sie mitfühlend an, aber erhob sich endlich und strich sein T-Shirt glatt.

»Nein, Ferdi.« Nina schüttelte den Kopf. »Nur Kommunikationsbedarf ... aber ich muss heute wirklich zeitig weg.«

»Schon okay, Nina-Schatz. Das verstehe ich doch. Wir reden dann halt morgen über das Moodboard, und Pierre werde ich einfach heute Nachmittag noch mal vertrösten. Mach dir keine Sorgen, sondern einen

schönen Abend mit deinem musikalischen Herzblatt!«
Ferdi zwinkerte ihr im Weggehen aufmunternd zu und
nahm den leeren Kaffeebecher wieder mit.

Ihr von Max blitzblank geputzter Porsche quälte sich
viel zu langsam durch die abendlichen Staus der
Hanauer Landstraße in Richtung Nordend. Ihr Zuhause
lag im zweiten Stock eines aufwendig renovierten
Altbaus in der Wolfgangstraße. Vor ein paar Jahren
hatte Nina Max ohne zu Zögern ein Zimmer angeboten,
als der sich nach kurzer Liebelei wieder von einer
Freundin trennte. Eine Entscheidung, die Michael schon
längst bereute; es blieben stumme Blicke voller
Vorwurf. Denn sein riesiger Flügel fand keinen Platz im
Musikzimmer, wie geplant, er wanderte ins
Wohnzimmer. Der schwarze Bechstein Academy war
ein Geschenk seines Großvaters – und schlicht nichts
anderes als Michis Lebensinhalt. Michael unterrichtete
nicht nur klassische Musik an der Frankfurter
Musikhochschule, er lebte sie – jede einzelne Zelle von
ihm brauchte Musik und vor allem seinen Flügel zum
Atmen.

Beladen mit einem dicken Wäschepaket stürmte
Nina die Treppen zu ihrer Wohnung empor.
Temporeiche Akkorde eines Musikstückes empfingen
sie, Michi saß wie immer am Flügel. Die Hände ihres
Mannes flogen über die Klaviatur, während Michis
Kopf den Bewegungen der Tempi folgte. Mit
geschlossenen Augen schien er versunken in der
mitreißenden Welt seiner Musik, seinem Universum.

Als er sie bemerkte, erhob er sich sofort. Michael
war über einen Kopf größer als Nina. Glattes und von
ersten grauen Strähnen durchzogenes Haar umrahmte

sein schmales Gesicht, in das sich tiefe Falten um die Mundwinkel eingegraben hatten. Michael liebte Rollkragenpullover. Sie spürte die weiche Kaschmirwolle an ihrer Wange und seine Hände sanft über ihren Rücken streicheln. Minutenlang verharrten sie in ihrer Umarmung, eine schützende Festung und der einzige Ort, an dem sie kurzzeitig eine Art Ruhe fand. Michi schien die Anspannung seiner Frau zu spüren. Er hielt sie fest umschlungen und stellte keine Fragen, denn er wusste, dass sie jedes Wort als einen Vorwurf gegen ihren übertriebenen Arbeitseifer verstanden hätte. Behutsam löste er sich und flüsterte ihr zu, dass er sich nur kurz um das Essen kümmerte. Dann verschwand er in der Küche.

Nach zu vielen Büro-Tagen, die erst spät in der Nacht geendet hatten, freute Nina sich auf den Abend in der stillen Geborgenheit ihrer Zweisamkeit – und auf die versprochene Überraschung. Vielleicht ein neues Stück seiner Komposition? Heute Nachmittag hatte er ihr einen Teil daraus vorgespielt, aber Nina hatte die Melodie schon vergessen. Oder hatte Michi noch eine andere Überraschung für sie? Sie sah sich um – aber alles war wie immer. Das warme Licht einer Stehlampe fiel auf die beiden Sessel, die vor dem großen Bücherregal standen. Davor der glänzende Flügel, der durch den aufgeklappten Deckel noch imposanter wirkte. Ihr Blick wanderte weiter zum gedeckten Esstisch. Ein paar Kerzen darauf flackerten leicht, als sie sich näherte. Sie schenkte zwei Gläser Wein ein. Michael stellte eine Platte mit Antipasti auf den Tisch.

»Bin gleich fertig, Baby. Es wird im wahrsten Sinne ein italienischer Abend ... unser Abend.« Im Vorbeilaufen küsste er sie auf die Wange und verschwand wieder in die Küche.

Obwohl das Handy nur leise klingelte, klang es in Ninas Ohren wie ein Warnsignal. Ein schneller Blick auf ihre Uhr genügte – und Nina war überzeugt, dass einer der Kollegen wie gewöhnlich eine dringende Rückfrage hatte. Nein, bitte jetzt keine Fragen mehr! Nichts sollte diesen Abend stören. Doch ein ungutes Gefühl sagte ihr, dass genau dieses Klingeln keine Arbeit bedeutete.

Es war der Auslöser einer für sie unvorstellbaren Katastrophe. Aber Nina ahnte nicht, wie sehr der Anruf ihr Leben verändern würde. Vorsichtig griff sie zum Telefon.

Nur Max. »Hallo, mein Kleiner!«, Sie war erleichtert.

Ihr Bruder lallte in wirren Sätzen, dass er in einer Bierkneipe in der Nähe der Werkstatt festsitze. Die Freunde waren verschwunden, sein Portemonnaie ebenfalls und die Getränkerechnung unbezahlt.

Nina schluckte. Einen Augenblick war sie unschlüssig, ob sie erheitert oder wütend auf ihren Bruder sein sollte, aber am Ende war das in dieser Situation bedeutungslos. Michael, der die letzten Sätze des Telefongesprächs gehört hatte, stand verloren im Türrahmen. »Nina! Nein! Du gehst jetzt nicht! Bleib hier, bitte. Wir müssen reden.« Er stellte sich ihr in den Weg und breitete die Arme aus.

Nina drängte vorbei. »Aber, Schatz … aber das können wir doch auch noch hinterher … ich hole ihn ganz schnell und dann essen wir einfach später.«

»Nina, ich bitte dich inständig, lass ihn ein einziges Mal selbst aus den Schlamassels rauskommen, die er sich dauernd einbrockt, und hör auf ihn dauernd zu bemuttern. Bleib hier – unseretwegen.«

»Stell dich doch nicht so an. Michi, ich kann Max doch nicht einfach hängen lassen. Er ist mein Bruder ...«

»... und wer bin ich? Oder was bedeute ich dir überhaupt noch? Es sollte doch unser Abend werden. Seit du zwölf bist, sorgst du für ihn. Glaubst du nicht, dass du deine Fürsorge so langsam übertreibst?«

»Wieso? Was ist denn nur los? Max kann ja noch nicht einmal sein Taxi bezahlen. Ich muss hin. Versteh mich doch.«

Seine schmale Gestalt fiel in sich zusammen und ein Ausdruck verzweifelter Traurigkeit überschattete Michis hageres Gesicht. Die dunklen Augen schienen Nina durch die Intensität seines Blickes festzuhalten. »Seit fast fünfzehn Jahren versuche ich schon, dich zu verstehen, Nina. In der ganzen Zeit habe ich Rücksicht genommen, auf deinen Job und noch mehr auf deine Verantwortung für deinen Bruder. Aber ich brauche dich doch auch! Und zwar ganz und nicht nur den Teil von dir, der nach deinem Beruf und deinem Bruder noch für mich übrig ist.«

Mit Tränen in den Augen, aber den Autoschlüssel schon in der Hand, hielt Tina vor der Haustür inne: »Michi, Schatz! Jetzt mach doch keine Szene wegen dieser Kleinigkeit. Ich hole Max jetzt ganz schnell und dann machen wir uns einen schönen Abend. Es geht nicht anders.«

Michael folgte ihr in den Flur. Mit brüchiger Stimme sagte er leise: »Nina, ich habe vor ein paar Tagen die Zusage für eine freie Dozentenstelle an der Musikhochschule in Rom erhalten. Es sollte eine Überraschung für dich sein und für uns eine Chance wieder zusammen zu finden. Ein Leben ohne dass dein

Bruder zwischen uns steht.«

Zwischen uns? Aber er ist doch ein Teil von mir, dachte Nina, dann rannte sie wortlos hinaus.

Zwei Stunden später parkte sie den Wagen erneut vor ihrer Haustür und versuchte die knapp neunzig Kilo schwere Gestalt ihres betrunkenen Bruders vom Beifahrersitz zu ziehen.

»Na, Ihr Mann hat aber ganz schön getankt«, bemerkte ein alter Mann, der von der anderen Straßenseite zu Hilfe kam. Eine dicke Wollmütze war tief in sein zerfurchtes Gesicht gezogen, strähnige Haare reichten bis auf die Schultern, auch seine Kleidung schien sonderbar. Nina erschrak zunächst, doch dann schoben sie Max gemeinsam die wenigen Stufen hoch. Trotz der Anstrengung fröstelte sie plötzlich und vom Bieratem ihres Bruders war ihr übel.

»Vielen Dank für Ihre Hilfe, aber er ist nicht mein Mann. Es ist mein Bruder und glücklicherweise kommt er nicht oft in diesem Zustand nach Hause.«

»Ihr Bruder?« Der Alte grinste. Ungepflegte Zähne kamen zwischen den Bartstoppeln zum Vorschein. Er wankte die Treppe wieder hinab, auf dem Bürgersteig drehte er sich noch mal um. »Tschuldigung, dass ich so neugierig bin. Ich habe vorhin Klaviertöne aus dem Haus hier gehört. Kam das aus Ihrer Wohnung?«

»Ja, ich hoffe, es stört niemand. Das war mein Mann. Einen guten Abend noch und vielen Dank für Ihre Hilfe.«

Nina winkte dem Unbekannten kurz zu und rannte die beiden Stockwerke hinauf. Doch nach ein paar Treppenstufen blieb sie atemlos stehen. Ihr Herz raste. Die Eindrücke des Abends flimmerten wirr durch ihren

Kopf und verwandelten sich in tonnenschwere Felsen, die es ihr unmöglich machten weiterzulaufen. Michaels Ankündigung, nach Rom zu ziehen, der unheimliche Blick des Alten auf der Straße und das Gefühl, durch den Druck in einen Abgrund zu fallen, bohrten sich durch ihr Bewusstsein. Ihr war schwindlig und ihr Magen rebellierte. Das Licht der Treppenhausbeleuchtung blitzte in ihre Augen. Sie griff nach dem Treppengeländer, fasste ins Leere und setzte sich auf die Stufe. Sie brauchte jetzt dringend Ruhe und Michis Nähe.

Rom musste einfach warten.

Ein ohrenbetäubender Knall gefolgt von hellen Klirrtönen gerissener Klaviersaiten empfing sie in ihrer Wohnung. Der Krach pulverisierte jegliche Erschöpfung und Nina stürzte wie elektrisiert zu seinem Ursprung. Michi hatte Max offenbar die Wohnungstür geöffnet, doch der war orientierungslos in ihr Wohnzimmer gestolpert. Max stand jetzt schwankend neben dem Flügel, dessen Deckel er heruntergerissen hatte. Seine Augen waren auf ein Stück der schwarz lackierten Korpusabdeckung in seiner Faust gerichtet.

»Max! Um Himmels willen! Nein!« Entsetzt blieb Nina vor den Bruder stehen.

»Das ... das wollte ich nicht ...« Max' verschwitztes Gesicht war schreckerstarrt.

Michi war aus der Küche geeilt. »Jetzt reicht es endgültig. Es wird Zeit, dass dieser versoffene Nichtsnutz hier endlich verschwindet.« Nina sah nur noch Hass in seinen Augen.

Vollkommen außer sich packte er den muskulösen Oberarm des betrunkenen Manns und zerrte ihn in sein eigenes Zimmer nebenan. Max faselte etwas, das sich wie eine Entschuldigung anhörte, aber folgte Michael willig hinaus.

Nein, das darf jetzt alles nicht wahr sein!

Nina wünschte sich, aus diesem Albtraum endlich aufzuwachen. Sie ließ sich auf einen Stuhl sinken, füllte ein Glas randvoll mit Wein und trank es in einem Zug aus. Die Kerzen auf dem Esstisch waren herunter gebrannt. Ende.

Das fragile Konstrukt ihres Lebens drohte in diesem Augenblick einzustürzen.

Michael kam fünf Minuten später zurück ins Wohnzimmer, aber er schien komplett verändert. Er atmete schwer und sein Gesichtsausdruck zeigte eine verzweifelte Entschlossenheit. Eine bisher nie gekannte Wut mühevoll unterdrückend setzt er sich.

»Bitte, Michi, sei nicht böse auf ihn«, schluchzte Nina. »Das ist alles nur mein Fehler, ich hätte besser auf ihn aufpassen müssen. Max kann im Grunde genommen nichts dafür. Er wird sich morgen bei dir entschuldigen und für die Reparatur ...«

»Nein, Nina! Merkst du denn nicht, dass es so nicht weitergehen kann!« Er schlug hart mit seiner Hand auf den Tisch, ein Glas fiel um. »Baby, wir können so nicht weitermachen und arbeiten kann ich schon gar nicht.« Fassungslos erkannte Nina die Flut an Emotionen, die sich bei ihrem Mann aufgestaut hatten.

Sie sprach leise. »Ich kann meinen Bruder doch nicht einfach vor die Tür setzen.«

»Wieso nicht? Er ist volljährig und hat einen Job. Ich weiß nicht, warum du deine Fürsorge so übertreibst. Was in aller Welt ist nur los mit dir?«

Nina saß verständnislos vor dem Menschen, mit

dem sie seit mehr als vierzehn Jahren verheiratet war. Den sie bis zu diesem Abend zu kennen geglaubt hatte und der jetzt, ohne mit ihr vorher darüber zu reden, in eine andere Stadt ziehen wollte.

»Nichts, Michi! Ich muss einfach für meinen Bruder da sein ... aber ich brauche dich.«

»Dann musst dir klar werden, ob du mich so sehr brauchst und vor allem liebst, dass du die Verantwortung für Max endlich ablegst. Entweder dein Bruder oder ich, so geht's jedenfalls nicht länger.« Michi ergriff ihre Hand. »Baby, wir nehmen uns die nächsten zwei Wochen frei. Wir könnten nach Rom fliegen und gemeinsam die Stadt anschauen. Es gefällt dir sicher dort. ... ich bitte dich, Nina, komm mit mir. Wir versuchen einen Neubeginn ohne deinen Bruder. Er kann uns doch später jederzeit besuchen.«

Nina schloss die Augen. Sie war todmüde und jedes weitere Wort hätte wie eine verlogene Entschuldigung geklungen.

»Michi. Es tut mir so leid. Ich kann nicht mehr.« Sie flüchtete ins Schlafzimmer. Im Bett zog die Decke über den Kopf und weinte leise.

Zweites Kapitel

Michaels Nase kitzelte und der linke Arm schmerzte etwas, denn Ninas Kopf ruhte darauf, und er hatte das Gesicht in ihren Haaren vergraben. Nein, nur nicht aufwachen, schoss ihm in den Sinn. Müde blinzelte er mit den Augen, er hatte das Gefühl, eben erst eingeschlafen zu sein. Aus Angst vor einer drohenden Distanz hatten sie im Schlaf gegenseitige Nähe gesucht und lagen jetzt eng aneinandergeschmiegt unter einer Decke. Doch war diese Vertrautheit nicht nur durch die Ereignisse des vergangenen Abends schon längst brüchig? Vorsichtig, um sie nicht zu wecken, strich Michael die weichen Haare seiner Frau zurück. Welches unaussprechliche Geheimnis verbarg sich nur in ihrem Kopf? Warum schien sie so sehr auf den Bruder fixiert? War es doch falsch, den Job an der italienischen Musikakademie einfach anzunehmen? Nein! Es war das einzig Richtige. Er liebte sie doch – aber was empfand Nina für ihn? Jetzt im Halbschlaf drehten sich seine Gedanken im Kreis.

Hinter den leichten Vorhängen der Schlafzimmerfenster schickte ein neuer Tag seine hellen Vorboten. Nina streckte sich etwas und atmete tief. In dem wenigen Licht erkannte er, dass sie die Augen öffnete.

»Baby, es ist noch zu früh um aufzustehen. Träum noch ein wenig.« Michi küsste sie zart auf die Nasenspitze. Losgelöst von der Realität des bevorstehenden Tages schien Nina einen Augenblick in seiner Umarmung zu ruhen.

»Michi, das mit deinem Flügel tut mir leid.« Sie gähnte schläfrig.

»Ich weiß, Baby. Aber es geht nicht nur um den Flügel, es geht um uns beide.« Er umarmte sie so fest, als wollte er sie nie wieder loslassen.

»Wir beide sind doch zusammen. Oder etwa nicht? Ich kann niemand außer dir sehen.«

»Aber es geht darum, wer zwischen uns steht ...«

Michael zögerte, doch nach einer Weile unterbrach er erneut das gedankenverlorene Schweigen: »Entweder muss dein Bruder fort oder wir weg von deinem Bruder.«

Ninas rückte ein wenig von ihm ab, ihre Stimme klang jetzt hellwach.

»Das geht nicht.«

Michael zog die leichte Daunendecke über ihre nackten Schultern und umarmte sie wieder.

»Doch, Baby! Warum denn nicht? Wir müssen etwas verändern in unserem Leben. Merkst du nicht, dass wir beide nur noch unausgeglichen und gestresst sind?«

»Aber das geht doch auch wieder vorbei. Momentan ist es halt alles ziemlich viel. Vielleicht sollten wir einfach mal Urlaub machen ...«

»Ja, aber ohne Max! Aber selbst dann kommen wir wieder nach Hause und alles geht genauso weiter.«

»Wieso hast du so plötzlich ein Problem mit Max?«

»Weil ich dich dann nie allein für mich habe. Baby, ich muss und werde die Stelle an der Musikschule in Rom im August antreten. Komm mit mir, Nina. Bitte!«

Er spürte, wie Ninas Körper erstarrte.

»Michi, du stellst mich einfach vor vollendete Tatsachen und denkst, ich komme damit schon klar. Wie stellst du dir das denn vor? Soll ich Max und meinen Job einfach hinschmeißen? Versteh mich doch, ich kann hier nicht einfach alles zurücklassen. Max braucht mich. Ich kann ihn nicht im Stich lassen, er ist mein Bruder, ich bin für ihn verantwortlich.«

Michael hob sanft ihr Kinn, sodass sie ihm direkt in die Augen sah. »Nina, es tut mir leid, wenn ich dich mit Rom überrumpelt habe. Ich hielt es für die einzige Möglichkeit, etwas in unserem Leben zu ändern. Du warst nie da und wenn du zu Hause warst, kam Max meistens auch noch dazu.«

»Ich dachte, du magst meinen Bruder!« Nina richtete sich auf.

»Ja, schon ... aber ich brauche dich doch auch. Seit Monaten warte ich darauf, dass du endlich die Verantwortung für Max mal etwas zurückfährst. Ich würde mir wünschen, dass wir beide mehr Zeit für uns hätten.«

Ein paar Minuten lang überlegte er, ob er weiterreden sollte. »Hast du dich eigentlich jemals gefragt, warum wir keine Kinder haben?«

»Wir können eben keine bekommen. Das haben wir doch mittlerweile ausreichend diskutiert. Außerdem ist es doch auch so schön genug mit ...« Ninas Augen glänzten feucht in der Dämmerung.

»... mit Max?«

»Das ist unfair, Michael. Ich dachte, das Thema Kinder hätten wir abgeschlossen. Es gibt keinen physischen Grund, warum es nicht geklappt hat, das weißt du auch. Unser Leben reicht mir auch so. Du hast deine Musik und ich einen anstrengenden Job in der Agentur.«

»Und wir beide noch deine übertriebene Verantwortung für deinen Bruder. Du behandelst ihn wie ein unmündiges Kind – dein Kind.«

»Du tust mir unrecht, denn du weißt genau, dass er seit Mamas Tod nur noch mich hat. Ich muss doch für ihn sorgen.« Ninas Ton wurde scharf.

»Nein! Das musst du nicht! Ich weiß nicht, warum du es immer weitermachst. Max ist alt genug. Seit er bei uns wohnt, machst du ihm die Wäsche und viel zu oft hockt er mit uns zusammen – sofern er nicht mit seinen merkwürdigen Trinkkumpanen unterwegs ist. Wenn ich ihm andeute, dass es längst Zeit ist, selbstständig zu sein, nimmst du ihn in Schutz. Nina, begreifst du nicht, du musst irgendwann damit aufhören! Und dieser Zeitpunkt ist jetzt gekommen!«

»Aber ich kann ihn doch nicht einfach vor die Tür setzen. Warum machst du mir mit einem Mal so ein Druck? Und was ist eigentlich mit meinem Job?«

»Baby, auch diesen Job machst du doch schon viel zu lange. Du könntest erst mal ausspannen und in Rom vielleicht etwas Neues finden. Du bist total überarbeitet. Ich glaube, deine netten jungen Kollegen machen Karriere und du hilfst ihnen auch noch dabei.«

»Michi, das ist nicht wahr! Ich brauche meinen Job ... Du willst mich einfach nicht verstehen. Ich muss für Max da sein. Wenn du selbst einen Bruder oder eine Schwester hättest, könntest du meine Haltung vielleicht nachvollziehen.«

»Nein, Baby, auch wenn ich Geschwister hätte, könnte ich nicht so sein wie du. Ich habe so sehr gehofft, dass du die Verantwortung für deinen Bruder irgendwann einmal wieder zurückschrauben würdest. Was ist nur mit dir los?«

»Nichts! Ich kann einfach nicht! Aber warum tust du das alles? Ich verstehe nicht, wieso du nicht vorher mit uns über deine Pläne geredet hast. Vielleicht hätten wir gemeinsam eine Lösung gefunden.«

Nina wischte erneut Tränen aus den Augen. »Ich ...
ich glaube, ich sollte jetzt lieber aufstehen.«

»Nina, bitte bleib hier!« Seine Stimme klang ernst.

»Es geht nicht.«

Enttäuscht sah Michael ihr zu, wie sie aus dem Bett
sprang. »Du willst also jetzt wirklich gehen? Nina?«

Er hatte geahnt, dass sie zunächst mit Unverständnis
auf seine Bitte reagieren würde. Auch auf einen kleinen
Streit und Tränen war er im Grunde vorbereitet
gewesen. Spätestens in Rom, als er den Vertrag
unterschrieben hatte, war ihm bewusst, dass dieser
Schritt ein Risiko bedeutete. Er hatte mit allem
gerechnet, aber nicht damit, dass Nina wieder einmal
weglaufen würde.

Im Vorbeieilen küsste sie ihn schnell auf die Stirn.

»Michi, das führt jetzt zu nichts. Du erwartest doch
nicht im Ernst, dass ich jetzt ab sofort alles stehen und
liegen lasse. Ich kann dir nicht sagen warum, aber ich
kann nicht zwischen dir und meinem Bruder
entscheiden. Lass uns heute Abend weiterreden.
Vielleicht brauchen wir einfach nur Zeit.«

»Ja, aber ohne ihn«, sagte Michael leise. Nina hatte
das Schlafzimmer verlassen. Er verschränkte die Arme
unter dem Kopf und sah zur Decke. Minutenlang lag er
nur da, wartend.

Er blieb allein.

Irgendwann schlurfte er in die Küche und wanderte
mit einem Becher Kaffee in der Hand weiter ins
Wohnzimmer. Der Anblick des demolierten
Musikinstrumentes tat ihm weh, ein Sinnbild für die seit
Langem zerstörte Harmonie. Tröstend, fast zärtlich
strichen seine Finger über die Klaviatur und den

zertrümmerten Deckel. Mit Tränen in den Augen versuchte er, einzelne kleine Bruchstücke aus dem Resonanzboden vorsichtig zu entfernen. Er wagte es nicht, eine einzige Taste der Klaviatur zu betätigen, um ihm keine weiteren Schmerzen zuzufügen, denn er wusste, dass dies nur erneut Missklänge ausgelöst hätte. Diese Qual musste ein Ende finden.

Es ergab doch alles keinen Sinn mehr!

Resigniert rief Michael einen Freund an, der ein kleines Klavierbau-Unternehmen leitete; er vereinbarte die sofortige Abholung des Flügels.

Glücklicherweise kam der mit seinen Helfern schon eine Stunde später und versprach, den Flügel nach der Reparatur bis zu seinem Anruf aufzubewahren. Als Michael zusah, wie die Männer mit starken Händen das große Instrument aus der Wohnung schleppten, empfand er eine fast unerträgliche Zerrissenheit, so intensiv, als trügen sie damit einen Teil seines Körpers hinaus. Die Leere des Zimmers erdrückte ihn. Mutlos ließ er sich auf den zurückgelassenen Klavierhocker fallen.

Lange saß er dort, das Gesicht in den Händen vergraben. Heute Abend würde dieser muskelbepackte Kerl wieder anwesend sein und ihn mit schwachsinnigen Entschuldigungen überhäufen. Wie konnte er in einer Umgebung, die nur Dissonanzen in ihm auslöste, an seiner Symphonie weiterarbeiten? Zu Beginn ihrer Ehe war er überzeugt, dass Nina zur Vernunft kommen und ihren Bruder loslassen würde. Warum hing sie nur so sehr an ihm? Und welche Rolle spielte er selbst überhaupt noch in ihrem Leben? Viele Jahre hatte er auf ein Baby gehofft und sich darauf gefreut, seinem Sohn oder einer Tochter das

Klavierspielen beizubringen. Er war zuversichtlich, dass ein eigenes Kind Nina helfen würde, sich von ihrem Bruder zu lösen. Aber dieser Traum trat immer mehr in den Hintergrund, begraben unter endlosen Diskussionen, die meistens mit Streit und Tränen endeten.

Nach den Missverständnissen folgten Abende der Versöhnung und erneuter Hoffnung. Er war müde davon geworden und hatte in seiner Musik Zuflucht gefunden. Nina hatte sich immer tiefer in ihre Arbeit gestürzt. Diese Ehe zu dritt dauerte doch schon zu lange und Rom bot eine einmalige – die vielleicht letzte – Chance, etwas zu ändern, bevor alles zu spät war. Das Leben, ihre Zeit miteinander, plätscherte vorbei wie Wasser in einem Kanal. Aber der Fluss seines Lebens sollte sich doch auch durch neue Gebiete graben. Sich bei Misserfolgen verästeln und wieder zu einem stärkeren Strom zusammenfinden, um in vielen Jahren im Meer der Unendlichkeit zu münden. Aber ein Neuanfang ohne Nina? Kaum vorstellbar. Niemals? Er liebte ihre Gradlinigkeit, ihre selbstlose Zuneigung, ihre verzweifelte Liebe. Er liebte das Gefühl, sie zu spüren, zu umarmen und zu halten. Im Grunde liebte er alles an ihr, bis – ja, bis auf ihren Bruder.

Am späten Nachmittag fasste Michael einen Entschluss und griff zu seinem Handy. Er teilte dem Direktor der Frankfurter Musikschule telefonisch mit, dass er vermutlich bis zum Ende des Semesters beziehungsweise seiner Kündigung keine Termine mehr wahrnehmen könne. Nein, er sei nicht krank, beruhigte er den überraschten Leiter. Er müsse sich jedoch länger als geplant auf den Umzug und die neue Anforderung in der Musikakademie vorbereiten. Michael versprach, in den Semesterferien nochmals zur Musikschule zu kommen, um die restlichen Unterlagen und seine persönlichen Gegenstände von dort abzuholen.

Dann lief er ins Schlafzimmer und packte zwei große Koffer mit seiner Lieblingskleidung. Als er seine Notenblätter in eine Mappe sortierte, hielt Michael inne. Er nahm ein leeres Blatt und fing an zu schreiben. Den Brief legte er auf den vereinsamten Klavierhocker, ergriff die beiden Koffer und seinen Autoschlüssel.

Als die Tür hinter ihm ins Schloss fiel, blickte er nicht zurück.

Nina war tränenüberströmt aus ihrer Wohnung geflüchtet, auf der Treppe hatten ihre Beine beinahe versagt. Ihr rasendes Herz umklammerte eine entsetzliche Angst vor der ungewissen Zukunft, die durch diese Katastrophe und Michis Entschluss ihren Lauf zu nehmen schien. Die mühsam errichtete Hängebrücke über die Schlucht der Erinnerungen drohte endgültig zu reißen. Jahrelang war Nina darüber gerannt, um beiden Seiten gerecht zu werden. Jetzt hing sie zwischen den geliebten Menschen, doch vermochte sie keinen der Stricke loszulassen, denn sie wollte – nein … sie durfte niemand verlieren. Unten in der Schlucht lagen die Erlebnisse ihrer Kindheit tief vergraben.

Vor ihrem Lieblingscafé im Öderweg hielt sie an und kaufte zwei Croissants und einen großen Milchkaffee. Trotz der frühen Uhrzeit schienen die Menschen, die aus den U-Bahn-Schächten strömten, schon alle in Eile zu sein, denn die Uhren in dieser Stadt tickten schnell. Eine Tatsache, die Nina seit der

Kindheit verinnerlicht hatte.

Nach der Schule war sie meistens nach Hause gerannt, um Max vom Kindergarten abzuholen und ihm ein Mittagessen zu kochen. Am liebsten aß er Pudding – warmen, cremigen Schokopudding. Manchmal mischte sie Spinat unter den Pudding, da sie gehört hatte, dass Kinder Spinat essen müssten.

Es war ihr Fluchtinstinkt oder mehr ein verzweifelter Versuch, der Realität davonzulaufen, der Nina veranlasste, an den Main zu fahren. Sie parkte den Porsche am Straßenrand und stieg aus. Jetzt im März war der Wind noch kühl und ein leichter Regen prickelte auf ihrem Gesicht. Unzählige Menschen joggten auf dem breiten Uferweg entlang oder fuhren mit dem Fahrrad zu ihrer Arbeitsstelle. Auf einer Parkbank fütterte ein älterer Herr ein paar Schwäne, die stürzten sich gierig auf das trockene Brot. Der Anblick der Tiere erinnerte Nina sofort wieder an Michi, als der ihr bei einem Spaziergang am Main erklärte, dass Schwanenpaare ein ganzes Leben zusammenblieben. Genauso wie wir, hatte er damals verliebt hinzugefügt.

Jetzt drohte Michi allein in den Süden zu ziehen. Blind vor Tränen warf Nina den Rest der Croissants zu den Schwänen und eilte zurück zu ihrem Wagen.

Zwanzig Minuten später hastete sie die beiden Stockwerke in dem alten Fabrikgebäude hoch, in dem die Marketingagentur schon seit ihrer Gründung untergebracht war. Im Empfangsflur begegnete sie Pierre, der mit einer CD in der Hand offenbar in die benachbarte IT-Abteilung unterwegs war.

»Hey, Nina! Guten Morgen, Liebes, bist du heute aus dem Bett ...« Dann stockte er. »Ist irgendwas passiert? Meine Güte, du siehst ja schrecklich aus. Hast du etwa geweint?«

»Ach, Pierre, guten Morgen! Nein, alles okay.« Nina schüttelte energisch den Kopf und wischte mit dem Ärmel ihres Pullovers über ihr Gesicht. »Nein, das muss wohl der dumme Regen sein. Ähm, Pierre, deine Müller-Präsentation ist so gut wie fertig. Ich lege sie gleich in dein Postfach.«

Pierre zupfte an seiner Krawatte und blickte stirnrunzelnd auf sie herab. »Das ist super ... kannst du mir die Sachen auch noch mal ausdrucken? Der Termin morgen wird wichtig und daher möchte ich ein paar Kommentare hinzufügen, die für mich persönlich sind.« Er griff nach ihrem Arm.

»Nina, ist wirklich alles okay?«

»Aber klar ... was soll denn schon sein?« Nina zitterte vor Anstrengung am ganzen Körper. Die Erinnerung an den gestrigen Abend trieb ihr erneut Tränen in die Augen. Sie drängte schnell an ihm vorbei, spürte aber, dass Pierres Blick sie verfolgte, als sie auf ihren Schreibtisch zusteuerte.

Ninas Arbeitsplatz lag im ›Garten‹, einem Teil des Raumes, der aufgrund seiner zahlreichen Grünpflanzen diese Bezeichnung bekommen hatte.

Immer wieder versuchte sie sich auf das Moodboard vor ihr auf dem Bildschirm zu konzentrieren, aber ihre Gedanken kehrten sofort zu Michi zurück. Wie konnte er sie nur vor eine solche Entscheidung stellen? Warum tat er das? Wollte er wirklich ihr gemeinsames Zuhause verlassen, ihre kleine Familie? Hatten sie sich in der Gemeinschaft nicht alle wohlgefühlt, wie unter einer lieb gewonnenen Decke, unter der jeder seinen Platz

hatte und die sie wärmte? Ihr bisheriges
Zusammenleben war so selbstverständlich und
verlässlich, ohne große Aufregungen. Sie brauchte und
liebte ihn über alles, denn er war die einzige Zuflucht in
ihrem hektischen Universum und Max hatte eigentlich
nie darin gestört.

Aber warum beabsichtigte Michael, das alles zu
ändern? Ninas anfängliche Entrüstung verwandelte sich
zunehmend in hilflose Angst, dass er seine Pläne
verwirklichen würde. Ein Gefühl aus der Kindheit nahm
mehr und mehr Besitz von ihr und eine tiefe Narbe der
Erinnerungen drohte aufzuplatzen. Nina riss sich
zusammen. Sie musste verhindern, dass alles
zusammenstürzte. Er durfte sie nicht allein lassen. Ihr
Blick schweifte zu der Palme neben ihrem Schreibtisch,
vielleicht waren sie wirklich nur überarbeitet und
brauchten Urlaub. Es musste doch einen anderen
Ausweg geben.

Das Klingeln ihres Handys unterbrach die
Urlaubsträume.

»Nima, ich wollte mich nur mal kurz melden. Ich
wollte euch nicht stören und bin schon ganz früh in die
Werkstatt«, tönte die von Motorgeräuschen begleitete
Stimme ihres Bruders. »Du, ich ... ich weiß nicht, wie
ich das sagen soll, gestern Abend ... es tut mir so leid.
Ich wollte das nicht. Der arme Michi, jetzt ist er sicher
noch wütender auf mich.«

»Max! Du sollst mich nicht Nima nen...«

»Doch! Für mich bist und bleibst du Nina-Mama!«,
sagte Max und lachte. »Ich habe vorhin mit einem
Freund telefoniert, der auch so ein Klavier hat. Mein
Kumpel sagt mir später, wo man am besten so etwas
reparieren lassen kann.«

Nina musste zum ersten Mal an diesem Tag lächeln.
»Max, es ist ein Flügel und kein Klavier. Ich glaube, Michi will sicher selbst für die Reparatur sorgen. Du weißt, was der Flügel für ihn bedeutet.«

»Ich werde mich heute Abend bei Michi entschuldigen und die Reparatur bezahle ich ihm auch. Hoffentlich ist er dann nicht mehr so böse auf mich. Schuld war nur mal wieder die blöde Trinkerei, und meine Kumpels waren plötzlich nicht mehr da. Wenn ich die sehe, bekommen die erst mal Prügel.«

»Nein, das wirst du nicht tun, Max. Diese Freunde lässt du künftig schön in Ruhe. Nur dein Portemonnaie sollten sie dir zurückgeben.«

»Ja, Nina.« Max' Stimme wurde kleinlaut. »Ich mache das bestimmt wieder gut – versprochen. Und am Wochenende putze ich dein Auto und ...«

»Alles gut, Kleiner. Wir reden später. Ich muss jetzt wirklich weitermachen.« Nina beendete Max' Wortschwall, Ferdi stand mit einem fragenden Gesichtsausdruck vor ihrem Schreibtisch.

In den nächsten Stunden arbeitete sie mit dem aufgeweckten jungen Mann an dem Moodboard für den Wellness-Drink eines großen Getränkeherstellers. Nina war dankbar für seine humorvollen und manchmal doppeldeutigen Kommentare hinsichtlich einzelner Szenen der Collage. Sie lachten und stecken die Köpfe zusammen und kamen immer wieder auf eine noch treffendere Aussage. Erst am frühen Nachmittag erinnerte Ninas knurrender Magen daran, dass es längst Zeit für eine Nahrungsaufnahme war. Sie rief auf Michaels Handy an, um ihm ein Versöhnungs-Essen in seinem Lieblingsrestaurant vorzuschlagen, aber er ging nicht ran. Michi beantwortete nur ungern Anrufe auf dem Handy, daher war dies nichts Ungewöhnliches. Nina überkam das ungute Gefühl, dass ihr Mann aus einem anderen Grund nicht an sein Telefon ging. Sie steckte ein paar Geldscheine in die Tasche ihrer Jeans und rannte los, um in der Snackbar gegenüber wenigstens ein Sandwich zu besorgen.

Im Treppenhaus hörte sie Pierres Stimme, der ein Stockwerk tiefer leise telefonierte. Erschrocken hielt sie inne, denn seine Worte klangen ungewohnt gefühllos und hart und passten überhaupt nicht zu dem sonst so liebenswürdigen Kollegen. Es war eindeutig Pierres Stimme, aber ein ganz anderer Mensch schien dort zu sprechen.

»... nein, du Idiot, der Link funktioniert nicht. Ich kann mich nicht anmelden ... natürlich über den Torbrowser, glaubst du, ich bin blöd ...« Nina lauschte fassungslos, wie Pierres Stimme lauter wurde: »Ich musste jetzt die Bilder auf CD brennen und hab dir eine Kopie geschickt ... steht Kleinkram drauf ... das Material ist echt gut ... nein, wie versprochen zwischen vier und maximal fünfzehn ... hör mal, das kostet mich eine Stange Geld, das Material ist auch nicht mehr mit zwanzig Euro zufrieden. Die wollen alle neue Sneakers oder ein Handy ...«

Nina wagte es kaum zu atmen. Vorsichtig schlich sie die Treppe hinab und räusperte sich. Als Pierre sie erblickte, unterbrach er sofort das Gespräch und bedeckte mit der freien Hand den Lautsprecher seines Handys. Ein paar Sekunden standen sie sich gegenüber wie ein altes Ehepaar, das sich gegenseitig mitten in der Nacht vor der geöffneten Kühlschranktür erwischt. Pierres blasses Gesicht wirkte zunächst wie versteinert, dann blitzen seine Augen sie wütend an.

»Nina, ich führe hier gerade ein sehr privates Telefonat. Du willst sicher nicht zuhören. Oder?«

Nina nickte ihm verständnislos zu und stürmte vorbei. Draußen auf dem Parkplatz atmete sie tief durch. Was oder besser wer war denn das? Welches Geheimnis steckte nur in dem Kollegen?

Der Wind hatte die Regenwolken vertrieben und warme Sonnenstrahlen empfingen sie an der belebten Straße, aber Ninas Appetit war vergangen. Selbst die Leute, die ihr auf dem Weg begegneten, wirkten fremd und ihre Blicke vorwurfsvoll. Die Theke des Sandwichladens erschien ihr wie ein Tribunal und die Stimmen um sie herum klangen für sie wie Anklagen.

Nina bezahlte schnell ihre Flasche Orangensaft und rannte fort. Wie paralysiert lief sie durch eine Umgebung, die nichts mehr mit der Welt gemeinsam hatte, die sie zuvor erlebt hatte, alles schien verändert und in einer seltsamen Weise beängstigend zu sein. Sie sehnte sich danach, endlich einen gemütlichen Abend mit Michi zu verbringen und alles wieder so vorzufinden, wie es war. Der Flügel würde repariert und Michi mit ihr in seinem Lieblingsrestaurant etwas essen und bei einer Flasche Wein über seine Pläne reden. Auch wenn die gestrigen Ereignisse und Michis Ankündigung ihre Probleme deutlich gemacht hatten, so gab es doch gemeinsam eine Lösung dafür. Michi hatte möglicherweise nichts dagegen, wenn Max sie kurz begleitete – nur während der Umzugsphase, für ein paar Wochen. Eine Trennung von seinen trinkfreudigen Kumpels würde ihm sicher helfen. Nina drehte um und eilte zurück ins Büro. Es war die perfekte Möglichkeit Michi in ein paar Wochen zu begleiten, ohne ihren Bruder hier allein zu lassen.

Die Bildbearbeitung für Pierres Präsentation gestaltete sich zeitaufwendiger erwartet, denn Ninas Perfektion entging kein einziges Detail. Erst zwei Stunden später speicherte sie die gesamte Mappe und legte ein Exemplar in Pierres Mail-Eingang. Als sie einen Ausdruck der umfangreichen Präsentation auf seinen fast leeren Schreibtisch legen wollte, wich sie erschrocken zurück, denn neben seinem Mac lag eine CD mit der Aufschrift *Kleinkram*. Das Telefongespräch im Treppenhaus schoss ihr in den Kopf. Doch Pierre, der nicht weit entfernt heftig gestikulierend mit dem Agenturleiter Patrick redete, hatte sie schon entdeckt und kam sofort auf sie zu.

»Nina! Danke, Liebes. Du bist wirklich ein Schatz.« Er verzog die Mundwinkel zu einem Lächeln, aber seine Miene blieb distanziert und aufmerksam.

»Ich ... ich wollte dir nur die Mappe für die Hartmann-Präsentation geben.« Ninas Stimme bebte, obwohl sie sich bemühte unbeteiligt zu bleiben.

Pierre schien das zu merken. »Alles okay? Du klingst gerade etwas außer Atem. Vorhin warst du auch ziemlich in Eile?«

Nina schüttelte den Kopf. »Ja, es sind ein paar Sachen liegen geblieben und ich wollte nur schnell zwischendurch etwas Essbares holen.«

Sein durchdringender Blick ließ sie nicht los. »So? Also nur schnell etwas zu essen?«

»Ja, klar.« Nina drehte sich weg. Aber Pierre hielt sie am Arm fest.

»Du ... ähm ... Nina ... du verstehst schon, dass jeder ein Privatleben hat, über das hier nicht geredet werden sollte? Geht dir doch auch so. Oder?«

Nina erschauderte. »Ich ... ich mach dann mal wieder weiter.« Damit stürmte sie zurück zu ihrem Schreibtisch. Auf dem Weg prallte sie mit Sandra zusammen, die im vierten Semester Kommunikationswissenschaft studierte und ein Praktikum in der Agentur absolvierte.

»Hey! Was ist denn mit dir los? Du siehst aus, als ob du gerade dem Teufel höchstpersönlich begegnet wärst.«

Nina blieb erschrocken stehen. »Tut mir leid, Sandra. Ich war wohl gerade etwas abwesend.«

Sandra rieb sich lächelnd die Schulter. »Na, dafür warst du körperlich ganz schön anwesend. Alles okay?«

»Ja, schon. Ich brauch vielleicht einfach mal 'ne Pause.«

»Klingt doch gut. Wollen wir zusammen im ›Spielplatz‹ einen Versöhnungstee trinken?«

Der ›Spielplatz‹ war eine Art Aufenthaltsbereich für die Mitarbeiter der Agentur mit Loungemöbeln, einem großen amerikanischen Kühlschrank und dem beliebten Tischkicker. Nina schüttelte den Kopf. »Nee, du. Ein anderes Mal sicher gern. Aber jetzt hab ich noch einiges zu erledigen und wollte heute mal nicht zu spät hier raus.«

Sie eilte zu ihrem Arbeitsplatz zurück und hoffte, dass Pierre keine Änderungswünsche hinsichtlich der Präsentation hatte. Nur keinen Kontakt mehr, keine unangenehmen Fragen und keine fragwürdigen Blicke von ihm.

Die restlichen Stunden des Nachmittags ging sie ihm aus dem Weg. Nicht noch mehr Probleme und außerdem hatte sie Pierres Privatleben wirklich nicht zu interessieren. Aber irgendetwas stimmte hier nicht.

Selbst auf dem Nachhauseweg drehten sich ihre Gedanken um den Kollegen. Was war mit Pierre nur los und warum benahm er sich so merkwürdig?

Drittes Kapitel

Immer zwei Stufen auf einmal nehmend stürmte sie die Treppen zu ihrer Wohnung hoch. Nina hatte einen Tisch bei ihrem Lieblingsitaliener reserviert und konnte es kaum erwarten, Michi von ihrer Idee zu überzeugen: für die ersten Wochen doch zusammen mit Max nach Rom zu kommen. Max könnte beim Umzug helfen und sie in der neuen Umgebung entlasten. Dieser Kompromiss schien das Beste und Einfachste für alle zu sein. Es gab keine andere Lösung, denn sie durfte Max keinesfalls zurücklassen. Nein, sie würde ihn niemals allein lassen – so wie Papa.

Als sie schwungvoll die Tür öffnete, schlug ihr eine ungewohnte Stille entgegen. Der gestrige Abend stand augenblicklich wieder vor ihr und machte ihren vorsichtigen Optimismus sofort zunichte.

»Michi?« Nina rannte durch die dunkle Wohnung und klopfte sogar leise an Maxis Tür, aber es war niemand da. Hektisch suchte sie nach ihrer Handtasche, die sie in der Eile achtlos auf dem Boden im Flur geworfen hatte. Doch das Display ihres Handys war leer. Wieso hatte Michael ihr keine Nachricht hinterlassen, dass er noch mal weggegangen ist? Hatte er einen Unfall und lag jetzt schwer verletzt im Krankenhaus? Oder hatte er einen Freund getroffen und war mit ihm in eine Bar gegangen?

Nein, absolut unmöglich. Michi hatte nur einen Freund: seine Musik. Einmal besuchten sie gemeinsam mit Dozentenkollegen ein Konzert eines berühmten Pianisten und waren hinterher in einem Restaurant. Möglicherweise hatte er sich nur mit einem Kollegen festgeredet und die Uhrzeit vergessen.

Sinnlos.

Alle möglichen Szenarien tauchten in ihrer Vorstellung auf und die Ungewissheit raubte ihr fast den Atem. Sie presste die Hände an die Schläfen, denn ihr Herz schlug so laut, dass sie das Echo von den Wänden des schmalen Flurs zu hören glaubte. Mit zittrigen Fingern wählte sie Michis Telefonnummer. Er antwortete nicht. Sie lief zurück ins Wohnzimmer und ließ sich auf einen Sessel fallen. Er hatte sicher Noten oder Unterlagen in der Musikschule vergessen und würde gleich nach Hause kommen, redete sie sich ein. Aber eine schleichende Ahnung ließ sich nicht verdrängen, dass etwas geschehen war, das nicht in ihre gewohnte Welt passte.

Sie war hilflos.

Nina schloss die Augen und atmete. Als sie sie nach ein paar Minuten wieder öffnete, wanderte ihr Blick umher. Seltsam, erst jetzt erkannte sie, dass der Flügel weg und alles sauber und aufgeräumt war! An der Stelle, an der heute früh der zerbrochene Deckel und Bruchstücke des Musikinstruments gelegen hatten, stand nur der Klavierhocker. Auf ihm lagen ein paar dicht beschriebene Notenblätter. Es waren aber keine Noten eines Musikstücks, sondern Michis Handschrift. Langsam wankte sie zu dem Hocker, doch mit jedem Schritt wuchs ihre Angst.

Liebste Nina,

Ich muss gehen, weil ich Dich liebe. Du wirst dies nicht verstehen, noch nicht. Daher müssen wir beide uns Zeit lassen und ich glaube, dass in der jetzigen Situation nur die Zeit, und eine räumliche Distanz hilft, einander wiederzufinden.

Ich habe alle Termine und Kurse abgesagt und

wenn Du diese Zeilen liest, bin ich schon auf dem Weg nach Rom. Es ist eine wundervolle Stadt und bin überzeugt, dass es uns dort gefallen würde. Sobald ich ein kleines Hotel in der Nähe der Musikhochschule gefunden habe, lasse ich Dir die Adresse zukommen. Außerdem werde ich in den Semesterferien nochmals zurückkommen, um ein paar persönliche Dinge aus dem Frankfurter Konservatorium abzuholen.

Erinnerst Du Dich, als wir uns das erste Mal dort trafen? Du bist mit Deinem kleinen Bruder im Schlepptau in das Konservatorium gekommen und hast mich gebeten, ihm Klavierunterricht zu geben. Max hatte überhaupt kein Interesse an der Musik, aber ich war sofort von Dir fasziniert. In Dir schlummerte so viel Energie und zugleich so viel verborgener Schmerz. Deine Mutter war damals bereits sehr krank, Du hast Dich um sie gekümmert, Deinen kleinen Bruder versorgt und noch nebenbei Deine Marketingausbildung gemacht. Und – erinnerst Du Dich an unseren ersten Kuss am Mainufer, als wir Max mit ein paar Münzen zum Eisladen geschickt haben? Seit den ersten Treffen und unserer Hochzeit hatte ich Dich nie längere Zeit für mich ganz allein. Trotz alledem war ich bereits seit der ersten Begegnung so sehr in Dich verliebt, dass ich auch auf Max Rücksicht nahm, nur um Dich nicht wieder zu verlieren. Selbst wenn Du mitten in der Nacht fortgerannt bist, um Max von der Polizeistation abzuholen, wenn er wegen irgendeiner Schlägerei wieder einmal Deine Hilfe brauchte, habe ich auf Dich gewartet.

Doch das gestrige Ereignis hat mir deutlich gemacht, dass es nicht länger so weitergehen kann. Seit wir zusammen sind, habe ich versucht, mit Deiner übertriebenen Fürsorge für Max zu leben, auch wenn ich sie bis heute noch nicht verstehen kann, aber ich liebe Dich zu sehr. Die Erfahrungen der letzten Jahre und mein immer stärkerer Wunsch nach einer bislang kaum vorhandenen Zweisamkeit zwingen mich dazu, dich vor die Wahl zwischen Deinem Bruder oder unserer Liebe zu stellen. Maxis Anwesenheit verursacht Aggressionen in mir und zerstört die Harmonie, die ich brauche für meine Kompositionen. Liebste Nina, und ich brauche vor allem dich und Deine wirkliche Persönlichkeit, die Du so erfolgreich vor allen versteckst. Du warst es, der mich dazu befähigte, in immer weitere Höhen der Musik zu schweben, denn Dein geheimnisvoller Schmerz und Deine Liebe, verliehen mir die Flügel dafür. Max hat diese Schwingen mehr und mehr zerstört. Als er gestern Abend auch noch in den Musikflügel gefallen ist, stand es für mich fest, dass nunmehr eine Entscheidung getroffen werden muss.

Am römischen Konservatorium werde ich an meiner Symphonie weiterschreiben. Sie wird Dir gewidmet sein, denn nur durch Dich und die Musik lebe, liebe und atme ich.

Auch wenn es für mich unerträglich sein wird, dich nicht in meiner Nähe zu wissen, so hoffe ich, dass Du mich irgendwann verstehst. Bitte rufe mich nicht an, denn ich habe Angst zurückzukehren in eine Situation, die ich nicht länger ertragen kann.

Ich liebe Dich.

Michael

Ihre Hände umklammerten das Notenblatt, sie stürzte in eine bodenlose Tiefe. Nina fiel in sich zusammen wie die Hoffnung, alles würde sich an diesem Abend wieder zum Guten wenden. Bilder von Michi tauchten auf und verschwanden.

Nein, dies musste ein Albtraum sein, aus dem sie gleich aufwachen würde, und Michi saß wie gewohnt am Flügel. Nina schloss die Augen und versuchte zu atmen.

Als sie sie nach ein paar Sekunden wieder öffnete, drehten die Wände sich um sie herum wie ein Karussell. Sie taumelte zu einem Sessel, schlug die Hände vor das Gesicht und weinte. Eine Flut von Tränen wollte den unerträglichen Schmerz aus ihrem Herz hinwegspülen und eine ohnmächtige Verzweiflung kroch kalt durch ihren Körper. Ihre Welt war zerbrochen.

Stundenlang saß sie zitternd da, bis sie keine Tränen mehr hatte, und es wagte die Hände von ihrem Gesicht herunter zu nehmen. Es war stockdunkel.

Aus dem Nachbarzimmer ertönten laute TV-Geräusche und Max hantierte in der Küche. Kleiner Max, schoss ihr in den Sinn, er würde sich Vorwürfe machen, wenn er von Michis Weggang erfährt. Nina sprang auf, um im Badezimmer ihr Gesicht wieder in Ordnung zu bringen, als er leise an der Tür klopfte.

»Hallo, jemand zu Hause bei euch?« Ihr Bruder streckte den Kopf durch den Türspalt. »Nina? ... Michi? Hier ist ja alles dunkel. Kann ich reinkommen?«

»Ja ... aber klar, Maxi«, antwortete sie und wischte schnell über die Augen.

Max' schwarze Silhouette wirkte riesig vor dem hell erleuchteten Flur. Er schaltete das Licht an, blieb aber neben der Tür stehen, in der Hand einen Strauß Blumen. »Nima für dich!« Freudestrahlend hielt er ihr den Strauß entgegen, ließ ihn aber sofort sinken, als er Ninas verweintes Gesicht sah.

»Um Himmels willen was ist denn mit dir? Ist irgendwas passiert?« Max kam näher und legte die Blumen auf ein Tischchen. Sein entsetzter Blick ließ sie nicht los. »Wo ist Michi? Nina, was ist los?«

»Ach, nichts, Maxi ... du ... du kannst nichts dafür.« Wieder schluchzte Nina.

»Aber Du weinst ja! Hat dich jemand geärgert? Glaub mir, den mache fertig, und zwar krankenhausreif.« Sofort ballte Max die Fäuste, aber dann lockerte er sie wieder und umfasste vorsichtig ihre Schultern. »Oder ... Nina, hast du wegen dem Klavier geweint?«

»Nein, Max, du darfst niemand prügeln. Es ist ...« Ihre Stimme versagte.

»Doch wegen dem Klavier, hab ich recht?«

Nina umarmte ihn. Max war wesentlich größer als seine Schwester, stämmig und durch sein jahrelanges Boxtraining hatte er breite muskulöse Schultern und Arme. Die schwarzen, sehr kurz geschorenen Haare und tief liegende, dunkle Augen verliehen ihm ein gewalttätiges Aussehen, aber in seiner einfältigen Persönlichkeit steckte ein weicher, gutmütiger Charakter. Nein, Max trägt keine Schuld, dass Michael weggegangen ist. Es war sinnlos nach einem Grund für sein Weggehen zu suchen. Die Verantwortung dafür trug sie ganz allein. Nina löste sich aus seinem Arm und gab ihm einen kleinen Schubs.

»Nein, kleiner Bruder. Der Flügel wird bestimmt schnell wieder repariert sein. Komm, wir setzen uns jetzt erst mal. Möchtest du ein Bier?«

»Ja, klar doch, ich mach das schon.« Max schob Nina energisch zum Sessel. In der Küche stellte er die Blumen in eine Vase und kam mit einem Glas Rotwein und einer Bierflasche zurück.

»Maxi.« Nina sprach leise, denn jedes Wort fiel ihr schwer. »Du musst mir glauben, es hat wirklich nichts mit dir zu tun, Michael ist heute vorübergehend ausgezogen. Er braucht für seine Kompositionen etwas Ruhe und in ein paar Wochen beginnt er eine neue Stelle an einem Konservatorium in Rom. Er hat mich gebeten, ihn zu begleiten, aber ich kann hier nicht einfach alles stehen und liegen lassen. Der Job und so, weißt du? Daher ist er zunächst allein vorgefahren.«

»Mit seinem alten Auto die ganze Strecke nach Italien? Vorgefahren?« Maxi sah sie ungläubig an. »Aber Nima! Wieso? Er kann uns doch nicht einfach zurücklassen. Und was ist mit dir? Habt ihr euch etwa gestritten? Wegen dem Flügel?«

Nina schüttelte energisch den Kopf und sah ihn so fest wie möglich an. »Nein, Maxi! Wir haben uns nicht gestritten und wegen des Flügels schon gar nicht. Michi braucht einfach nur Zeit für sich ... wegen seiner Musik. Verstehst du?«

»Nein, das verstehe ich absolut nicht, denn ich sehe doch, wie traurig du bist.«

»Ich bin nur ein wenig traurig, weil das alles so plötzlich gekommen ist.«

»Das ist doch nicht richtig. Ihr liebt euch doch und da macht man sich nicht so einfach auf und davon.« Wie um seiner Aussage mehr Nachdruck zu verleihen, haute er mit der Faust auf sein Schenkel.

»Michael ist nicht einfach auf und davon ...«

»Doch! Er ist einfach weggerannt wie Papa damals. Ich sage dir, wenn ich dem jemals begegne, breche ich ihm die Nase, bevor er auch nur Guten Tag gesagt hat.«

»Max! Das ist kompletter Unsinn. Michi und ich …

wir lieben uns und werden bestimmt einen Weg finden, damit wir wieder alle zusammen sein können.« Und mehr zu sich selbst: »Papa hingegen ist bestimmt schon lange tot und irgendwo in Südamerika begraben.«

Max beruhigte sich etwas, aber es war ihm anzusehen, dass er ihre Worte bezweifelte. Er sah sie eine Weile nachdenklich an, dann verschwand er wortlos in die Küche. Fünf Minuten später kam er mit einem Teller belegter Brote zurück.

»Jetzt iss erst mal etwas. Ich vermute, du hast heute mal wieder keine Zeit zum Essen gehabt.« Max' dunkle Augen strahlten vor Freude, als sie sich auf die Brote stürzte. Er füllte Wein nach und nachdem sie alles bis auf den letzten Krümel gegessen hatte, brachte er den leeren Teller wieder in die Küche.

Nach ein paar Minuten kam er zurück. Seine kräftige Gestalt stand verloren mitten im Zimmer. »Nima, du solltest ...« Er brach ab.

Nina lief zu ihm. »Nichts sollte ich jetzt tun, außer dir Danke zu sagen. Das hat gut getan. Max, wenn ich dich nicht hätte ...«

»Wenn du mich nicht hättest, ging es dir besser und du könntest mit Michi nach Rom gehen.« Seine dunklen Augen glänzten feucht.

Nina atmete ein, um sofort zu widersprechen, aber sie brachte kein Wort heraus. Sie riss sich zusammen. »Max, du redest wirklich Unsinn! Michis Auszug hat überhaupt nichts mit dir zu tun. Ich kann hier nicht so einfach alles stehen und liegen lassen. Jetzt geh schlafen und mach dir keine Sorgen. Ich komme schon klar.«

Max tappte langsam zur Tür, aber sein Blick blieb auf Nina gerichtet, bedrückt und doch verständnisvoll zugleich. »Ich geh dann mal rüber. Ruf mich ruhig, wenn du Angst hast oder etwas sein sollte.« Nina knuffte ihn im Hinauslaufen heftig auf den Arm. »Keine Bange, ich weiß, dass ich einen starken Beschützer habe.«

Nachdem Max das Wohnzimmer verlassen hatte, nahm sie erneut das Notenblatt und las Michis Brief immer wieder, bis die Schriftzüge vor ihren Augen verschwammen. Die Stille des sonst von Klaviertönen erfüllten Raumes war fremd und das Gespräch mit Max ging ihr nicht aus dem Kopf. Könnte sie ihn tatsächlich zurücklassen und Michael nach Rom folgen? Nein, niemals. Es musste doch eine andere Lösung geben. Die Idee schien wie ein egoistischer Verrat an dem kleinen Bruder zu sein. Ihre Gedanken drehten sich im Kreis und trotz ihrer Müdigkeit war sie hellwach. Wie sollte sie Ruhe finden ohne Michis Geborgenheit? Schon allein die Vorstellung, ohne ihn einzuschlafen war unerträglich. Stundenlang saß sie regungslos im Sessel, Michis Brief in der Hand, ein weiteres Glas Rotwein in der anderen. Sie war so leer wie das Zimmer und die Flasche Wein vor ihr auf dem Tisch.

Am nächsten Morgen weckte sie ein leises Klopfen an der Schlafzimmertür. Michi? Ninas Kopf dröhnte entsetzlich. Sie hatte keine Ahnung, wann oder wie sie überhaupt ins Bett gegangen war. Verwirrt öffnete sie die Tür, doch der Anblick ihres Bruders löschte die Vorstellung, dass Michi zurückgekehrt war, sofort wieder aus.

Max hielt ihr ein Tablett mit Kaffee und frischen Brötchen entgegen.

»Guten Morgen, Nima. Ich wollte dir nur ein Frühstück bringen.« Seine müden Augen wirkten tiefer als sonst, trotzdem versuchte er zu lächeln. »Ist alles okay? Oh je, ich glaube, ich sollte dir gleich noch ein Glas Wasser und Aspirin dazu stellen.«

»Danke Maxi, das ist so lieb von dir. Aspirin könnte ich wirklich gut gebrauchen.« Sie nahm das Tablett entgegen und nippte kurz an dem Kaffee. »Mmm, schon viel besser.«

Max blieb unschlüssig in der Tür stehen. »Du ... ähm, kann ich irgendetwas für dich tun?«

Nina strich ihre wirren Haare aus dem Gesicht und blickte ihn fest an. »Maxi, du tust doch schon so viel! Mach nicht so ein Theater um die Sache. Du weißt doch, dass wir bisher immer füreinander da waren, also werden wir auch die nächste Zeit überstehen. Michi wird sich bestimmt sehr bald telefonisch melden und dann sehen wir weiter. Es ist alles okay, du musst dir wirklich keine Sorgen machen.«

Max zögerte. »Ja, vielleicht, ich weiß nicht.«

»Ganz sicher, Kleiner! Und du musst jetzt los zu deiner Arbeit, sonst kommst du zu spät.« Nina schob ihn zur Tür hinaus mit der gesamten Kraft, die sie in diesem Moment aufbrachte. Irgendwie musste sie es schaffen, diesen Albtraum zu überleben, doch die leeren Regalfächer im Kleiderschrank versetzten ihr erneut einen Stich ins Herz. Das Gefühl allein zu sein, wenn auch nur für eine kurze Zeit, ohne Michaels Nähe war unerträglich. Seine Abwesenheit lag wie eine feste Schlinge um ihren Hals, die sie langsam zu erstickten drohte. Nicht nur Michis Weggang, vielmehr die Erkenntnis ihres eigenen Versagens, zog diese Schlinge immer fester. Nina riss das Fenster auf, aber der Dämon einer tief verankerten Einsamkeit erwachte und verhinderte, dass sie ihren Gefühlen Folge leistete.

Von dem ausgiebigen Frühstück und zwei Kopfschmerztabletten gestärkt, rannte Nina eine Stunde später zu ihrem Wagen. Der Porsche heulte auf unter ihrer rücksichtslosen Fahrweise, und ein Radfahrer, den sie beinahe gestreift hätte, brüllte Beschimpfungen hinter ihr her. Sie krallte ihre Hände in das weiche Leder des Lenkrads und wischte immer wieder ihre Tränen ab.

Auf ihrem Parkplatz bestätigte ein kurzer Blick in den Fahrerspiegel, dass sich ihr Aussehen von heute früh im Badezimmer kein bisschen gebessert hatte. Im Gegensatz zu ihren sonstigen Gewohnheiten schlich sie mit gesenktem Kopf vorsichtig zu ihrem Schreibtisch im ›Garten‹. Nur keine besorgten Fragen der Kollegen riskieren, denn ihr Kummer und die dunklen Augenringe ließen sich kaum wegschminken. Am liebsten wäre sie unsichtbar an diesem Morgen. Still arbeitete sie an einer Produktbroschüre und hoffte, dass ihr Verhalten niemand auffallen würde.

Obwohl ihr Telefon Dutzende Male klingelte, hielt die Tarnung bis zum frühen Nachmittag. Dann aber wusste sie sofort, was auf sie zukam. Ein leises Bing des Mail-Eingangs ihres Macs hatte eine Katastrophe angekündigt, die jetzt in der Gestalt von Pierre auf ihren Schreibtisch zusteuerte.

Pierre de Valois hieß eigentlich Peter de Valois, aber er legte großen Wert auf die französische Aussprache seines Namens und auf die Tatsache, dass er angeblich einem uralten Herrschergeschlecht aus der Auvergne angehörte. Er hatte eine der bedeutendsten Hochschulen in Paris besucht, die École nationale supérieure des Arts Décoratifs, und arbeitete seit vielen Jahren als Koordinator in der Kreativabteilung. Als

Einziger in der Agentur trug er ausschließlich Anzüge, die ausnahmslos aus vergangenen Modeepochen stammten und – mit ungewöhnlichen Krawatten kombiniert – ihm den Ruf eingebracht hatten, ein Sonderling zu sein. Sein blasses Gesicht war stets glatt rasiert und die dunkelblonden Haare streng zu einem kurzen Zopf gebunden. Wie immer, wenn er eine positive Reaktion auf seinen Auftritt erwartete, hatte Pierre diesen siegessicheren Gesichtsausdruck und sein betont verbindliches Lächeln.

»Nina, wie geht es dir?«

Sie pustete eine Haarsträhne aus ihrem Gesicht. »Wieso fragst du? Eigentlich ganz gut.«

»Nun ... ich hatte schon letztens den Eindruck, dass dich etwas bedrückt. Und ich hoffe, dass es nichts mit unserer Arbeit zu tun hat?«

Sie sah zu ihm auf. »Nein! Ganz sicher nicht und ich habe auch kein Problem, weder mit unserer Arbeit noch sonst.« Nina erschrak über ihren harten Ton und fügte versöhnlicher hinzu: »Pierre, ich mache gerade etwas Feinschliff an der Produktbroschüre für Hoffmann, die Nahrungsmittelergänzungen und so. Hab heute erst die Bilder aus dem Design bekommen.«

»Oh je, die sind wirklich nicht die Schnellsten, gut, dass du das gleich in Angriff genommen hast. Der Entwurf war ja ganz okay. Aber jetzt verstehe ich, warum du dich heute so versteckt hältst.« Nina hielt seinem forschenden Blick stand, schwieg aber und unter dem Schreibtisch trommelten ihre Füße einen wilden Takt.

»Alles klar, ich verstehe.« Pierre hatte sich abgewandt, um wieder zu seinem Büro zurückzukehren, blieb aber abrupt stehen und sah sie erneut eindringlich an. »Ähm, Nina, ich wollte dir nur sagen, wenn du mir eine Frage stellen möchtest, kannst du das jederzeit tun.«

»Danke, Pierre. Das ist lieb von dir und wenn ich etwas wissen möchte, weiß ich, an wen ich mich dann wenden kann.« Nina drehte ihr Gesicht ab, aber er ließ nicht locker.

»Nina, du hast also auch keine persönlichen Fragen? Du weißt schon, dass die Kollegen gern über jemand reden.«

»Nein, Pierre. Ganz sicher nicht.« Nina kämpfte, um ihre Stimme gelassen klingen zu lassen. Pierre warf ihr einen letzten argwöhnischen Blick zu, dann verschwand er endlich.

Was sollte das denn jetzt sein? Ging es irgendjemand etwas an, wenn sie private Probleme hatte? Pierre wollte definitiv wissen, ob sie sein Telefonat belauscht hatte. Stand es etwa auf ihrer Stirn, dass Michi ausgezogen ist? Ihre Finger hauten auf die Enter-Taste, um die Änderungen zu speichern und das Programm zu beenden. In diesem Moment kam sie sich vor wie ihr kleiner italienischer Espressokocher: randvoll mit Koffein und unter einem enormen Druck.

Nina nahm einen Block gelber Klebezettel, schrieb mit schwarzem Edding jeweils nur ein Wort auf einen Zettel und klebte ihn an ihren Mac. *NEIN* – immer wieder in dicken Lettern nur dieses eine Wort. Ihre Finger schmerzten und der Filz knickte ab, sie nahm einen neuen Stift. Wie ein unbekanntes Mantra kritzelte sie *NEIN* auf jeden einzelnen Zettel, bis das Klingeln ihres Handys sie unterbrach.

»Michi! Endlich rufst du an.«

»Nein, leider nicht dein Herzblatt, liebe Nina.«

»Hey, Charly.« Sie stellte den Edding wieder zurück.

»Nina, störe ich dich gerade?« Die sonst schon hohe Stimme der Freundin überschlug sich am Telefon. »Nina, wir müssen uns unbedingt treffen!«

Der Bildschirm ihres Mac gähnte Nina an wie ein großer schwarzer Schlund mit gelben Zähnen. »So, müssen wir das? Was gibt es denn so Dringendes?«

»Mensch, Nina, was ist denn mit dir? Seit wann fragst du, ob ich etwas Dringendes habe?«

»Schon gut, sorry. Ich möchte dich auch gern mal wieder sehen. Bitte entschuldige. Ich bin gerade nicht so gut gelaunt und war möglicherweise etwas abweisend.«

»Klar, verstehe. Du hast ja auch immer viel um die Ohren.« Charlotte machte eine bedeutungsvolle Pause, um noch eine Oktave höher weiterzureden. »Ich muss dir von einem unwiderstehlichen Mann berichten ...«

»Okay, Ehemann Nummer drei?« Ninas Füße fingen erneut an zu trommeln.

»Nun sei doch nicht so ironisch, Nina. Kann halt nicht jeder so ein Glück wie du haben. Ich meine, ich habe ihn erst ein paar Mal getroffen, aber wer weiß?«

»Dann lass uns doch nächste Woche Donnerstag an der Alten Oper treffen. Wir können im ›Opéra‹ etwas essen und ein bisschen quatschen. Wäre sieben Uhr okay?«

Charlottes Stimme am Telefon piepste jetzt vorwurfsvoll. »Du weißt doch, dass ich abends keine Kohlehydrate mehr esse.«

»Na, dann isst du dort eben einen Salat, das ist doch kein Problem.«

»Nina, du verlangst wirklich viel von mir. Ich komme nur, weil du meine beste Freundin bist.«

»Ich weiß, liebe Charly, das beruht aber auf Gegenseitigkeit. Bis dann.« Nina beendete kurzerhand das Gespräch. Sie war unfähig noch länger zuzuhören oder an einer weiteren Aufgabe zu arbeiten. Sie wollte nach Hause, zurück in ihre heile Welt ... zu Michael. Ihr Puls raste, erschöpft stützte sie den Kopf auf ihre Hände und sah in den schwarzen Schlund, der sie in diesem Augenblick zu verschlingen drohte.

Keine Minute länger konnte sie ihm widerstehen. Nina nahm ihre Jacke und von den erstaunten Blicken der Kollegen verfolgt, flüchtete sie zu ihrem Wagen. Selbst auf dem Nachhauseweg ließ sie die Vorstellung des dunklen Abgrunds nicht los.

Gegenüber von ihrem Haus stand ein schäbig gekleideter Mann am Straßenrand. Er schien zu warten und sprang sofort zur Seite, als sie mit dem Porsche in eine Parklücke direkt vor ihm raste. Es war der Alte, der ihr geholfen hatte, den alkoholisierten Maxi ins Haus zu schaffen.

»Na, junge Frau, heute ham Sie's aber eilig.« Er grinste und kam auf sie zu.

Nina erschrak und blieb eine Sekunde wie versteinert stehen. Sie wusste nicht, ob ihre Angst vor seinem Anblick oder davor, fast diesen armen Obdachlosen zu überfahren, größer war. Als er näher schlurfte, roch Nina seinen alkoholisierten Atem. »Nein! Bitte entschuldigen Sie«, schleuderte sie ihm entgegen und eilte auf die andere Straßenseite.

»Sie müssen nicht erschrecken vor mir. Ich tu Ihnen nichts. Ich wollte nur ...«, rief der Alte hinter ihr her, aber Nina war schon ins Haus gerannt. Mit zitternden Händen schloss sie die Wohnungstür auf.

»Michi?« Aber ihr Ruf blieb unbeantwortet. Ihr

Zuhause war einsam und verlassen. Nur ihre Atemgeräusche, und der Lärm der wenigen vorbeifahrenden Autos erinnerte sie daran, dass sie noch lebte.

Sie konnte in dieser Leere nicht bleiben. Nina rannte wieder raus auf die Straße. Der Alte war verschwunden, allein die Bewohner der umliegenden Häuser kehrten von dem Arbeitsalltag zurück. Sie lief stadtauswärts zum Holzhausenpark und setzte sich auf eine freie Bank an dem kleinen Teich vor dem gleichnamigen Herrenhaus. Vom Spielplatz drangen Kinderstimmen an ihr Ohr und hier am Teich fütterte eine Mutter mit ihrem Kleinkind die zahlreichen Enten. Aber alle schienen namenlose Wesen ohne Schatten zu sein. Sie hörte das Rauschen der alten Laubbäume und das aufgeregte Schnattern der vielen Enten, der Wind spielte mit ihren Haaren. Vertraute Bilder aus einer anderen Zeit, einer glücklichen Zeit, die ihr jetzt fremd, fast außerirdisch vorkamen. Nina saß auf der Bank und erblickte ihre Umgebung, ohne sie wirklich zu sehen. Menschen kamen und gingen vorbei. Ein paar Jugendliche ließen sich auf der großen Grünfläche nieder. Bierflaschen wurden herumgereicht und der Dunst einer Shisha verbreitete sich in der Dämmerung über die Wiese.

Viele Stunden später raffte sie sich wieder auf und schlich zurück. Aber die Wohnung war unverändert. Räume, die früher mit Klaviertönen und dem Leben der drei Bewohner erfüllt waren, blieben jetzt still und ein- sam. Selbst Max war noch nicht nach Hause zurückge- kehrt. Mechanisch ging Nina zu Bett und zog die Decke über den Kopf. Aber sie hatte keine Tränen mehr.

Viertes Kapitel

Als Nina am nächsten Morgen zu ihrem Arbeitsplatz stürmte, flatterten ihr ein paar der gelben Post-its entgegen. Wie Herbstlaub hingen die Zettel in den Zweigen der Pflanze neben ihrem Schreibtisch oder klebten verstreut auf dem braunen Holzfußboden. Sie sammelte die Zettel auf und dachte einen Moment daran, alle wieder zu entfernen, aber dann hielt sie an und las laut deren Aufschrift: »Nein! ... Nein?«

Etwa zu der Tatsache, dass ihr Leben trotz den vielen unausgesprochenen Problemen so weitergehen kann wie bisher? Oder *Nein!* Es durfte nicht sein, dass Michael allein nach Rom ging? Sie hatte die Zettel gestern einem unbewussten Impuls folgend beschriftet. Aber warum mit Nein und nicht Ja oder einem anderen Wort – wer oder was hatte sie zu dieser Aussage veranlasst? Lag in dem Hinweis eine Erkenntnis verborgen? Eine Antwort auf die Fragen, die sie nie gewagt hatte zu stellen, weil sie deren Folgen fürchtete? Hatte sie nicht schon seit der Kindheit zu häufig Ja gesagt oder eher gezwungenermaßen zugestimmt? Wer war sie überhaupt?

Sie schaltete ihren Mac ein. Eine lange Liste ungeöffneter E-Mails forderte sie auf, sich wieder auf ihre Arbeit zu konzentrieren. Sie überflog die zahllosen Nachrichten im Posteingang, aber ihr Kopf sträubte sich, die Informationen und Bilder zuzulassen. Sie schloss die Augen und atmete tief.

Entfernt vernahm sie Ferdis Stimme gefolgt von dem lauten Gelächter der beiden Praktikanten. Telefone summten in unterschiedlichen Tonlagen und die unermüdlichen Kaffeemaschinen brummten drohend unter ihrem Druck. Ein paar Texter unterhielten sich leise über die Bedeutung des Wortes ›Relaxmöbel‹. Obwohl ihr eher nach Weglaufen zumute war, griff sie zu einem Block und fing an Illustrationen für den Wellness-Drink zu scribbeln. Schwerpunkt der Werbung sollten nicht die üblichen Merkmale wie Natur oder biologische Inhaltsstoffe sein, sondern der krasse Gegensatz zu den Energy-Drinks. Das Getränk schmeckte süß und frisch, aber auf Nina wirkte es keinesfalls beruhigend. Was konnte sie mit dem Begriff Wellness verbinden? Zuerst entstand auf dem Papier eine Person, die darin badete, dann ruhte sich diese Gestalt auf einem flüssigen Untergrund aus Yin und Yang aus. Nina nahm ein neues Blatt, aber das Ergebnis blieb gleich. Es entstanden nur flüchtige Zeichnungen ohne Idee oder Aussage. Jeder einzelne Strich verhungerte in der Einöde ihrer Einfallslosigkeit. Ihre Gedanken kehrten immer wieder zu Michael zurück. Warum meldete er sich nicht? Ob er an sie dachte? Resignierend legte Nina die Stifte zur Seite.

»Hey, Nina, was möchtest du uns denn damit sagen?« Patrick stand hinter ihr und deutete lächelnd auf ihren Bildschirm. »Das sieht ja aus wie ein riesiges Haifischmaul mit gefährlich gelben Zähnen.«

»Ähm ... bitte entschuldige, eigentlich nichts. Ich weiß nicht so richtig, warum die da hängen, aber mit einer Message an euch hat das wirklich nichts zu tun. Ich mache sie gleich wieder ab.«

»Schon okay. Sieht ja auch irgendwie kreativ aus ... wie eine Collage. Nur die Aufschrift *Nein* hat mich gerade irritiert, und ich hab mich gefragt, ob das vielleicht schon etwas mit dem neuen Agenturpitch zu tun hat. Pierre hat dir doch schon davon berichtet.

Oder?«

Ninas Blick flog sofort zu ihren Mail-Eingang. »N...
nein, ich meine, ja ... klar hat er das. Wir besprechen
das sicher ausführlich heute beim Team-Meeting.«

»Das ist ja interessant, ich dachte, das hättet ihr
gestern schon getan?« Patrick sah sie verständnislos an.
»Das wird ein großer Pitch für ein neues Corporate
Design des Möbelherstellers in Print, online und Social
Media. Da sind wir alle gefordert.«

»Sicher, Patrick. Ich werde gleich noch mal mit
Pierre reden.«

»Sehr gut!« Patrick nickte ihr zu und schlenderte
weiter.

Nina pustete eine Haarsträhne aus dem Gesicht.
Verflixt, was war ihr alles entgangen? Schnell las sie
Pierres Rundmails durch, die gestern am späten
Nachmittag eingetroffen waren. Dann stürmte sie zu
seinem Arbeitsplatz.

Pierre saß zurückgelehnt am Schreibtisch und
telefonierte. Er hatte die Füße auf ein seitliches Regal
gelegt, das Gesicht war zum Fenster gewandt. Als er
Ninas Anwesenheit bemerkte, beendete er das
Telefonat.

»Nina, wie schön dich mal wieder zu sehen.« Sein
kühler Blick traf direkt in ihr Gewissen. Sie atmete
hörbar aus.

»Pierre, warum hast du mir noch nichts von dem
Agenturpitch gesagt? Patrick hat mich gerade
informiert.«

Seine schmalen Lippen verzogen sich zu einem
Lächeln. »Weil du, liebe Nina, gestern schon kurz nach
dem Mittagessen davongerannt bist. Die Kundeninfo
kam gegen vier und dann ging sofort eine Mail an alle

raus, dass um fünf Uhr ein Team-Meeting stattfindet.«

»Schade, es tut mir wirklich leid, ich ... ich hatte einen privaten Termin.«

»Ich verstehe ... das war sicher wichtig für dich.«

Nina stutzte. Hörte sie einen spöttischen Unterton in seiner Stimme?

»Nein, eigentlich war der nicht so wahnsinnig wichtig. Aber ich bin echt gespannt, was ich verpasst habe.«

»Nun, das meiste kannst du in den Mails nachlesen.« Pierre zupfte an seiner Krawatte und sah sie mit hochgezogenen Augenbrauen an. »Wir haben dich gestern allerdings alle sehr vermisst.«

»Na ja, so wichtig bin ich doch auch nicht.«

»Das stimmt nicht. Ich habe Patrick gestern mal gefragt, du bist schon länger hier als ich und das wird sicher dein fünfzigster Pitch. Im Gegensatz zu dir ist das für ein paar der Kollegen noch keine Routine.«

»Kein Problem, dann schaue ich mir das gleich mal an.« Nina drehte sich weg, um wieder zu ihrem Platz zurückzukehren.

»Moment noch.« Pierre kam um seinen Schreibtisch herum und hielt dicht vor ihr an. Eine Hand griff nach ihrem Arm, während er die andere in seine Hosentasche steckte.

»Nina, dieser Pitch ist sehr, sehr wichtig für uns und besonders für mich, da es mein Neukunde ist. Ich habe mehr als ein halbes Jahr dafür gebraucht, ihn davon zu überzeugen. Wir brauchen daher die ungeteilte und volle Konzentration aller Mitarbeiter, also auch deine, Liebes. Abgabetermin ist Ende April, also schon in sechs Wochen, wir haben daher nur etwas mehr als drei Wochen für die Konzeption, dann ist schon Rebriefing beim Unternehmen. Das bedeutet leider auch Urlaubssperre für alle beteiligten Mitarbeiter.«

Nina riss sich los. »Ich hatte nicht vorgehabt wegzufahren.«

»Das freut mich. Dann können wir also nicht nur auf deine physische, sondern auch auf deine geistige Anwesenheit hier zählen?«

»Natürlich. Klar. Ich mache mich gleich an die Planung.« Nina tappte von einem Fuß auf den anderen.

»Danke, Liebes. Ach, und noch was, die Excel-Tabelle für vorgestern, weiß du die Kostenschätzung für den Kunden Hoffmann … das hat Sandra jetzt übernommen.«

Vorbei an Ferdi, der auf dem Sessel vor Pierres Schreibtisch gewartet und Unterhaltung der beiden verfolgt hatte, rannte Nina zurück in ihren ›Garten‹. Selbst wenn sie wollte und Maxi mitkommen würde, sie könnte in den nächsten Wochen gar nicht zu Michael fliegen. Das würde sie mit Sicherheit den Job kosten.

Tränen bahnten sich einen Weg aus ihrem Herz und sie stürzte in den Waschraum. Niemand sollte sehen, dass sie weinte. Als sie kurze Zeit später wieder zurückkehrte, liefen die Zahnräder der Agentur bereits gleichmäßig und ihre Liste der ungelesenen Nachrichten hatte sich vervielfacht. Nina verbrachte die nächsten Stunden am Telefon, verfasste unzählige Notizen über den Aufgabenbereich des Kollegen und stellte einen ersten Entwurf für den Organisationsablauf zusammen. Nebenbei verfolgte sie Pierre von einem Meeting zum anderen im Laufstil, meistens mit einem Handy in der Hand.

Zwischen den Terminen zupfte er an seinem blonden Zopf oder nestelte an dem bunten Einstecktuch in der Brusttasche seiner Anzugjacke. Seine Miene blieb ausdruckslos und kühl, wenn er ihre Frage kurz beantwortete.

Nina achtete aufmerksam auf seine Wortwahl und auf jede kleine Veränderung in seinem Verhalten ihr gegenüber, denn sie wurde den Eindruck nicht los, dass Pierre distanzierter als sonst war. Lag es daran, dass sie sein Telefonat mitbekommen hatte? Oder an der merkwürdigen CD? Oder doch nur am Stress? Alle anderen Projekte blieben zurückgestellt, bis das Konzept für den Möbelhersteller genehmigt war. Oder bildete sie sich alles nur ein?

Vor den Fenstern dämmerte der Abend und das Licht der riesigen Deckenlampen spiegelte sich in den Scheiben. Ninas Kopf schmerzte. Sie rieb sich die Schläfen, schloss die Augen und sah – Michael, wie er versunken in der Welt seiner Musik am Flügel spielte. Sicher war er schon in Rom angekommen und saß jetzt in einem Hotel oder in einer Gästewohnung der Musikakademie. Möglicherweise war er um diese Uhrzeit in einem Restaurant? Er liebte italienisches Essen.

Sie zuckte zusammen, als jemand sacht ihre Schultern massierte, doch sie ließ die Augen geschlossen und genoss die entspannende Berührung. Aber Michael konnte nicht hier sein? Erschrocken fuhr sie herum und erblickte Ferdi, der die Hände wieder von ihren Schultern gelöst hatte.

»Reicht für heute. Oder?« Er lachte sie an. »Warte, bin gleich wieder da.«

Als Ferdi ein paar Minuten später zu ihrem Schreibtisch zurückkehrte, hielt er zwei Flaschen des Wellness-Getränks in der Hand und stellte eine davon vor ihren mit Post-its geschmückten Mac.

»Nina, Pause! Morgen ist auch noch ein Tag.«

Sie tranken schweigend die süßliche Flüssigkeit; Nina beendete dabei die Programme ihres Computers. Ferdi hatte sich neben ihr auf einen Sessel gesetzt.

»Nina, wir haben dich gestern Nachmittag vermisst.«

»Ja, sorry dafür. Ich musste dringend weg.« Nina zerknüllte einen der gelben Zettel und warf ihn wütend in den Papierkorb.

Ferdi trank einen weiteren Schluck. Aufmerksam verfolgte er ihr Tun.

»Der Agenturpitch hat offensichtlich die allerhöchste Priorität. So aufgeregt wie im Meeting habe ich Pierre schon lange nicht mehr erlebt. Ich hab den Eindruck, dass diese Sache für ihn überlebenswichtig ist.« Ferdi kratzte seinen rotblonden Kopf. »Vielleicht steht ja auch eine Beförderung auf dem Spiel.«

Nina hielt einen weiteren Zettel in der Hand und musste über seine verschwörerische Miene grinsen. »Ja, wer weiß, was Patrick ihm als Belohnung für den Auftrag in Aussicht gestellt hat. Ich vermute, das wird wieder ein Riesenstress mit Nachtschichten, bis der Pitch über die Bühne ist.«

»Genau so sieht's aus, Nina-Schatz. Du solltest deinen musikalischen Liebsten zu Hause schon mal vorwarnen.«

Sie knüllte weitere Post-its zusammen und schmiss sie so fest in den Eimer, dass sie wieder raussprangen und auf dem Boden landeten. »Hab ich schon getan.« Mit ihrer ganzen Selbstbeherrschung schaffte sie es, die Zettel wieder aufzusammeln und in den Papierkorb zu legen. Ferdi sah sie stirnrunzelnd an.

»Du, ähm Nina … ein paar Kollegen gehen übermorgen in Sachsenhausen was trinken. Magst du mitkommen? Das wär doch mal eine Idee, oder?«

»Ja, vielleicht. Ich weiß noch nicht. Aber lieb, dass du fragst.« Nina trank den Rest ihres Wellness-Getränks und deutete auf Ferdis leere Flasche. »Soll ich deine mitnehmen?«

Ferdi schüttelte den Kopf. »Nein, nein, lass nur stehen. Ich räum die gleich weg.« Beim Aufstehen griff er nach Ninas Flasche. »Du ... Nina,« er stockte. »Nina, ist alles okay mit dir? Ich meine, wir kennen uns schon, seit ich hier in diesem Laden arbeite, und ich merke, dass etwas dich sehr bedrückt.«

Erneut riss Nina sich zusammen, was immer schwerer fiel. »Blödsinn, Ferdi! Ich glaube, du hast zu viel von diesem süßen Zeug hier getrunken. Ist möglicherweise leicht narkotisch und du hast Halluzinationen.«

Mit den beiden leeren Flaschen in den Händen blieb Ferdi vor ihr stehen.

»Nina, kann ja sein, dass ich mir das alles nur einbilde. Aber ...« Er machte eine lange Pause, bevor er weiterredete. »Aber ich will es dir mal so beschreiben, es gibt Ballons, Fußbälle und Tischtennisbälle. Die Ballons sind schön anzusehen, bunt und auffallend schweben sie durch das Gas in der Luft, so wie der dahinten.«

Ferdi deutete mit dem Kopf in Richtung von Pierres verwaistem Schreibtisch. »Und wenn du das Gas rauslässt, bleibt nur eine leere Hülle zurück. Dann gibt es noch die Fußbälle, die wegen der vielen Tritte eine Lederhaut haben. Aber wir beiden, Nina, wir sind die Tischtennisbälle, flink, schnell und immer auf Achse.

Wir kriegen auch manchmal einen kleinen Klaps, aber wir springen über alle Netze hinweg. Also lass dich nicht zu einem Fußball umfunktionieren. Verstehst du jetzt, was ich meine?«

»Ach, Ferdi. Du hättest Philosoph werden sollen. Momentan noch nicht, aber ich denke mal darüber nach. Der Vergleich mit dem Luftballon gefällt mir allerdings.«

Ferdi lachte. »Und wie ein Fußball siehst du ja nun wirklich nicht aus. Also pass auf dich auf.«

»Es war ein langer Tag, Ferdi. Für uns alle. Ich muss jetzt wirklich los.« Nina rannte aus dem Büro und Ferdi sah ihr hinterher.

Am selben Nachmittag stand Max mit nacktem Oberkörper im Waschraum der Kfz-Werkstatt. Mit einer Bürste hatte er versucht, die Öl- und Fettschmiere von seinen Händen zu schrubben, aber die Fingernägel blieben schwarz. Er war frisch geduscht und sein Arbeitsoverall hing ordentlich in seinem Spind, ein sauberes Hemd lag griffbereit neben dem Waschbecken.

»Na, Max, du schon fertig?« Hakim, ein syrischer Junge, der noch im Flüchtlingsheim wohnte und erst seit ein paar Wochen in der Werkstatt arbeitete, boxte fest auf seinen Oberarm. »Kommst du mit, Bier trinken? Ich hab großen Durst.«

Max trocknete sorgfältig die Hände und schüttelte den Kopf. »Nee du. Heute nicht. Hab keine Zeit.« Er zog sein Hemd an und überprüfte im Spiegel, ob alle Knöpfe auf der richtigen Höhe saßen, denn meistens knöpfte er die Hemden schief zu. Hakim betrachtete ihn von der Seite. »Warum du keine Zeit? Hast du Frau? Wann wir gehen boxen? Ich will so stark wie du sein.«

Max gab dem schmächtigen Jungen einen leichten Schubs. »Hakim, ich habe versprochen mit dir zu trainieren, und das machen wir auch, aber heute muss ich wirklich etwas anderes erledigen.«

Der junge Syrer ließ enttäuscht den Kopf hängen. »Dann du musst weg zu Freundin. Du willst nicht mit mir boxen und Bier trinken.«

»Aber ihr dürft wegen eurer Religion doch gar kein Alkohol trinken.« Max sah erstaunt auf ihn herab.

»Doch, ich bin Christ, daher ich geflohen.« Hakim stand vor seinem Spind und hielt ein zerknittertes Foto in der Hand. »Aber ich allein fort. Mama und Papa tot in Syrien.«

»Ich verstehe ... Hakim, das tut mir leid ... es ist sicher schlimm für dich. Ich verspreche dir, morgen zeige ich dir das Boxstudio und hinterher gehen wir zusammen ein Bier trinken. Aber das mit dem Trinken werden wir nicht übertreiben, mein Freund.« Max nickte dem Jungen aufmunternd zu und trabte zu seinem Wagen.

Er hatte das alte Mercedes-Coupé einem Kunden für kleines Geld abgekauft und über ein Jahr lang in seiner Freizeit jedes Einzelteil überprüft und repariert. Zufrieden lauschte er dem gleichmäßigen Brummen des Motors, Max liebte dieses alte Auto.

Auf dem Nachhauseweg verfolgte ihn Hakims Schicksal. Wie einsam der junge Mann war! Vollkommen allein in einem fremden Land zu sein, die Heimat im endlosen Krieg zerstört und die Familie tot oder in andern Flüchtlingsheimen verteilt.

Er selbst hatte seinen eigenen Vater nie kennengelernt. Nur Nina und später zusammen mit Michael bedeuteten bisher so etwas wie eine Familie für ihn. Die ganzen Jahre war er überzeugt, dass dies sich niemals ändern würde. Aber nun fehlte Michi.

Zu Hause schloss er leise die Wohnungstür auf und schaute vorsichtig ins Wohnzimmer. »Nima?« Als niemand antwortete, ging er in sein Zimmer und schaltete den Fernseher ein. Ohne die Sportsendung, die gerade lief, bewusst zu verfolgen, starrte er eine ganze Weile auf den Bildschirm. Hakims Einsamkeit und die Ereignisse der letzten Tage hatten einen vollkommen anderen Film in seinem Kopf gestartet und der ließ ihn nicht los, denn seine Schwester spielte die Hauptrolle darin.

Solange er zurückdenken konnte, war sie die einzige Bezugsperson in seinem Leben. Nina hatte ihn aus dem Kindergarten abgeholt und ihm ein Pflaster auf seine Stirn geklebt, wenn er sich mit den anderen Kindern geprügelt hatte.

»Das dürfen wir aber nicht der Mama verraten«, hatte sie ihm dann eingeschärft. Mama sollte nicht mit ihren kleinen Problemen belastet werden. Oftmals war ihre Mutter nach der Arbeit so müde, dass sie nicht einmal mit den beiden essen, sondern gleich schlafen wollte und nachts hörte er sie weinen. Nina erklärte ihm, dass ihre Mama so traurig war, weil Papa weggegangen ist, aber sie hatte dabei selbst Tränen in den Augen. Was war sein Vater nur für ein schrecklicher Mensch, dass er die Familie einfach verlassen hatte! Er kannte sein Aussehen nur von ein paar Fotos, aber war überzeugt, dass er ihn heftig verprügeln würde, falls er seinem Vater jemals begegnete.

Obwohl er seine Schwester dafür oft beschimpft

hatte, war Nina es, die ihn später in der Schule zum Lernen ermutigte und mit ihm die Hausaufgaben erledigte. In dieser Zeit erkrankte ihre Mutter. Er wusste zunächst nicht, warum Nina ihn jeden Tag in das Krankenhaus schleppte, nur dass Mama Schmerzen hatte und sie sich über ihren Besuch freute. Er wäre statt dessen lieber zum Boxen gegangen, aber Nina versprach ihm die ersehnten Boxhandschuhe zu kaufen, wenn er mitkäme. Als er elf war, starb sie. Glücklicherweise konnten sie in der kleinen Wohnung in Eschersheim bleiben, denn ein Bruder ihrer Mutter bezahlte weiterhin die Miete und sorgte für ihren Unterhalt. Hin und wieder kam Onkel Jürgen zu Besuch, entschuldigte sich aber meistens schnell, dass er in der Bank zu tun hatte und ließ Geld für sie da.

Dank Nina schaffte er nach zwei Fehlversuchen einen Realschulabschluss; sie hatte ihn überredet, abends zusammen zu lernen. Nina gab ihm Tipps, wenn er sich mit einem Mädchen verabredete. Sie war seine Vertraute und er ihr Beschützer. Als Nina Michael traf, teilte er ihre überglückliche Freude. Max mochte ihn sofort, obwohl Michael nur seine Musik im Kopf hatte, so verband sie doch – jeden auf seine eigene Art – ihre gemeinsame Zuneigung zu Nina. Die kleine Frau erschien so zerbrechlich und war doch so stark. Max war überzeugt, dass Michi sie niemals verlassen würde. Seine eigenen Phasen der Verliebtheit dauerten selten länger als ein paar stürmische Nächte – alles zarte Wesen mit langen Haaren, die Nina ähnlich sahen. Aber keine hatte bisher sein Herz erobert.

Nina, Michi und er waren eine Familie. Sie bildeten ein von inniger Zuneigung und dem Schicksal zusammengeworfenes Team – bis heute. Allein zu wohnen war kaum vorstellbar. Aber er würde es schaffen, irgendwie. Jetzt musste er dafür sorgen, dass seine Schwester sich von der Verantwortung für ihn löste, um ihr eigenes Glück wiederzufinden. Er griff zum Telefon und wählte Michaels Nummer.

Als Nina später am Abend nach Hause kam, sagte ihr müdes Gesicht ihm sofort, dass sie an diesem Tag mal wieder zu viel gearbeitet und zu wenig gegessen hatte.

Es erinnerte ihn an früher, an eine Zeit, in der er mit seiner Schwester oft allein war. Sie bestellten Pizza und aßen zusammen in der Küche. Keiner von beiden wollte in der gemütlichen Essecke des Wohnzimmers bleiben, da die Erinnerung an die letzten Abende dort wie ein unsichtbarer Geist anwesend zu sein schien. Und niemand sprach ein Wort über Michael. Er fehlte beiden.

Nach dem Essen spielten sie eine Partie Backgammon. Max gab sich größte Mühe, seine Schwester mit immer neuen Geschichten aufzuheitern, füllte ihr Weinglas auf und ließ sie im Backgammon gewinnen. Aber wenn sie hin und wieder hinausrannte, erkannte er an ihrem Gesicht, dass sie heimlich im Badezimmer geweint hatte. Nina war eine schlechte Schauspielerin und nachdem er ein paar Gläser getrunken hatte, fasste er sich ein Herz.

»Nima, ich mache mir Sorgen um dich!«

Nina versuchte zu lachen. »Maxi, was redest du denn da? Warum musst du dir Sorgen über mich machen?«

»Jetzt tu nicht so. Ich kenne dich seit meiner Geburt. Du warst noch nie so traurig, auch wenn du mit allen Mitteln versuchst, es zu verbergen.«

Ihr Blick flog nervös umher und blieb dann auf Max gerichtet. »Max, das ist wirklich Unsinn. Natürlich fehlt Michi, aber ich hoffe einfach, dass alles wieder gut wird.«

»Dann solltest du Michi nicht allein nach Rom gehen lassen.«

»Blödsinn, Max! Ich sollte nicht nur, sondern ich muss ihn allein gehen lassen.«

»Aber du liebst ihn doch noch?«

»Ja, ich glaube schon.«

»Aber? Ich meine, warum begleitest du ihn dann nicht?«

»Das kann ich momentan noch nicht. Es ist so, dass ich mir über vieles erst klar werden muss.«

»Hat das auch etwas mit mir zu tun?«

»Ach, Maxi, nein. Natürlich nicht. Ich brauche einfach nur Zeit und ... und Michi vermutlich auch. Es hat wirklich nichts mit dir zu tun, kleiner Bruder.«

Max bemerkte sofort die Unsicherheit in ihrer Stimme. »Ich denke, dass du mir nicht die ganze Wahrheit sagst.« Er erhob sich langsam und holte ein weiteres Bier aus dem Kühlschrank. »Ihr hattet Streit, weil ich sein Klavier kaputtgemacht habe. Oder?«

Nina schüttelte energisch den Kopf. »Nein! Wirklich nicht! Du hast keine Schuld und es geht sicher nicht um den Flügel. Momentan kann ich auch wegen dem Job nicht weg. Ich hab dir doch vorhin kurz von dem Agenturpitch erzählt.«

Die Art, wie sie vehement nach Ausreden suchte, hinterließen Zweifel an ihren Worten. »Wieso stellst du deinen Job eigentlich immer über deine persönlichen Wünsche? Du willst immer allen helfen und vergisst dabei ganz dich selbst. Können die den dummen Pitch nicht mal allein über die Bühne kriegen?«

»Das könnten die sicher, aber ...« Mitten im Satz versagte Ninas Stimme. »Ähm ... jetzt mach dir einfach keine Sorgen mehr, in ein paar Wochen sind wir alle wieder zusammen.«

»Aber Michi ist weg und es wird sicher nicht wieder so wie früher. Er war an dem Abend sehr wütend auf mich und als ich ihn anrufen wollte ...«

Max biss sich auf die Lippe.

»Maxi! Du hast Michael angerufen?«

»J... ja ... Aber ich wollte mich doch wirklich nur bei ihm entschuldigen, aber Michi ging nicht ans Telefon.« Er bereute sofort seine Unachtsamkeit. Nina sollte keinesfalls davon erfahren.

Sie ließ den Kopf hängen. »Ach, Max, vielleicht war es richtig von dir, dass du dich entschuldigen wolltest, aber ich glaube, wir sollten Michi in Ruhe lassen, bis er sich von selbst meldet. Er hat sicher viel zu tun, eine Wohnung zu finden.«

»Aber wir könnten ihm doch dabei helfen!«

»Vielleicht ... will er auch ganz einfach etwas mehr Zeit für sich, damit er weiter an seiner Komposition arbeiten kann.«

»Das hat er doch die ganze letzte Zeit auch hier bei uns gemacht. Und in diesen ganzen Jahren warst du viel glücklicher. Warum also jetzt so plötzlich nach Rom?«

»Weil er die Stelle in Rom schon in wenigen Wochen antreten wird.«

»Und was dann?«

»Das weiß ich selbst noch nicht.«

Nina sah ihn müde an und zwischen ihren dunklen Ponyfransen war eine tiefe Sorgenfalte zu sehen. Minutenlang verband sie nur die stille Gewissheit, dass sie immer füreinander da waren. Gleichzeitig erkannten beide, dass sich durch Michis Fortgang alles verändert hatte. Max packte schweigend die leeren Pizzakartons in den Papiermüll und räumte die Teller in die Spülmaschine, dann setzte er sich wieder zu Nina.

»Nima, ich weiß, eure Ehe geht mich nichts an. Aber ich bin kein Kind mehr und sehe, dass du vollkommen fertig bist und ihr beiden ein wesentlich größeres Problem als nur einen kaputten Flügel habt. Willst du nicht wenigstens über ein Wochenende nach Rom fliegen und mit Michael reden?«

»Vielleicht, ich weiß es noch nicht. Michi ruft sicher in den nächsten Tagen an und dann sehen wir weiter. Aber jetzt sollten wir Schluss machen für heute. Ich bin todmüde.«

Nina erhob sich ein wenig schwankend und ging zur Tür. Dann drehte sie sich noch mal um. »Maxi, danke für alles.«

Max blickte ihr hinterher, als sie in ihrem Schlafzimmer verschwand. Leise sagte er: »Danke, Nima – für die vielen Dinge, die du schon in deinem Leben für mich getan hast. Aber jetzt musst du dich auch mal um dich selbst kümmern. Und dafür werde ich sorgen.«

Fünftes Kapitel

Als Max am nächsten Morgen sein Frühstück zubereitete, drehten sich seine Gedanken noch immer um Nina. Wie jeden Tag gab er Orangen, Joghurt, Haferflocken und eine große Portion eines muskelaufbauenden Eiweißpulvers in den Mixer und beobachtete, wie die Quirls daraus einen milchigen Drink herstellten. Er füllte ihn in ein Glas und schlurfte wieder in sein Zimmer. Es war zu früh, um schon in die Werkstatt zu fahren und auch in den anderen Räumen war alles still. Max trank ein wenig von der nahrhaften Flüssigkeit und öffnete das Fenster, um mit ein paar Übungen seine Muskulatur und Sehnen zu dehnen.

Der gestrige Abend ließ ihn nicht los. Welches Problem steckte nur in dieser zarten Person? Warum ließ sie nicht alles stehen und liegen und begleitete Michi, wenn sie ihn doch so liebte? Oder war diese Liebe im Laufe der Zeit einseitig geworden und Michi hatte längst andere Pläne?

Michi? Nein, der nicht! Niemals! Sicher war es keine gute Idee von ihm gewesen, ihn anzurufen, und noch weniger schlau war es, sich bei Nina darüber zu verplappern. Was zwischen den beiden ablief, ging ihn nichts an. Das würden die schon wieder regeln. Aber welche Rolle spielte er bei diesem Problem? Konnte es sein, dass Nina seinetwegen nicht mit nach Rom fuhr? Bisher hatte er sich nie um irgendetwas gekümmert; sie hatte dafür gesorgt, dass seine Arbeitshemden und seine gesamte Kleidung immer sauber und dass der Kühlschrank bestens gefüllt war. Michi hatte in den letzten Jahren Spaß am Kochen gefunden. Aber Hemden zu waschen war nicht so schwer, auf Youtube gab es eine Anleitung dafür. Einkaufen ebenfalls nicht und Kochen konnte man lernen. Ab sofort musste er alles in seiner Macht Stehende tun, damit Nina unbeschwert nach Rom fliegen würde. Max klappte den Laptop auf. Er bestellte bei einem Onlinehändler einen italienischen Sprachkurs und einen Reiseführer für die Stadt Rom. Das war schon mal der Anfang.

Voller Tatendrang räumte er seine Frühstücksutensilien auf, packte ein paar Sportsachen in seine Tasche und verließ leise die Wohnung. Die Sonne lugte bereits zwischen den Wolken hervor und ein Müllwagen ratterte geräuschvoll durch die wenig befahrene Straße. An der Bushaltestelle gegenüber rekelte sich ein Obdachloser, der dort offenbar übernachtet hatte. Während Max sich den Kopf darüber zerbrach, wie er Nina dazu überreden konnte so bald wie möglich nach Rom zu fliegen, brummte der Motor seines alten Mercedes ungestört zu seiner Arbeitsstätte in Riederwald.

In dieser freien Werkstatt reparierte man seit über drei Jahrzehnten jedes Auto, das zu reparieren lohnte. Insbesondere für die Instandsetzung alter Autos war der Betrieb bekannt. Der Inhaber Franco, ein dicker, glatzköpfiger Italiener, strahlte jedes Mal vor Freude, wenn ein Kunde ein älteres Modell zur Aufarbeitung brachte. »Ah, bella macchina! Das sind noch Autos, die man nicht einfach an Service-Stecker hängt«, gluckste er. Er lief um den Wagen herum und rieb sich dabei vergnügt die öligen Hände. Er kümmerte sich dann höchstpersönlich um die Reparatur des Wagens, was manchmal mehre Wochen dauerte, da die passenden Ersatzteile nicht leicht zu finden waren. Aber nicht für Franco. Er telefonierte mit alten Freunden, er bettelte und drohte so lange, bis die benötigten Teile endlich beschafft waren. Nach der Fertigstellung fuhr er gewöhnlich ein paar Runden mit dem Auto. Entweder strich er sich dann zufrieden über die Glatze und schnalzte mit seinen vollen Lippen oder er fuhr den Oldtimer direkt wieder in die Werkstatt. In diesem Fall verschwand seine rundliche Gestalt erneut unter der Motorhaube, während er laut auf Italienisch fluchte. Erst wenn alles zu Francos Zufriedenheit hergestellt war, bekam der Inhaber sein altes Auto zurück. Und das brauchte eben seine Zeit.

Nachdem Max seinen Wagen im Hof abgestellt hatte, kam Hakim aus einem der Werkstattgebäude gerannt. »Max! Wir heute gehen boxen und trinken. Du versprochen.«

Hakim reichte Max höchstens bis zur Schulter und wog sicher weniger als die Hälfte von ihm. Er trug meistens zu große Jeans und verwaschene Shirts. Max legte den Arm um seine schmalen Schultern.

»Ja, mein Freund. Wir gehen heute mal ins Boxstudio und hinterher ein Bierchen trinken. Aber vorher müssen wir eine ganze Menge arbeiten.«

Hakim lachte. »Und essen müssen wir. Ich habe Reis mitgebracht. Das ist syrisches Essen und du musst probieren.«

»Du bist wirklich unglaublich. Hast du heute früh schon gekocht?«

»Ja, heute Morgen. Wir essen nachher zusammen. Ich bin freudig, dass du heute Zeit hast.« Hakims von langen Wimpern umrandete Augen strahlten zu Max empor.

Max nahm den Arm von Hakims Schulter. »Ich freue mich auch. Bin gespannt, ob dir Boxen gefällt.«

Als er sah, dass Chef Franco zu ihnen herüber spähte, führte er den Jungen zu den Backsteingaragen. »Los, komm, Hakim, ich zeige dir heute mal, wie du einen Vergaser auseinandernimmst.«

Die beiden jungen Männer verschwanden in einer der Werkhallen. Erstaunt beobachtete Max, wie geschickt sein Freund die schweren Werkzeuge handhabte und wie schnell er deren Anwendung begriff.

Um die Mittagszeit eilte Hakim in die kleine Küche und forderte Max kurze Zeit später auf, zum Essen zu kommen. Max säuberte seine schmutzigen Hände und Fingernägel mit einer Bürste, und wischte mit einem Handtuchzipfel sein verschwitztes Gesicht ab.

In der Küche hatte Hakim eine bunte, orientalisch anmutende Decke auf einem wackligen Plastiktisch ausgebreitet, auf der mehrere große und kleinere Schüsseln verteilt waren. Zwei alte Gartenstühle standen an den gegenüberliegenden Seiten. Gewöhnlich roch es hier nach Motoröl oder chinesischen Fertignudeln, denn das einzige Kochgerät war eine Mikrowelle. Franco aß mittags in einem befreundeten Restaurant in der Nachbarschaft und schloss sich danach für seinen Mittagsschlaf im Büro ein.

Max blieb vollkommen verblüfft vor dem Tisch stehen, alles duftete verlockend nach Minze und Kardamom.

»Komm, setzen!« Hakim wies auf die Sitzgelegenheiten.

»Das ist Shakriyah mit Lamm und das da Riz bi Bazliyah ähm ... Reis mit Gemüse.« Er hielt Max zwei Schüsseln vor die Nase. »Und das ist Hummus und ... riech mal. Das Toum, Knoblauch, kennst du? Dazu essen wir Brot und trinken Tee.«

»Und das hast du alles heute Morgen schon zubereitet?«

Hakim nickte. »Ja, meine Schwester hat geholfen. Sie auch hier in Frankfurt.«

Max zögerte noch immer. »Dann lebt deine Schwester auch in dem Flüchtlingsheim?«

»Ja, aber anderes Gebäude, bei Frauen. Sie hat zwei kleine Kinder.« Hakim senkte den Blick und sah auf den Fliesenboden. »Ihr Mann auch tot in Syrien.« Dann hob er den Kopf mit einer ruckartigen Bewegung, sodass seine langen schwarzen Haare zurückschnellten. Aus einer verbeulten Thermoskanne goss er Tee in zwei Gläser. »Aber jetzt wir essen. Komm, nimm Brot.«

Hakim zeigte Max, wie man mit einem Stück Brot mundgerechte Portionen aus den Schüsseln nahm und erklärte ausführlich die Zubereitung der Speisen. Er erzählte von seiner Familie, der Heimat in Syrien, und der abenteuerlichen Flucht nach Europa. Max hörte schweigend zu. Er bewunderte den Sanftmut dieses jungen Menschen, von dem trotz der vielen schrecklichen Erlebnisse eine große Dankbarkeit und Liebe ausging. Zwischen den Erzählungen nahm Hakim geschickt mit den Fingern etwas von den Speisen oder füllte heißen, stark gesüßten Tee nach. Als sie beide satt waren und die leeren Schalen in Hakims Reisetasche verstaut hatten, kehrten sie in die Werkstatt zurück.

Bereits um fünf Uhr tauchte Hakim fertig umgezogen wieder neben ihm auf.

»Max, wann wir gehen boxen?« Max lächelte über den Eifer des Jungen, der ungeduldig von einem Fuß auf den anderen trat. »Hakim, okay. Wir machen Schluss für heute, aber gib mir noch zehn Minuten. Ich zieh mich schnell um. Ja?«

Auf dem Weg in den Waschraum ging Max bei Franco vorbei und informierte ihn über den Grund ihres frühzeitigen Verschwindens. Franco lachte, sodass sein kugelrunder Bauch unter dem T-Shirt wackelte: »Was? Hakim will boxen lernen? Den kannst du doch umpusten.« Er kratzte seinen glänzenden Kopf. »Na ja, mir soll's recht sein. Ist schon okay. Viel Spaß euch beiden. Pass nur auf, dass er nicht gleich umgehauen wird.«

Nachdem sie Hakims Tasche mit den Essensutensilien im Kofferraum verstaut hatten, fuhren sie vergnügt in Max' Auto zu dem Boxstudio in Frankfurt-Fechenheim.

Als sie das heruntergekommene Hinterhofgebäude betraten, stapfte ein Mann in verschwitzter Trainingsbekleidung sofort auf Max zu und boxte ihm fest auf den Arm.

»Hey, Alter, wen hast du denn da mitgebracht?« Max schob sich schützend vor Hakim, der beim Anblick des muskelbepackten Riesen zurückgewichen war.

»Bernd, lass das! Das ist Hakim, er will mal testen, ob ihm der Sport gefällt.« Bernd kam mit einem verächtlichen Gesichtsausdruck so dicht an ihn heran, dass Max seinen schlechten Atem roch. »Hakim, ha ... klingt nach Handtuch. Diesen Spaghetti schleppst du mit zu uns? Der fällt doch schon beim kleinen Punchingball um.«

»Aber ich nicht, Bernd! Also lass ihn in Ruhe.« Max versetzte ihm einen harten Schlag auf die Bauchmuskulatur. Bernds Faust zuckte kurz. Er war bekannt dafür, dass er keinem Streit aus dem Weg ging. »Ist ja schon gut, Max«, murmelte er und kehrte pfeifend zu seinem Boxsack zurück. Max wandte sich wieder an Hakim.

»Alles okay, mein Freund. Bernd will nur angeben. Du brauchst aber keine Angst vor ihm zu haben. Komm!«

Im Umkleideraum roch es nach Schweiß und billiger Seife. Hakim probierte die Trainings-Shorts und ein T-Shirt an, die Max ihm mitgebracht hatte, aber der schmächtige Junge hätte sicher zweimal hineingepasst.

Er lief sofort zu dem größten Boxsack und haute mit ganzer Kraft dagegen.

Max lächelte über den Ehrgeiz des Jungen. »Halt, du Verrückter! Dazu kommen wir erst sehr viel später ... wir fangen erst mal mit deinen Muskeln an.« Er erklärte Hakim die Trainingsgeräte und zeigte ihm, wie er ein Springseil benutzte. Hakim verstolperte sich ständig beim Springen, aber Max half ihm jedes Mal geduldig wieder auf die Füße.

Mario, der Besitzer des Boxstudios, kam nach einer Weile dazu. »Willkommen, junger Mann!« Er reichte Hakim eine Hand zur Begrüßung, aber in dem Moment, als der zugriff, schnellte die Hand nach vorne, um ein paar Zentimeter vor der Brust seines Gegenübers anzuhalten. Hakim war blitzschnell zur Seite gesprungen, was Mario zufrieden zur Kenntnis nahm.

»Du hast 'ne gute Reaktion, Kleiner, zäh bist du vermutlich auch. An dem Rest arbeiten wir noch. Lass dich nicht von den anderen beeindrucken. Die wollen alle nur angeben. Ich freue mich, dass du bei uns trainieren willst.«

Dann wandte er sich an Max. »Du passt auf ihn auf, dass er am Anfang nicht zu viel macht?«

Max nickte. »Ist doch klar. Ich nehme ihn unter meine Fittiche.«

Nach zwei Stunden beendete Max das Training. Auf der Rückfahrt zur Innenstadt saß Hakim zusammengesunken auf dem Beifahrersitz. Seine Haare waren noch nass von der Dusche und er sah erschöpft aus, aber seine dunklen Augen strahlten. »Und jetzt wir trinken Bier.« Max parkte den Mercedes vor einem kleinen Restaurant. »Ja, aber nicht übertreiben, mein Freund. Zunächst müssen etwas essen. Ich habe Hunger und du musst jetzt mal ein deutsches Schnitzel probieren.«

Das Restaurant war bekannt für deutsche Hausmannskost. Als die beiden Jungs eintraten, nickte ihnen ein älterer Mann hinter dem Tresen freundlich zu und wies auf einen der lackierten Holztische. Über den glänzenden Zapfhähnen prangte die Werbung einer Frankfurter Brauerei. Altmodische Lampen verbreiteten trübes Licht, es roch nach Bier und fettigem Essen. Der Wirt stellte wortlos zwei Gläser Bier vor sie auf den Tisch. Kurze Zeit später brachte eine ältere Frau zwei Teller. Die Schnitzel ragten über den Tellerrand hinaus, darunter verbarg sich eine große Portion Pommes. Max bestellte Ketchup dazu und schmunzelte über Hakims Appetit, der sich sofort auf das Essen stürzte.

Jetzt war es Max, der von seiner Kindheit in Frankfurt erzählte, und von den Leuten in seinem Boxklub. Hin und wieder unterbrach Hakim, indem er ihn zum Trinken aufforderte oder kauend eine Verständnisfrage stellte. Als Max bemerkte, dass Hakim bei jedem Schluck des Bieres eine Grimasse zog, bestellte er eine Flasche Limonade für ihn. Nach dem Essen schwiegen beide für ein paar Minuten und Max betrachtete das ebenmäßige Gesicht seines jungen Freundes.

»Sag mal, Hakim, warum willst du eigentlich unbedingt Boxen lernen?« Er merkte sofort, dass er diese Frage offenbar besser nicht gestellt hätte, denn Hakims Miene versteinerte. Ein wildes Feuer loderte in den schwarzen Augen.

»Wenn ich stark bin, ich gehe zurück nach Syrien und mache Rache für Tod Mama und Papa.«

»Aber, Hakim!« Max griff erschrocken den Arm des Jungen. »Boxen ist ein Sport. Du bist doch auch Christ. Du darfst nicht töten, auch deine Feinde nicht!«

»Ich weiß.« Der junge Syrer schob den leeren Teller zur Seite, er wirkte verändert. Sein sanftmütiger Ausdruck schien jetzt einer bisher verborgenen Entschlossenheit gewichen zu sein. Er trank ein wenig von der Limonade, dann warf er erneut mit einer schnellen Bewegung die langen Haare zurück. »Ich weiß, Max. Ich hoffentlich hier in Deutschland bleiben. Wir werden sehen ...«

Max antwortete nicht. Die schrecklichen Erlebnisse seiner Kindheit hatten den Jungen geprägt, aber er war sicher kein böser Mensch, sondern eher weich und verletzlich. Er brauchte Schutz und Unterstützung durch Freunde und nicht nur Asyl in Deutschland.

Die ungleichen jungen Männer versuchten, ihre Unterhaltung fortzuführen, aber ihre Unbeschwertheit war seit Max' Frage verschwunden. Hakim blieb wortkarg und verschlossen. Ratlos verlangte Max nach der Rechnung und fuhr mit ihm gemeinsam in der Dämmerung zurück zum Flüchtlingsheim im Gallusviertel.

Vor den Häusern parkte Max im Schein der Straßenlampen hinter einem alten, aber gepflegten Citroën am Straßenrand. »Hakim! Schau mal. Das Auto dort. Es ist ein alter Citroën DS 21 Pallas. Man nennt es auch ›Die Göttin‹.«

Hakim fuhr hoch aus seinem Sitz. »Ah, bella macchina!« Er äffte den Besitzer der Kfz-Werkstatt nach und rieb sich die Hände.

»Wusstest du, dass dieses Model bereits in den Sechzigerjahren ein hydraulisches Federsystem hatte?«

In diesem Augenblick stiegen zwei kleine schwarzhaarige Mädchen aus dem Citroën, beide höchstens zehn Jahre alt. Eines der Kinder hatte offenbar geweint, denn sie wischte sich mit dem hochgezogenen T-Shirt Tränen ab. Dann reichte eine Hand etwas aus dem geöffneten Fenster auf der Fahrerseite.

Als Hakim die Mädchen sah, sprang er wie elektrisiert aus Max' Wagen und rief den beiden auf Arabisch etwas zu. Die Kleinen blieben wie versteinert stehen und der Citroën brauste mit Vollgas davon.

»Was ist denn hier los?« Max stieg ebenfalls aus und ging zu Hakim, der zu den beiden Mädchen geeilt war. Der sah ihn finster an. »Das sehr böser Mann.« Er nahm die Kinder an die Hand und sie redeten in ihrer Muttersprache, worauf die beiden sofort ins Haus rannten. Hakims Gesicht sah vollkommen verstört aus und seine großen schwarzen Augen glänzten feucht. »Macht Fotos von Kindern ... für Geld.«

»Aber die beiden sollten doch längst zu Hause im Bett sein.«

»Ja, deutsche Männer nicht alle gut. Ich jetzt aufpassen werde.« Damit verschwand er hinter der Tür der Flüchtlingsunterkunft.

Max kehrte verständnislos zu seinem Mercedes zurück und fuhr nach Hause, aber seine Gedanken blieben bei dem jungen Syrer. Was passierte in diesem Flüchtlingsheim? Morgen in der Werkstatt gab es eine Menge mit Hakim zu klären.

Obwohl Nina sich in den folgenden Tagen mehr als sonst bemühte, mit der gewohnten Präzision alle Details des Agenturpitches zu organisieren, unterliefen ihr Fehler. Sie war gefangen in der alltäglichen Endlosschleife eines Films immer wiederkehrender Ereignisse, der nur durch Michaels Anruf gestoppt werden konnte. Hin und wieder griff sie zum Telefon, um ihn anzurufen, aber sie schaffte es nicht, sondern kehrte jeden Abend in ihre Einsamkeit zurück.

Eine Woche später traf sie sich zum Essen mit Charlotte, die ihr vollkommen in Tränen aufgelöst berichtete, dass ihr neuer Bekannter sich als eine herbe Enttäuschung herausgestellt hatte. Sie tranken zusammen eine Flasche Rotwein und pflichtschuldigst schimpfte Nina über dessen Ignoranz, obwohl sie ihm nie begegnet war. Nur eine große Portion Tiramisu konnte zumindest Charlys Selbstwertgefühl wieder aufrichten.

Unbeeindruckt von der Mitarbeit anderer Kollegen hatte Pierre sie auch an diesem Tag mit zusätzlichen Aufgaben überschüttet. Alles war für ihn brandeilig oder erschien überlebenswichtig zu sein, wobei er penibel auf jedes Versäumnis ihrerseits achtete und dies sofort kritisch kommentierte. Im Gegensatz zu früheren Treffen war Nina bei dem Team Meeting am späten Vormittag zwar anwesend, aber ihre Gedanken blieben bei Michi. Warum hatte er sich nach zwei Wochen noch immer nicht gemeldet? Diese Frage ließ sie nicht mehr los. Das Unverständnis und die Verbitterung über sein

Verhalten hatten sich in eine gnadenlose Angst verwandelt. Sie wollte den Menschen, den sie am meisten zu lieben glaubte, nicht ebenfalls verlieren. Diese Furcht beherrschte jeden Zentimeter ihres Körpers.

»Nina!« Pierre schaute sie stirnrunzelnd an. »Nina, sag mal, bist du noch hier bei uns oder träumst du gerade? Hast du vielleicht eine Meinung zu dem Vorschlag?«

Sie fiel zurück in die Realität des Büros.

»Nein!«, schoss es aus ihr heraus. »Ich meine, entschuldigt, ich war einen Moment abgelenkt. Könntet ihr den Vorschlag noch mal wiederholen?«

»Aber gern, Nina, sofern du uns die Ehre deiner Anwesenheit schenkst.« Pierre stand vor dem Whiteboard an der Stirnseite des Tisches. Sein Gesicht wirkte angespannt, mit blutleeren Händen umkrampfte er einen Marker.

Kai, einer der Texter lächelte in die Runde. »Nina, nur für dich: Wir reden die ganze Zeit über verschieden Claims für die Repositionierung des Möbelherstellers. Was hältst du von dem Begriff ›Passt einfach‹? Ein Markenversprechen, das langfristig wirkt und für alle Online- und Print-Kampagnen anwendbar ist.«

»Hmm ...« Vergeblich versuchte Nina sich auf die Produkte des Herstellers zu konzentrieren. »Also, ich finde ...« Sie brach den Satz ab, denn ihr fiel beim besten Willen nichts dazu ein. »Ent... ähm ... entschuldigt, ich muss dringend etwas erledigen.«

Verfolgt von den erstaunten Blicken der Kollegen rannte Nina davon. Sie stolperte, fiel fast hin. Im Waschraum stützte sie sich mit beiden Händen auf ein Becken und sah in den Spiegel. Aber sie erkannte sich nicht wieder. Dunkle Schatten umrandeten ihre weit aufgerissenen Augen und ihre Haut war blass und fahl. Eine verängstigte Grimasse blickte ihr im kalten Badezimmerlicht entgegen. Wo war die Sicherheit, auf der ihre jahrelange perfektionistische Arbeitsweise basierte? Ihr Kopf war wie blockiert, jede Normalität scheiterte an Michis Abwesenheit und der immer größer werdenden Angst, ihn zu verlieren.

Nina ließ kaltes Wasser über ihre Handgelenke laufen, um ihren Puls zu beruhigen. Nein! Schoß es ihr in den Sinn. Nein! Das war die Bedeutung der Post-its! Nein! Michis Weggang hatte ihr den Boden unter den Füßen weggerissen. Er war das Fundament ihrer Welt, aus der sie jetzt herausgefallen schien. Sie musste etwas unternehmen, um ihn wiederzusehen und mit ihm zu reden, eine Lösung finden, um aus diesem Teufelskreis zu entkommen. Aber dazu gab es nur den einen Weg – und der führte nach Rom. Entschlossen kehrte sie nach einer Weile in ihren ›Garten‹, zurück und buchte einen Flug für das Wochenende vor dem geplanten Briefing.

Als sie die übrig gebliebenen Post-its an ihrem Computer entfernte, erschien Ferdi neben ihrem Schreibtisch. »Nina-Schatz, was war denn los eben?«

»Eigentlich nichts.«

»Also im Gegensatz zu deinem Nichts über Kais Claim, hast du durch dein Weglaufen eine ganze Menge ausgesagt.« Beide Hände in den Hosentaschen vergraben, blieb Ferdi vor ihr stehen. Sein sonst so übermütiger Gesichtsausdruck war jetzt ernst.

Nina zerknüllte die restlichen gelben Zettel. »Es ist wirklich nichts. Mach nicht so ein Theater! Mir war einfach nicht nach Reden.«

»Dir ist schon seit geraumer Zeit nicht nach Reden.

Wir haben uns alle gefragt, was du mit diesen Post-its ausdrücken wolltest. Warum hängst du fünfzig Zettel an deinen Computer mit der Aufschrift Nein?«

»Das war doch nicht für euch gedacht.«

»Nein? Nina, wir verstehen dich momentan nicht mehr. Sonst rennst du rum und kannst nicht genug Verantwortung bekommen und vor allem nicht alle Dinge gleichzeitig erledigen. Jetzt rennst du vor uns weg. Was ist denn nur los mit dir?«

Nina schüttelte den Kopf. »Ferdi, aber ich renne doch nicht vor euch weg. Es gibt ein paar persönliche Dinge, die ich ganz allein wieder auf die Reihe kriegen muss. Das hat überhaupt nichts mit euch zu tun.«

»Wirklich nicht? Nächste Woche ist das letzte Briefing beim Kunden. Ich meine, Pierre steht schon so unter Strom, dass er nicht mehr in die Nähe eine Steckdose darf, sonst gibt's einen Kurzschluss. Und du bist hin und wieder an deinem Schreibtisch, aber eigentlich doch nicht da. Und dann die Zettel. Ist doch klar, dass jetzt in der heißen Phase jeder Gespenster sieht, aber wir brauchen die frühere Nina und keine Träumerin.«

Nina sah den jungen Kollegen ein paar Sekunden an. Wie recht er doch hatte! Nur … das Problem war, dass sie nicht einfach einen Schalter umlegen konnte, um wieder im Leben zu stehen. Sie ging langsam auf Ferdi zu und umarmte ihn. »Ach, Ferdi, es tut mir wirklich leid. Danke, dass du da bist.«

»Wieso jetzt danke?«

»Nur mal so.«

»Aha! Muss ich das jetzt verstehen?«

»Nein. Es reicht, dass ich mich selbst so langsam verstehe.«

»Klingt zu kompliziert für mich. Aber möglicherweise haben wir uns ja dann beide verstanden? Ich meine, wenn du dich wieder selbst verstehst ... sind wir dann wieder auf demselben Planeten?«

»Ja, Ferdi. Ich versuche ab sofort wieder, die Alte zu sein.«

Ein schalkhaftes Lächeln kehrte in Ferdis Gesicht zurück. »Na, so alt bist du doch gar nicht. Du könntest maximal meine ältere Schwester sein.« Er hielt kurz inne. »Du, heute Abend gehen wir in Sachsenhausen was trinken. Wär gut, wenn du kommen könntest. Ich meine, Kai und ein paar Kolleginnen aus dem Design sind auch dabei. Kai war ziemlich angefressen vorhin, er legt großen Wert auf deine Meinung.«

»Geht klar, bin dabei.« Nina gab ihm einen freundschaftlichen Schubs. »Aber jetzt los. Du sagtest es schon, heiße Phase in allen Bereichen.«

Nachdem Ferdi zu seinem Platz zurück geschlendert war, stürzte Nina sich auf die Zielgruppen-Analyse für den Möbelhersteller. Hin und wieder warf sie einen Blick in Richtung Pierres Büro, denn sie rechnete fest damit, dass er sie auf das Meeting ansprechen würde. Patrick und er diskutierten mit dem Designer Niko über einen Entwurf, aber als sie später am Nachmittag noch mal zu ihnen herübersah, war er wieder allein und telefonierte leise. Über den Monitor seines Macs hinweg starrte er sie dabei durchdringend an, und durch die Art wie Pierre sie fixierte, fühlte sie sich ertappt. Sie hätte sich gern auf das kleine Spiel eingelassen, wer wen länger anschauen kann, ohne wegzuschauen, aber bei diesem Spiel gab es nur einen Verlierer – sie selbst.

Keine zehn Minuten später tauchte er vor ihrem

Arbeitsplatz auf. Er würde sie sicher sofort auf das Team-Meeting ansprechen. Pierre zupfte an seiner bunten Krawatte und setzte sich auf eine Ecke ihres Schreibtisches.

»Darf ich?« Sein farbloser Blick kam gefährlich nah. »Nina, alles wieder okay?« Pierres süßliches Parfum erreichte ihre Nase, Nina wich erschrocken zurück.

»Ja, klar. Was soll denn schon sein?«

»Nun ...« Pierre strich sich über die glatten Haare. »Nun, ich fände es schön, wenn du beim letzten Kundenbriefing mitkommst. Der Termin ist Montag in einer Woche.«

Ninas Kehle war plötzlich trocken. Genau nach dem Wochenende, an dem sie zu Michi fliegen wollte. Egal wie das Wiedersehen ausging, sie musste somit am Sonntagabend wieder zurück. Aber das durfte Pierre nicht wissen. Sie räusperte sich.

»Ja, warum nicht? Ich meine, diese Sache ist ja sehr wichtig für dich.« Nina räumte ein paar Notizblöcke zur Seite, um ihn nicht ansehen zu müssen.

»Nicht nur für mich. Patrick liegt auch sehr viel daran, dass du mich begleitest.«

»Wie denn ... dich allein? Normalerweise nehmen doch auch Kollegen aus Text und Design an dem Briefing teil?«

»Nein, Nina-Schatz. Dieses Mal nur wir beide. Du hörst nur zu und machst ganz viele Notizen, und ich versuche, die richtigen Fragen zu stellen, um ein noch besseres Gefühl für die Kundenwünsche zu bekommen. Patrick meinte, du hast ein exzellentes Gespür für alles Ungesagte.«

Die Aussicht auf einen Kundentermin mit dem

Kollegen verursachte ihr Unbehagen. Das Gespür für etwas, das nicht in Worte zu fassen ist, fehlte ihm in der Tat.

»Klar, dann gehen wir halt allein. Das ist eine schöne Aufgabe für mich ... und ähm ... natürlich auch eine große Verantwortung.« Nina hob den Kopf und versuchte seinem Blick standzuhalten.

»Ich freue mich, dass du mitkommst.« Pierres Lippen lächelten, aber seine Augen blieben kalt. »Vielleicht können wir ja auch auf dem Weg ein paar Dinge klären, zum Beispiel warum du beim Team-Meeting einfach weggerannt bist.«

Nina pustete eine Haarsträhne aus dem Gesicht, ihr Fuß trommelte reflexartig unter dem Schreibtisch. »Pierre, das tut mir wirklich leid. Ich hatte eine sehr dringende E-Mail vergessen, die ich unbedingt beantworten musste.«

»Klar, das verstehe ich doch. Kein Problem, liebe Nina.« Pierre erhob sich und schlenderte zu seinem Platz zurück. Ninas Blicke verfolgten ihn wie Pfeile!

Was sollte das? Warum provozierte er sie so? Es kümmerte sie überhaupt nicht, über was oder mit wem Pierre telefoniert hatte. Offenbar hatte Pierre jedoch ein riesiges Problem damit, dass sie etwas zufällig mitbekommen hatte. Nina vertiefte sich wieder auf die Zielgruppen-Analyse der Möbel, und die Frage, was Pierre mit aller Macht so geheim halten wollte, blieb unbeantwortet.

Um sieben Uhr an diesem Abend fuhr sie zu ihrem Stammlokal in Sachsenhausen. Ferdi und Kai hatten offenbar schon den ersten Apfelwein getrunken und winkten ausgelassen von einem Ecktisch, als sie das

Gartenlokal betrat. Tanja aus der Konzeption und ein paar Kolleginnen der IT und Social Media hatten ihre Jacken übergestreift, da kaum noch wärmende Sonnenstrahlen durch das Blätterwerk der alten Bäume fiel. Auf den rot karierten Tischdecken brannten Windlichter und die Freude darüber, wieder im Freien sitzen zu können, erfüllte die zahlreichen Gäste. Ein Kellner stellte wortlos ein Glas Apfelwein vor Nina.

Inmitten des Gelächters über komische Episoden des Agenturlebens fesselte ein kleiner Junge am Nachbartisch Ninas Aufmerksamkeit. Seine Eltern schienen in ihrer persönlichen Diskussion so vertieft, dass er sich in seine Spielzeugwelt zurückgezogen hatte und mit zwei Playmobil-Figuren hantierte. Eine Figur lag unter der anderen und das leise ›Bäng‹ des Jungen symbolisierte deren Faustkampf.

Michael hatte sich immer ein Kind gewünscht, aber Nina würde nie eines bekommen können. Zu viel in ihrer Seele war in der Kindheit zerstört worden. Nachdem sie die Pille abgesetzt hatte und nach zwei Jahren noch immer nicht schwanger geworden war, ging sie heimlich zu einer Ärztin, die ihre Befürchtung bestätigte. Aus Scham und Angst davor, seine Liebe zu verlieren, hatte sie Michael nie die Wahrheit gesagt oder besser: sagen können. Sie wollte sich nie mehr an diese Zeit erinnern, aber noch weniger wollte sie mit dem Makel leben durch die Kindheitsereignisse geprägt zu sein. Michaels Aufforderungen, sich beide einer Untersuchung zu unterziehen lehnte sie vehement ab. »Lass uns doch nicht so einen Druck machen. Vielleicht klappt's ja noch«. Michael hatte sich in den folgenden Jahren immer mehr in seiner Musik zurückgezogen und Nina fand ihre Selbstbestätigung durch die Arbeit in der

Agentur.

Nina schluckte und kramte in ihrer Tasche nach einem Taschentuch. Nein, bitte jetzt nicht zurückerinnern an diese Zeit, die sie so erfolgreich verdrängt hatte.

Kai faste ihren Oberarm an. »Nina? Alles okay? Meine Güte, du siehst gerade aus, als wenn du gleich losheulen willst.«

Nina schüttelte den Kopf und versuchte ein Lachen. »Nein, das sieht nur so aus. Ich könnte höchstens über deine Texte weinen.«

»Was? Wie meinst du das? Fandest du den Claim denn so entsetzlich, dass du einfach weggerannt bist?« Kai spielte den Beleidigten, aber lachte dabei.

»Nein, du Superhirn. Nur zu lang!«

Kai sah sie jetzt verständnislos an. »›Passt einfach‹. Was ist daran denn zu lang?«

Nina nahm ihr Glas und prostete ihm zu. »Cheers! Siehst du, es braucht nur ein einziges Wort, und du weißt, was ich meine. Lass doch einfach ›einfach‹ weg.«

Kai schlug die Hände vors Gesicht und tat, als ob er weinte. »Das ist wieder mal typisch für unsere Nina. Wir zerbrechen uns drei Tage die Köpfe und du erfasst die Bedeutung mit einem Wort. ›Passt!‹, das ist es. Passt zu mir. Passt in das Zimmer. Passt an die schräge Wand. ›Passt!‹ bedeutet gemütlich, perfekt.«

Tanja boxte ihm in die Seite. »Na, nun hör schon auf zu schwärmen. Wenn Pierre das mitbekommen würde, würde er dich auf der Stelle heiraten.«

Nina sah zu Tanja rüber. »Wie denn, glaubt ihr im Ernst, dass Pierre schwul ist? Ich jedenfalls kenne nur nette Verzauberte.«

Ferdi lachte. »Na ja, unser sonderbarer Schönling hat bestimmt ein paar Geheimnisse, die wir noch nicht kennen. Zumindest hat er offenbar eine kleine Tochter, die ihm allerdings überhaupt nicht ähnlich sieht.«

»Wieso?« Nina hakte sofort nach.

»Ich hab ihn letztens beim Eisladen mit einem bildhübschen dunkelhaarigen Mädchen gesehen. Könnte südländisch gewesen sein. Die Kleine war vielleicht zehn und saß ganz vertraut auf seinem Schoß.«

Manu aus der Social-Media-Abteilung zog die dünnen Augenbrauen hoch. »Nun erfindet doch keine Geschichten um Pierre. Vielleicht ein Kind einer Freundin, die zu Besuch ist oder sonst etwas. Was geht's uns an, was der komische Kauz in seiner Freizeit macht.« Sie ergriff den leeren Apfelwein Krug auf dem Tisch. »Trinken wir noch ein Bembel?«

Nina blieb noch eine Weile, trank aber Mineralwasser, da sie mit dem Porsche nach Hause fahren wollte. Wie passte das alles zusammen? Es gab sicher eine vollkommen harmlose Erklärung und die würde sie bald herausfinden.

Eine Stunde später stürmte sie die Treppen zu ihrer Wohnung hinauf. Max hatte offenbar das tiefe Brummen des Porsche gehört, denn er öffnete die Tür, bevor sie ihren Schlüssel in der Handtasche gefunden hatte. Nina umarmte ihn und ließ sich dann müde auf das Sofa fallen. Wie groß und leer das Wohnzimmer jetzt war! Wie sehr Michi darin fehlte!

Sie sah sich um. In einem Fach des Bücherschranks standen säuberlich nach Komponisten sortiert Michis Klassik CDs, darunter dicke Bildbände und Musiklexika. Nina lief zu dem Regal, zog wahllos eine CD heraus und schob sie in den Player. Es war

Rachmaninows zweites Klavierkonzert, ein Konzert, mit dem der russische Komponist seinerzeit eine schwere Depression überwunden hatte. Die schwermütigen Melodien des ersten Satzes strömten durch Nina hindurch. Sie gab sich dieser trübseligen Stimmung hin und spürte gleichzeitig so was wie eine wohltuende Erleichterung. Die Töne schienen sie in diesem Augenblick zu tragen, angenehm und schwerelos wie ein Meer aus Daunen. Michi wartete am Ufer auf sie. Alles war wieder gut. Mit geschlossenen Augen lauschte Nina den folgenden Dur-Klängen. Sie wanderten Hand in Hand durch eine schmale Straße in Rom. Die Sonne streichelte warm über ihre nackten Arme und Beine. Sie waren auf dem Weg zu einem Konzert des Orchestra dell'Accademia Nazionale di Santa Cecilia in Rom und Michi würde am Flügel spielen.

Sie seufzte und öffnete wieder die Augen. Max war unbemerkt in das Wohnzimmer gekommen und stand jetzt lächelnd vor ihr. »Er fehlt dir sehr.«

Nina sprang vom Sofa. »Ja, ich sollte wirklich hinfahren.«

Max stapfte verlegen näher und zog ein Päckchen hinter seinem Rücken hervor. »Ja, das solltest du! Ich hoffe, dass ich dafür das Richtige gefunden habe. Du wirst es vielleicht brauchen.«

Nina nahm das Päckchen entgegen und riss die Verpackung auf. Drin steckten ein italienischer Sprachkurs und ein Reiseführer für die Stadt Rom.

»Max! Du bist der größte Schatz, den ich habe.« Stürmisch umarmte sie den Bruder. »Ich habe schon einen Flug gebucht. Aber das wird eine Überraschung für Michi.«

»Na, dein größter Schatz ist ja momentan in Rom, ich gebe mich auch mit dem zweiten Platz zufrieden. Bist du sicher, dass du ihn überraschen willst?«

Nina setzte sich wieder und blickte nachdenklich auf den Stadtführer. Wieso wollte sie das eigentlich? Traute sie ihrem eigenen Entschluss nicht? War sie nicht sicher, ob sie es schaffen würde Max für ein kurzes Wochenende hier zurückzulassen? Oder wollte sie sich nur einen Fluchtweg offenhalten? Gab es Zweifel an seiner Liebe? Nein, aber er hatte sich noch immer nicht gemeldet. Warum eigentlich nicht?

»Ja ... vielleicht.«

Max schien die Unsicherheit zu spüren. »Nima, du kannst an vielen Dingen zweifeln ... aber nicht an Michis Liebe.«

»Ich weiß es nicht ... er ist schließlich weggegangen.«

»... und wollte, dass du mitkommst. Er brauchte einfach nur Zeit ... das hast du selbst gesagt. Warum zweifelst du jetzt so plötzlich an allem?«

Nina hörte ihn nur beiläufig. In ihrem Kopf formten sich vollkommen unmöglich geglaubte Bedenken. Eine Idee, die wie eine Krebszelle entartete und sich mit jeder Minute vergrößerte. Was wäre, wenn Michi sich trennen wollte und sich deshalb nicht meldete? Er hatte sie gebeten mitzukommen, aber ist dann doch einfach gegangen. Verschwunden, so wie Papa damals. Nein! Der kurzzeitigen Erleichterung über die Abwesenheit ihres Vaters waren Unverständnis und Trauer gefolgt. Dann nahm die Leere immer mehr Besitz von ihr. Sie kämpfte und suchte nach Nähe. Immer wieder rannte sie vor den Dämonen der Kindheit davon, aber alle Bemühungen scheiterten. Würde sie jetzt wieder verlieren?

Max hatte sich schon längst in sein Zimmer zurückgezogen, als Nina ins Schlafzimmer ging. Sie wickelte sich in einen von Michis Pullovern, den sie in dem unteren Fach ihres Kleiderschranks gefunden hatte. Nur nicht weiter grübeln. Sie legte sich auf das Bett, das ihr in dieser Nacht nicht mehr wie ein Meer aus Daunen erschien, sondern wie eiskalter Fußboden.

Sechstes Kapitel

»Max! Hast du mal 'ne Minute?« Franco tippte leicht
auf Max' Rücken, der, über den Motor eines älteren
VW Golf gebeugt, in der Werkstatt arbeitete. Den ganzen Vormittag über hatte er zahlreiche Motorkomponen-
ten entfernt, um die darunterliegende Zylinderkopfdichtung zu erneuern. Max hob den Kopf und legte das Tuch
zur Seite, mit dem er jetzt die Schrauben säuberte.
»Klar, was gibt's denn?«

Francos Arme hingen locker neben seinem volumi-
nösen Bauch herunter, aber eine tiefe Sorgenfalte durch-
zog seine glänzende Stirn. »Hast du vielleicht Hakim
mal wieder gesehen?«

Max rieb die Hände an seinem Arbeitsoverall ab.
»Nein, schon seit unserem Besuch im Boxstudio nicht
mehr. Hab mich schon gewundert. Ich dachte, er hat
Unterricht.«

»Nee, Unterricht hat der Bengel nicht und erschienen ist er auch nicht. Ich hab auch im Heim angerufen,
aber die wollen mir nichts sagen.«

»Wieso wollen die nichts sagen? Dürfen die nicht?
Hakims Beschäftigung hier ist doch von denen genehmigt? Oder?«

Franco senkte den Kopf. »Na ja, nicht so richtig.«

»Was heißt nicht so richtig?«

»Nun ... Hakim kam eines Tags zu mir und sagte,
dass er lernen wollte, wie man Autos repariert. Max, ich
dachte, ich tue etwas Gutes, indem ich ihn einstellte.«

»Du hast ihn also schwarz beschäftigt?«

»Ja ... sozusagen. Aber ich wollte ihm doch nur helfen! Er machte auf mich so einen netten Eindruck und
die Flüchtlinge dürfen doch sonst nur in den Heimen

hocken und auf ihre Abschiebung warten.« Francos dicker Bauch wackelte vor Aufregung.

»Oh je. Dann dürfen wir auch keinem etwas verraten, auch den Kollegen nicht. Aber Geld hat er wenigstens bekommen für die Arbeit?«

»Ja ... schon. Ich habe ihm einen kleinen Stundenlohn gezahlt und er hat sich nie beschwert.«

»Na ja, wie könnte er auch ...«

»Aber Max, ich habe ihn doch nicht ausgenutzt. Er war doch gern hier und hat 'ne Menge gelernt.«

»Ja, sicher. Nur was passiert, wenn sein Asylantrag genehmigt wird? Stellst du ihn dann als Azubi richtig an? Mit Ausbildungsvertrag?«

»Ja ... na gut. Also fest versprochen. Aber könntest du nicht mal bei der Unterkunft nachfragen?«

»Okay, wenn du ihm wirklich eine Chance gibst, frage ich nach. Ich fahre heute Abend im Flüchtlingsheim vorbei und schaue, ob ich ihn sprechen kann.« Max blickte auf den rundlichen Mann herab, der jetzt mit bedrückter Miene vor ihm stand. »Mach dir keine Sorgen. Von mir erfährt niemand etwas. Den Leuten dort erkläre ich einfach, dass ich ein Freund bin.«

Nachdem Franco wieder in seinem Büro verschwunden war, arbeitete Max weiter an dem Golf. Was passierte nur in dieser Flüchtlingsunterkunft? Hakim war sehr erregt, als Max ihn vor dem Gebäude abgesetzt hatte. Wieso ist er seitdem nicht mehr erschienen? Heute Abend würde er mehr wissen, sofern er ihn überhaupt besuchen durfte.

Um sechs Uhr war er endlich fertig mit dem aufwendigen Austausch der Zylinderkopfdichtung, er füllte schnell den Arbeitsnachweis im Computer aus, duschte und zog sich um. Auf dem Weg in das Frankfurter

Gallusviertel hielt er bei einem Sportartikel-Geschäft und kaufte zwei Trainingsshorts und Shirts in Hakims Größe.

Er parkte den Mercedes ein Stück entfernt vom Eingang der Unterkunft. Aber der Wachdienst ließ ihn nicht hinein. Nein, es dürften auch keine Besucher zu den Flüchtlingen, entgegnete er, als Max bat, seinem Freund wenigstens ein paar Kleidungsstücke bringen zu dürfen. Mit strenger Miene gab er ihm seinen Personalausweis zurück.

Ratlos ging Max zu seinem Wagen. Er hatte keine Handynummer von Hakim, er wusste im Grunde nicht mal dessen vollständigen Namen und in dem Heim gab es sicher einige junge Männer mit diesem Vornamen.

Max holte ein Sandwich und zwei Flaschen alkoholfreies Bier und wartete in seinem Auto. Er hoffte darauf, dass sein Freund zufällig vorbeilaufen würde. Aber er kam nicht.

Stunden später liefen nur noch wenige Passanten an seinem Wagen vorbei. Die Straßenbeleuchtung verbreitete trübes Licht über den Eingang. Es war hoffnungslos länger zu warten. Hakim würde sicher um diese Uhrzeit nicht mehr herauskommen. »Das ist sinnlos«, sagte er und steckte den Schlüssel in das Zündschloss. Als er den Kopf drehte, um nach vorbeifahrenden Autos Ausschau zu halten, erblickte er den kleinen Jungen. Er war höchstens acht Jahre, trug Shorts und ein zu großes Fußball-Trikot und wurde offenbar widerstrebend von dem Wachmann vor das Tor geführt. Max griff zum Türgriff, um auszusteigen, zögerte aber, da in diesem Moment ein silberfarbenes Auto heran rauschte und direkt vor dem Tor der Unterkunft hielt.

Es war derselbe Citroën, der die beiden Mädchen

hier abgesetzt hatte, als er Hakim nach Hause gebracht hatte.

Durch das Wagenfenster reichte eine Hand dem Wachmann einen Umschlag und das Kind stieg in den Citroën ein. Max sprang sofort aus dem Mercedes und rannte zu dem Auto, aber es fuhr schon davon.

Er drehte sich zu dem Wachdienst um. »Hey, Sie! Können Sie mir sagen, wieso ein kleiner Junge hier um diese Uhrzeit abgeholt wird?«

Der uniformierte Mann grinste. »Was geht Sie das an?«

Max spannte die Muskeln an. »Sie haben recht, es geht mich nichts an. Aber ich rate Ihnen gut, es mir trotzdem zu sagen.« Er ergriff die Schultern des älteren Manns so fest, dass der in die Knie sank.

»Ist ja schon gut«, stöhnte er. »Au! Lassen Sie mich los! Der Kleine wird ab und zu von einem Freund abgeholt und schläft auch bei dessen Familie. Morgen wird er wieder gebracht.«

Max schnaubte. »So, so, Freundchen? Familie? Und wieso so spät?«

»Ja, glauben Sie mir doch. Alles okay. Dem Jungen passiert nichts. Lassen Sie mich endlich los, sonst rufe ich um Hilfe.«

Max lockerte den Griff. »Wenn Sie so genau wissen, dass dem Kleinen nichts passiert, können Sie mir jetzt sicher auch verraten, was mit Hakim los ist.«

Der Mann rieb sich die Schultern und strich seine Jacke glatt, auf der das Logo einer Sicherheitsfirma aufgenäht war. »Sie meinen Hakim, den jungen Syrer? Klein, schmächtig und lange schwarze Haare, etwa Anfang zwanzig?«

Max nickte.

»Dem geht's gut, aber, soweit ich das mitbekommen habe, passt er nur noch auf seine Nichten auf und steckt den ganzen Tag bei den Frauen.«

Max haute dem Alten so fest auf den Oberarm, dass der wieder zusammenzuckte, und drückte ihm die Tüte mit den Sportsachen in die Hand. »Na also. Geht ja doch. Und jetzt bringen Sie ihm diese Tüte und richten ihm aus, dass sein Freund Max in der Werkstatt auf ihn wartet.«

»J... ja. Aber ... und was ist da für mich drin?« Er öffnete grinsend die Plastiktüte mit den Sportsachen und rieb dann Daumen und Zeigefinger aneinander.

»Wollen Sie etwa Geld dafür?« Max kam so nahe an den Uniformierten heran, dass sich die Körper fast berührten.

»N... nein ... okay, schon gut. Von irgendwas muss man ja schließlich leben.«

»Das interessiert die Polizei doch sicher auch. O-der?«

»Um Himmels willen. Lassen Sie die Polizei aus dem Spiel. Ich tu ja schon, was Sie verlangen. Aber bitte keine Polizei hier!« Der Uniformierte blickte angstvoll zu Max auf.

»Mann, Mann ... ich wüsste gern, was hier abgeht. Wir sind noch lange nicht fertig miteinander.« Max drehte sich um und lief zu seinem Wagen zurück.

Obwohl er ein ungutes Gefühl hatte, konnte er ohne Hakims Aussage nichts tun. Unzufrieden fuhr er wieder nach Hause. Irgendwann würde Hakim sich melden und Max hatte viele Fragen an seinen Freund.

Nina arbeitete in Tagen vor dem Briefing intensiv an den Vorbereitungen. Nichts sollte dem Zufall überlassen werden, und Pierre würde endlich einsehen, dass sie sich nur für ihre Arbeit und dieser Pitch interessierte. Sie eilte durch die Agenturräume und hatte ihre Augen und Ohren überall, jedes Detail der vorläufigen Präsentation sollte hundertfünfzigprozentig sein. Nina erstellte eine Liste mit Punkten, auf die sie achten und beim Briefing gegebenenfalls nachfragen wollte und diskutierte ihre Ideen mit den betroffenen Kollegen. Die kleine Person verbreitete eine beängstigende Dynamik, sodass Ferdi eines Nachmittags fragte, ob er sein Handy bei ihr aufladen könnte. Nachdem Nina ihm verständnislos entgegnete, ob er keine Steckdosen an seinem eigenen Schreibtisch hätte, erklärte Ferdi lachend, dass sein Handy definitiv allein durch ihre Berührung laden könnte.

Selbst Pierre schien zeitweilig beeindruckt von ihrem Ehrgeiz. Dabei war die Energie, die sie antrieb, sicher nicht auf eine wiedergefundene Arbeitsfreude zurückzuführen, sondern auf das bevorstehende Wochenende in Rom. Trotzdem zögerte sie, Michi anzurufen, er hatte versprochen, sich zu melden.

Nach anstrengenden Tagen auf der Bühne der Marketingagentur folgten Abende der Verzweiflung, wenn sich der Vorhang gesenkt hatte und sie in die leere Wohnung zurückkehrte. Max stellte ihr kopfschüttelnd einen Teller belegter Brote hin oder versuchte, sie zu einer Runde Backgammon zu motivieren. Vergeblich, denn Ninas Leben glich einer Achterbahn. Mal war sie hyperaktiv und kraftvoll, dann hoffnungslos verloren. Sie hörte alle klassischen Musikstücke in Michis Sammlung nacheinander an. Mit geschlossenen Augen träumend, weinend und dann wieder voller Energie nach den geeigneten Kleidungsstücken für Rom suchend.

Zwei Tage vor ihrer Abreise gab sie Charlottes Drängen endlich nach und verabredete sich mit ihr. Max freute sich über das Treffen der beiden, er selbst beabsichtigte, einen Freund im Gallusviertel zu suchen.

In der Fressgasse waren an diesem frühen Abend zahlreiche Menschen zusammengekommen, um bei einem der Weinfeste den Feierabend zu genießen. Nina drängte schnell durch die vielen dunkelblauen Anzüge und kurzen engen Kleidchen hindurch. Schweißtröpfchen auf den leicht gebräunten Gesichtern und gepflegte Hände mit Weingläsern, extravagante Parfums mischten sich mit dem Rauch der Bratwurstbuden und den Düften fernöstlicher Kochkunst. Gespräche über Aktienkurse, Klatsch und Tratsch aus bekannten Unternehmen, frostige Gläser und heiße Blicke flogen unbeachtet an ihr vorbei.

Auf dem Platz vor der Alten Oper drehte ein Kind auf einem Fahrrad seine Runden um den Springbrunnen. Blonde Locken flatterten im Fahrtwind und glückliche Augen strahlten voller Stolz. Nina hielt inne und beobachtete einen Moment die schlingernde Fahrt des Mädchens auf dem rosafarbenen Zweirad. Nein! Dieses Glück würde ihr nie zuteilwerden. Sie schluckte ein paar Tränen runter und eilte weiter.

Die Terrasse des Restaurants, ein beliebter Treffpunkt nicht nur für die Mitarbeiter der Büros und Banken im Frankfurter Westend, war Charlottes zweites Wohnzimmer, wenn sie wieder einmal allein war. Wie oft hatte sie selbst mit Michi hier ein Glas Wein getrunken, um nach einem Konzertbesuch in der Alten Oper den Abend ausklingen zu lassen.

Charly war noch nicht da.

Der Wind zerrte an den weißen Tischdecken, worauf ein südländisch aussehender Mann in einer speckig glänzenden Hose die freien Tische abräumte. Seine Bewegungen und sein zerknittertes Hemd zeigten Spuren eines langen Arbeitstages und die pechschwarzen Haare hingen strähnig in sein Gesicht. Nina bestellte einen Espresso und suchte einen geschützten Platz hinter einer großen Palme. Charlotte war grundsätzlich unpünktlich, aber Nina kannte ihre Ausreden schon: Mitarbeiter, die sich nicht abweisen ließen, Telefongespräche, Parkplatzsuche, das ganze Repertoire an Entschuldigungen für ihre Verspätung, es war bei jeder Verabredung gleichlautend unglaubwürdig.

Als sie endlich im Café eintraf, umarmten sie sich zur Begrüßung. Charlotte war, je nachdem, welche ihrer vielen High Heels sie trug, über einen Kopf größer. Sie wäre gern schlanker und hatte alle möglichen Diäten durchprobiert. Aber da jede Veränderung ihrer Ernährung von einer Enttäuschung ihrer Partnerbeziehung zunichtegemacht wurde, blieb es bei den Versuchen. Ihre Gesichtszüge glichen denen einer Käthe-Kruse-Puppe, ein Ausdruck, der durch die hell blondierten Locken betont wurde. Sie liebte kräftige Farben in ihrer Bekleidung und teure Handtaschen, die genügend Utensilien für einen Wochenendtrip enthielten. Charly bestellte zwei Prosecco und schob einen davon mit um Verzeihung bittender Miene zu Nina herüber.

»Wie geht's dir?«

»Ganz gut.«

»Nina! Was soll diese homöopathische Antwort? Was ist los? Ich platze vor Neugier.«

»Ach, Charly, es ist wirklich nichts.«

»Okay, also wegen rein gar nichts meldest du dich seit vierzehn Tagen nicht mehr? Hat dich jemand beleidigt? Ich kann es ja nicht gewesen sein, also hast du Ärger mit Michael?«

»Nein, eigentlich nicht.« Nina schob ihren Espresso zur Seite. »Er fängt in ein paar Wochen bei der Musikhochschule in Rom an.«

»Mensch, Nina, das ist ja mal eine Überraschung! Freust du dich? Rom wird sicher eine aufregende Zeit für euch ... beide. Aber ... was wird dann aus uns?« Charlotte nahm ihr Sektglas und sah sie fragend an.

»Michael ist schon da.«

»Was heißt er ist schon dort? Du begleitest ihn ... nicht?«

»Das weiß ich noch nicht.«

Das Sektglas landete abrupt wieder auf dem Tisch. »Was ist los mit dir? Habt ihr euch etwa getrennt? Das kann nicht dein Ernst sein.«

»Ach, Charly ...« Nina atmete tief ein und nippte an dem Prosecco. »Es ist alles nicht so, wie du denkst.«

Charlotte lehnte sich zurück. »Gut, dann denke ich ausnahmsweise mal nicht und du erzählst mir jetzt endlich, was los ist.«

Nina berichtete ausführlich von dem Abend, als Max in den Flügel gefallen war und Michi sie gebeten hatte, mit nach Rom zu ziehen. Sie erzählte von Michis Brief, dass er bisher noch nicht angerufen hatte und sie ihn am Wochenende in Rom überraschen wird. Charlotte hörte schweigend zu und bestellte zwei weitere Prosecco. Als Nina geendet hatte, ergriff sie ihre Hand. »Was erwartest du von deinem Besuch?«

Nina zuckte mit den Schultern. »Das weiß ich selbst

noch nicht. Aber ich muss hinfahren und mit Michi reden.«

»Reden ist sicher nicht verkehrt. Aber was soll dabei rauskommen? Michi hat, wie du mir sagst, ohne mit dir vorher etwas zu besprechen, einfach eine neue Stelle angenommen, dazu noch in einem anderen Land.«

»Er will, dass ich mich zwischen Max und ihm entscheide.«

»Siehst du!« Charlottes Puppengesicht glühte nicht nur von dem Prosecco. »Das ist doch wohl das Hinterletzte! Max ist dein Bruder! Wie kann er dich nur vor so eine Entscheidung stellen.«

»Aber vielleicht hat er ja auch recht ...«

»Gar nichts hat der! Er sagt, er liebt dich und geht einfach?«

»Aber ich liebe ihn doch auch ...«

»Willst du wirklich hier alles stehen und liegen lassen? Deinen Bruder, der ja oft genug in Schwierigkeiten steckt? Und mich, jetzt nach all den Enttäuschungen, die ich bisher mit den Männern erlebt habe? Und deinen Job, der dir doch so viel bedeutet? All das wegen einem Mann?«

»Nein, das will ich nicht. Aber ich will Michi doch auch nicht verlieren ...«

»Liebste Nina, du hast ihn doch bereits verloren! Er ist weg und lebt jetzt in Rom.«

»Ja, vielleicht. Max könnte vielleicht mit mir nach Rom ziehen, nur für eine Weile.«

»Na, super. Ich suche mir dann auch einen Job dort, weil du meine Freundin bist, die ich gern öfters sehen würde. Und was gedenkst du in Rom anzufangen? Haus einrichten und später nur noch putzen und hinter deinem

Michi und Max herräumen? Stell dir das doch mal vor. Du sprichst kein Italienisch und willst einen Job in der Werbebranche in Rom finden? Dazu noch einen so gut bezahlten, wie du zurzeit hast?«

»Nein ... ach, Charly, ich kann einfach nicht.«

»Liebes, als deine beste und einzig ehrliche Freundin sage ich dir, dass du Michi vergessen solltest. Wir könnten abends zusammen mal ein paar Clubs besuchen und dann erkennst du, dass es auch noch andere attraktive Männer in Frankfurt gibt.« Nach diesen Worten zog sie einen Spiegel aus der Handtasche und malte mit einem Stift ihre grellrot geschminkten Lippen nach. Nina sah ihr zu.

»Charly, ich liebe Michi doch und weiß gar nicht mehr, was ich tun soll.«

»Nina, du fährst am Wochenende nach Rom und sagst ihm, dass er sich zum Teufel scheren soll. Oder ... noch besser, du vergisst ihn einfach.« Charlotte überprüfte noch mal das Ergebnis und klappte den Spiegel zu.

»Das ... das kann ich nicht. Er fehlt mir so sehr.«

»Mein Gott, das geht doch auch wieder vorbei.« Charlottes goldberingte Finger zeigten auf die Umgebung. »Schau dich doch einfach mal um. Ich dachte auch schon ein paar Mal, dass ich ohne einen Mister Perfect nicht leben kann. Aber ich sage dir aus Erfahrung, du wirst Michi ganz schnell vergessen.«

Nina schüttelte den Kopf. »Nein, ganz sicher nicht. Ich hoffe einfach darauf, mit ihm gemeinsam eine Lösung zu finden.«

Charlottes glänzend rote Lippen öffneten sich kurz wie ein Fischmaul. »Ich glaube, dir ist echt nicht zu helfen. Mach was du für richtig hältst. Du wirst schon sehen, Michi ist genauso ein Egoist wie alle anderen Männer auch.«

Nina schwieg und Charlotte plapperte mit piepsiger Stimme unbeirrt weiter. Ihre Tonlage wechselte zwischen höchster Überzeugung und Verärgerung, wenn Nina nicht wenigstens zustimmend nickte. Aber Nina lauschte nicht mehr auf den Inhalt der Worte, denn alles Gesagte verschwamm zu einer Tirade der Entrüstung. Irgendwann bemerkte selbst Charlotte, dass sie die letzten Gäste des Restaurants waren und sie verabschiedeten sich voneinander.

Zu Hause zog sie wieder Michis Pullover an und ging zu Bett. Immer wieder schnupperte sie an der Wolle, denn sie roch nach Michis Aftershave. Nur noch zwei Tage und sie würde ihn wiedersehen, seine Umarmung spüren und darin für eine kurze Zeit Ruhe finden.

Am Freitag war sie um sechs Uhr früh hellwach, obwohl es ihr so schien, als hätte sie die ganze Zeit kein Auge zugemacht. In der Nacht war sie mehrfach aufgesprungen und hatte den Inhalt ihres kleinen Koffers überprüft und geändert, eine Hose durch ein buntes Sommerkleid ersetzt, dann wieder ein anderes Kleid hinzugefügt. Lange stand sie am Morgen vor dem Kleiderschrank und überlegte, was sie an diesem Tag anziehen sollte. Schließlich entschied sie sich für eine leichte Hose, die selbst nach dem Flug nicht zerknittert aussehen würde und eine hellblaue Bluse mit einer kurzen Jacke. Die Jacke hatten sie zusammen in Michis Lieblingsladen gekauft. Er hatte sie dazu überredet, obwohl ihr das Kleidungsstück überteuert erschien. Der Stoff aus einem Kaschmir-Seide-Mix, fühlte sich wieder leicht und angenehm an. Am Abend ihres letzten Hochzeitstages hatte sie diese Jacke getragen. Michi hatte sie mit einer Einladung ins Sternerestaurant des ›Frankfurter Hof‹ überrascht. Sie verbrachten ebenfalls die Nacht im Hotel – wie eine kleine Hochzeitsreise und so glücklich miteinander, als hätten sie sich vor Kurzem erst kennengelernt.

Max kam verschlafen aus seinem Zimmer, um mit ihr zu frühstücken. Er hatte in der Nacht eine Übersetzungssoftware auf ihr Handy geladen und ein paar Anweisungen für den Taxifahrer in Rom mit Google übersetzt. Max versprach während ihrer Abwesenheit mit dem Alkohol aufzupassen, und weiter nach seinem Freund im Gallusviertel zu suchen. Liebevoll umarmte er die kleine Schwester. »Los, jetzt fahr schnell zu deinem Schatz und sag ihm, dass er nicht mehr böse auf mich sein soll.« Nina stürmte davon.

Als sie die Treppen zu der Agentur hochrannte, kam Ferdi ihr entgegen. »Nina-Schatz, guten Morgen! Ich will dich nur mal vorwarnen. Oben ist die Hölle los und du sollst sofort zu Pierre kommen.«

Nein, bitte nicht heute. Sie hatte die Präsentation doch fast fertig. Bitte keine Probleme oder größere Änderungen mehr an diesem Tag! Ihr Flieger startete um siebzehn Uhr. Trotzdem hatte Nina ein ungutes Gefühl, als sie zu Pierres Büro eilte.

Patrick stand neben Pierre, der mit einer Hand telefonierte und mit der andern Notizen schrieb. Patrick lächelte ihr entgegen. »Hey, guten Morgen! Gut, dass du heute so früh hier bist. Wir haben eine kleine Änderung, aber das wird euch beiden sicher keine Schwierigkeiten bereiten. Du hast am Wochenende nichts vor?«

Nina atmete hörbar ein. »Doch ... ähm ...
entschuldige, Patrick. Natürlich nicht.« Ihr wurde
schwindlig. Patrick schien das zu merken, er wies auf
den Sessel neben Pierres Schreibtisch. »Na, liebe Nina,
jetzt setz dich erst mal. Es ist ja keine Katastrophe.«

Doch! Schoss es ihr in den Sinn, sie sank auf den
Sitz.

»Pierre telefoniert gerade mit dem Kunden. Die
wollen unbedingt das Briefing auf Samstag vorverlegen,
da am Montag einer der Geschäftsführer bereits wieder
auf dem Weg nach Japan ist.«

»Samstag?« Ihr Traum fiel zusammen wie ein
Kartenhaus. »Das bedeutet, dass Pierre und ich am
Wochenende den Kundentermin wahrnehmen?«

»Ja, Liebes. Das ist doch kein Problem. Oder?
Pierre hat mich überzeugt, dass du unbedingt bei dem
Briefing dabei sein solltest. Du kannst das
selbstverständlich als Überstunden abrechnen. Wenn du
willst.«

Pierre beendete in diesem Moment das
Telefongespräch und lehnte sich in dem
Schreibtischsessel zurück.

»Nina, guten Morgen. Ich hoffe, du hast gut
geschlafen?«

»Ja, schon. Aber Pierre ...« Sie erschauderte unter
seinem herablassenden Blick.

»Also, liebe Nina, der Termin lässt sich wirklich
nicht verschieben. Ich habe daher zugesagt, dass wir
beide morgen früh um elf Uhr dort sind.«

»Prima! Ich bin sicher, ihr beide bekommt das
hervorragend hin.« Zufrieden drehte Patrick sich um
und schlenderte weiter.

Nachdem Patrick weg war, grinste Pierre sie an.

»Nina, wir machen das so wie besprochen. Ich stelle die Fragen und du hörst zu und schreibst alles auf, was dir zu den Antworten einfällt. Ich bin mir noch nicht sicher, ob wir schon etwas über das vorläufige Konzept verraten, das werde ich im Gespräch spontan entscheiden. Du hast alles aber so weit fertig?«

Nina kam sich in diesem Augenblick vor wie ein Schulmädchen, das ihrem Lehrer Hausaufgaben ablieferte.

»Ja, schon, aber ich überprüfe die Präsentation noch mal.«

»Das ist gut. Ich kenne die Gesprächsteilnehmer mittlerweile alle mehr oder weniger bereits persönlich und wir beide wollen doch alles dafür tun, dass wir den Pitch bekommen. Oder?«

»Klar, schon okay.« Nina erhob sich und schlich zurück zu ihrem Schreibtisch. Sie könnte jetzt einfach davonlaufen und heute Nachmittag zu Michi fliegen. Aber dann wäre sie mit Sicherheit den Job los und erhielte eine Beurteilung, mit der sie keine Chance bei einer anderen Werbefirma hätte.

Michi!

Sie stütze den Kopf auf die Hände und als ihre Tränen sich nicht länger zurückhalten ließen, rannte sie in den Waschraum.

Rom musste erneut warten. Ein wenig erinnerte sie diese Situation an den Abend, als sie den betrunkenen Max ins Haus geschleppt und Michi sie gebeten hatte, mit ihm nach Rom zu gehen. Warum konnte man solch einen Abend nicht rückgängig machen? Das Gesicht des alten Obdachlosen, der ihr an dem Abend mit Max geholfen hatte, tauchte wieder vor ihr auf. Wieso hatte sie der Alte eigentlich so erschreckt?

Mechanisch erledigte Nina die zahllosen E-Mails und prüfte die vorläufige Konzeptpräsentation für den nächsten Tag. Sie arbeitete fokussiert bis spät am Abend alle erforderlichen Punkte ab, ohne darüber nachzudenken und ohne Freude. Sie funktionierte wieder.

Um fünf Uhr nachmittags flüsterte sie tonlos: »Ich liebe dich, Michi, und ich verspreche dir, ich komme nach Rom und wir werden wieder glücklich. Nur du und ich und ab und zu Maxi.«

Als Nina mit ihrem Köfferchen spät abends wieder vor ihrer Wohnung stand, öffnete Max erschrocken die Tür. Sie berichtete ihm weinend von der Terminänderung und dass sie am nächsten Tag zusammen mit Pierre diesen Kundentermin wahrzunehmen hatte.

»Aber das geht doch nicht! Die können doch nicht so einfach über dich verfügen, wie es ihnen gerade in den Kram passt.« Wütend boxte er an die Wand.

Nina ergriff seinen muskulösen Arm. »Das ist nicht deren Schuld, sondern ganz allein meine eigene. Ich kann nicht einfach davonlaufen. Zwar verschiebe ich die Reise, aber ich fliege ganz sicher zu Michi und ... und vielleicht bleibe ich dann einfach in Rom.« Fast erwartete sie, dass Max protestierte und sie bitten würde, ihre Entscheidung noch mal zu überdenken. Aber der sah sie mit großen Augen an.

»Du meinst ... für immer? Gar nicht mehr zurück?«

»Vielleicht ... ich weiß es noch nicht.«

Ein verständnisvolles Lächeln breitete sich auf dem jungen Gesicht aus. »Du ... ähm, Nima. Das schaffen wir beide. Aber ich werde dich dort so oft wie möglich besuchen.«

»Ja, Max. Du schaffst das! Das weiß ich jetzt.«

Die beiden Geschwister entwarfen den ganzen Abend über Pläne, wie sie die Wohnungssituation regeln konnten, und Max freute sich immer mehr über Ninas wiedergefundene Zuversicht.

Spät in der Nacht ging Nina zu Bett, das sich an diesem Abend wieder wie ein Daunenmeer anfühlte.

Siebtes Kapitel

Michis Anruf kam nicht nur zu spät, er rief auch zum falschen Zeitpunkt an.

An dem Samstagvormittag fuhr Nina mit ihrem Porsche zu dem Kundentermin und Pierre war dabei. Als sie Michis Telefonnummer erkannte, überlegte sie einen Moment, den Anruf kurzerhand wegzudrücken, da Pierre von seinem Beifahrersitz erstaunt zu ihr herübersah. Sie konnte nicht, sie musste Michis Stimme nur einmal hören.

»Baby? Ich bin's. Bitte entschuldige, dass ich mich erst jetzt melde.«

»Michi ... es tut mir leid. Ich bin gerade im Auto unterwegs zu einem Kundentermin und nicht allein. Kann ich dich in ein paar Minuten zurückrufen?«

Michis Stimme klang enttäuscht. »Ja, natürlich ... ich verstehe. Du arbeitest auch am Wochenende.«

»Nein ... ich meine, ja, aber nur ausnahmsweise. Bitte Michi, ich melde mich sofort.« Sie beendete schnell das Gespräch, obwohl Pierre taktvoll wegzuhören schien und mit gesenktem Kopf in seinen Unterlagen blätterte. Als sie an einer roten Ampel anhielten, fragte er beiläufig, ob alles okay wäre. Nina nickte lediglich heftig; sie brachte kein Wort heraus. Nie zuvor war ihr Wunsch, allein zu sein, dringender gewesen als in diesem Moment. Pierre zog die hellen Augenbrauen hoch und blickte weiter starr geradeaus. Seine blassen Hände umklammerten eine Laptoptasche so fest, dass die Fingerknöchel hervortraten. An der rechten Hand trug er einen goldenen Siegelring mit einem tiefblauen Lapislazuli und auf dem Handrücken verliefen zwei breite Kratzwunden, die fast wieder verheilt waren.

Nina folgte schweigend seinen Weginstruktionen und versuchte, sich Pierres Erläuterungen über die Gesprächsteilnehmer zu merken, aber jede ihrer Gehirnverbindungen war nur auf das eine Ziel gerichtet: Michis Anruf.

Sie parkte vor dem Bürogebäude in Frankfurt-Niederrad. Es wirkte verlassen, nur wenige Autos standen auf dem weitläufigen Parkplatz. Pierre gab ihr durch eine Armbewegung zu verstehen, dass er drin auf sie wartete und deutete auf die Uhr. Nina beachtete ihn nicht mehr. Sie blieb im Wagen und drückte mit zitternden Händen auf die Kurzwahltaste für Michis Telefonnummer.

»Michi, endlich ...« Sie stockte sofort.

»Baby, wieso arbeitest du jetzt auch noch am Wochenende?« Seine Stimme klang traurig.

»Das ist doch nur eine Ausnahme.«

»So, also eine Ausnahme? Von was? Von deinem normalen Arbeitsalltag?«

»Michi, ich wollte eigentlich ...« Nina unterbrach den Satz.

»Was wolltest du eigentlich? Dich zu Hause um Max kümmern?«

»Nein, Michi! Es ist nicht mehr so wie früher.« Tränen tropften auf ihre Bluse.

»Ja, das stimmt sicher. Ich bin ja auch nicht mehr da.«

Nina schwieg und wischte über ihr Gesicht.

»Baby? Bist du noch dran?« Michi räusperte sich leise. »Ähm, Nina, es tut mir leid.«

»Was tut dir leid?«

»Ich ... ich musste einfach raus ... aber ... ach, es ist alles nicht richtig ohne dich.«

»Ja.« Ein paar Sekunden herrschte Stille, denn jedes Wort hätte die behutsame Nähe zerstört.

»Wie geht's voran mit deiner Symphonie?«

»Baby, ich sitze am Flügel, schreibe ein paar Takte des Adagios und denke dabei an dich. Das Grundthema des Kopfsatzes habe ich dir an dem Abend zu Hause vorgespielt, erinnerst du dich noch daran?«

»Ja.« Sie musste einfach lügen. Die Erinnerungen an den Abend und das Bild des zerbrochenen Musikinstrumentes hatten aus der Melodie eine groteske Folge von Misstönen gemacht. »Michi, es tut Max sehr leid ...«

»Ich weiß ... ich bin nicht böse auf ihn, er kann nichts dafür.«

»Konnte dein Flügel wieder repariert werden?«

Wieder Schweigen.

»Der Flügel schon, aber ...« Michi atmete tief ein. »Der Flügel ist wieder ganz und bei dem Klavierbauer eingelagert bis ... bis ich eine eigene Wohnung in Rom gefunden habe.«

Nina biss sich auf die Lippen.

»Wo wohnst du denn zurzeit?«

»In einem Gästehaus der Akademie, zusammen mit ganz vielen Studenten.«

»Das muss unterhaltsam sein, sicher spielt jeder ein anderes Instrument.«

Michis Stimme lachte. »Ja, wir haben fast ein komplettes Orchester zusammen, aber nicht alle Studenten spielen gut.«

»Dann brauchst du nichts im Augenblick?«

Leise, fast tonlos antwortete Michael: »Doch dich.« Nach ein paar Sekunden fuhr er mit fester Stimme fort: »Nina, ich bitte dich, komm nach Rom!«

Das Wageninnere schien sich jetzt zu drehen. Schwindlig registrierte Nina, dass Pierre ihr vom Eingang des Gebäudes aus zuwinkte und auf die Uhr deutete.

»Baby? Bist du noch da? Ich liebe dich so sehr!«, drang Michis traurige Stimme in ihr Ohr.

»Michi, ich muss Schluss machen. Ich verspreche dir aber, ich komme nach Rom so bald wie möglich.«

»Nina! Wie meinst du das ... bitte ...«, hörte sie Michis Stimme im Telefon, als sie das Gespräch beendete und zu Pierre eilte.

Der sah sie nur stirnrunzelnd an. »Na, hat da jemand ein Problem oder geht mich das nichts an?«

Nina stürmte schweigend an ihm vorbei. Es ging ihn wirklich nichts an.

Auf den ersten Blick schien der Besprechungsraum wie jeder andere in einem Unternehmen zu sein. Durch die bodentiefen Fenster fiel die Sonne auf einen langen Tisch, an dessen Seiten etliche Stühle aufgereiht waren. An der Stirnseite hing ein Whiteboard und ein paar Getränkeflaschen standen griffbereit auf einer hellen Konsole daneben. Auffallend war jedoch die Leichtigkeit dieses Raumes. Der große Tisch schien in der Mitte des Zimmers zu schweben und die Stühle so grazil, dass der Eindruck entstand, sie würden zusammenbrechen, wenn man sich darauf setzte. Vorsichtig nahm Nina auf einem der Stühle Platz und spürte erstaunt, wie bequem man darauf saß. Sie schloss ihr MacBook an das Mediasystem an. Die Geschäftsführer und Marketingleiter des Unternehmens – junge Damen und Herren, die alle aussahen, als kämen sie gerade aus der Uni – schilderten ihren

Werdegang und warum sie die Firma vor einem Jahr übernommen hatten. Pierre stellte erneut Fragen zur Zielgruppe und welchen Bedarf die neue Firmenidentität wecken sollte. Nina verfasste anweisungsgemäß Notizen und beobachtete die jungen Auftraggeber. Nach zwei Stunden hatte sie den Eindruck, dass ihre Gesprächspartner zwar eine Vorstellung von der Marketingkampagne hatten, die aber nicht in Worte und noch weniger in Maßnahmen umzusetzen vermochten. In einer Besprechungspause schlug sie daher vor, einen Rundgang durch die Ausstellungs- und Büroräume zu machen. Eine Aufforderung, die Auslegung und Sprache miteinander erheblich erleichterte.

Das Möbelhaus war über Jahrzehnte im Besitz einer alten Frankfurter Familie. Nach dem frühen Tod des einzigen Erben wurde es an die jungen Interessenten verkauft. Die veraltete Produktpalette wurde daraufhin erneuert. In der Vorstellung der neuen Besitzer sollten die Möbel keine Nachahmung der bekannten schwedischen Einrichtungen sein und keinem schnelllebigen Design unterliegen. Die Geschäftsführer hatten ein umfangreiches Netzwerk zu kleinen, innovativen Möbelschreinereien und Polsterern in Europa aufgebaut. Jedes einzelne Möbel wurde daher individuell hergestellt, wobei der Kunde die Modelle in den Ausstellungsräumen besichtigen konnte. Der Schwerpunkt des Möbelhauses: hochwertige und somit auch langlebige Einrichtungsgegenstände, die nachhaltig produziert wurden.

Zusammen mit den jungen Inhabern schlenderten sie durch die hellen Räume. Pierre folgte ihnen in kurzem Abstand und wandte sich hin und wieder mit einer Frage an den Marketingleiter. Nina war überrascht von der Kombination verschiedener Werkstoffe und Materialien, aus denen die Möbel hergestellt waren. Alle hatten in ihren Augen etwas gemeinsam: Sie luden ein, darin zu wohnen. Trotz der großen Zahl der Einrichtungsgegenstände erschien der Raum nicht überfüllt, denn jedes einzelne Stück strahlte eine elegante Leichtigkeit aus. Nina ließ sich auf ein weißes Sofa fallen, das ihr sofort gefiel. Sie spürte die bequemen Polster und fühlte sich getragen, ohne in die Kissen einzusinken, aber auch ohne störende Härte.

»Passt!« Obwohl sie leise und mehr zu sich selbst sprach, hatte einer der Geschäftsführer das Wort verstanden.

»Passt?« Lächelnd sah er zu ihr herab. »Das gefällt mir. Unsere Möbel sollen zu den Bewohnern passen und sie nicht belasten oder noch schlimmer: erdrücken. Kein Schickimicki-Design und keine Wegwerf-Mentalität.« Er rückte seine schwarze Hornbrille zurecht. »Sie sind gut in Ihrem Beruf. Hab ich recht?«

Nina sprang auf. Sie freute sich darüber, dass sie offenbar die richtige Werbeaussage gefunden hatten. Gleichzeitig überlegte sie, wie sie die Frage beantworten konnte, ohne überheblich zu wirken. »Na ja, nicht besser als wir alle. Jeder hat ein Talent für irgendetwas, und Ihres liegt darin, wunderschöne Einrichtungen zu entdecken. Haben Sie auch schon eine Vertretung in Italien?«

Der junge Mann in Jeans und T-Shirt schmunzelte. »Ja, wir lassen auch dort einige Sachen herstellen.«

»Gut zu wissen.« Damit ging Nina zurück zu Pierre, der sich mit dem Marketingleiter unterhielt. Er richtete nervös seine Krawatte und gab ihr mit einem Blick zur

Tür zu verstehen, dass er das Gespräch für beendet hielt.

Gegen vier Uhr kehrte Nina gefolgt von Pierre zu ihrem Wagen zurück.

Mit zusammengepressten Lippen zupfte er an dem Einstecktuch seiner Jacke und an seinem kurzen Haarzopf. Die Körpersprache erschien verkrampft und Pierre äußerst unzufrieden mit dem Termin zu sein. Schweigend fuhren sie durch die belebten Straßen zurück in die Innenstadt.

»Du kannst mich da vorne bei dem Handyladen rauslassen. Ich muss noch was besorgen.« Pierre brach nach einer Weile das Schweigen.

Nina hielt auf einem Parkstreifen und sah zu ihm rüber. »Ist doch alles gut gelaufen, Pierre. Findest du nicht?«

Pierre zog seine Tasche aus dem Fußraum und blickte sie direkt an. »Ja, Nina! Nachdem du dich auf dem Rundgang absolut in den Vordergrund spielen musstest, ist es noch nicht mal sicher, dass wir den Pitch überhaupt bekommen.«

»Pierre, wieso behauptest du so was? Der Vorschlag war doch gut gemeint und hat das Gespräch aufgelockert. Wir hätten mit Sicherheit noch mehr Zeit damit verbracht, aneinander vorbeizureden.«

Seine Augen wurden schmal und kalt.

»Das ist dein Eindruck, liebe Nina. Ich kenne schon die Vorbesitzer des Unternehmens persönlich und der alte Herr Schneider hat mich ausdrücklich für den Pitch bei diesen jungen Schnöseln empfohlen. Nina, ich weiß nicht, was du über mich denkst und was du von diesem verfluchten Telefonat im Flur mitbekommen hast. Aber wenn du vorhast, dich weiterhin so aufzuspielen oder auch nur ein Sterbenswörtchen, das mich betrifft, irgendwem zu sagen, bist du deinen Job los. Das schwöre ich dir.«

Nina zuckte zurück in ihrem Sitz. Was sollte denn das jetzt? Warum drohte er ihr?

»Um Himmels willen, wovon redest du? Was hab ich dir denn getan?«

»Das, liebe Nina, weißt du genau. Und im Übrigen, wenn du noch mal beim Team-Meeting nicht dabei bist, weil du gerade was Besseres zu tun hast oder einfach davonläufst, sorge ich für deine Abmahnung.«

Nina schluckte. »Ich verstehe. Klar. Tut mir leid, dass etwas dazwischengekommen ist. Wird nicht wieder vorkommen.«

»Das hoffe ich!« Damit sprang Pierre aus dem Auto und verschwand in dem Handyladen.

Jetzt konnte sie die Tränen nicht länger zurückhalten. Warum hatte sie Michi nicht sofort am nächsten Tag begleitet. Vor dem Pitch und der damit verbundenen allgemeinen Nervosität wäre es kein Problem gewesen, kurzfristig Urlaub zu bekommen. Würde dieser Albtraum denn niemals enden?

Zu Hause fiel sie auf das Sofa. Sie schloss die Augen und versuchte sich nur auf ihre Atmung zu konzentrieren. Bruchstücke von Pierres Telefonat im Treppenhaus, sein drohender Gesichtsausdruck und der Anblick der CD auf seinem Schreibtisch blitzten vor ihr auf und verschwanden wieder in der Erinnerung. Sie sah den schwarzen Schlund ihres Macs mit den Klebezetteln und wollte sich mit aller Kraft seinem Sog entziehen. Ninas Magen rumorte, sie stürmte ins Badezimmer und würgte das Wenige wieder heraus, das sie an diesem

Tag gegessen hatte. Max war noch unterwegs. Einen Moment überlegte sie, ihn anzurufen, um mit irgendjemand über das Erlebte reden zu können. Aber das Handy befand sich in ihrer Handtasche im Flur, Nina legte sich kraftlos auf ihr Bett und schlief ein.

Es dämmerte bereits, als Max leise an die geöffnete Tür klopfte. »Nima? Schläfst du noch?«

Nina fuhr hoch, ihre Kehle war wie ausgetrocknet. »Ähm ... nein, Max. ich war nur ein bisschen müde.«

Max blieb freudestrahlend in der Tür stehen. »Na, dafür hast du aber ganz schön fest geschlafen. Hast du Hunger? Ich war einkaufen und hab was gekocht.«

»Was hast du, Max? Wie lange hab ich denn geschlafen?«

»Na ja, also ich bin seit zwei Stunden wieder hier. Und jetzt musst du probieren, was ich gekocht habe. Aber nicht enttäuscht sein, wenn das nicht so schön wie sonst aussieht.«

Nina sprang aus dem Bett. »Maxi, du bist echt unglaublich. Ich hab Hunger wie ein Wolf.«

Max hatte in der Tat Spaghetti gekocht und dazu eine Art Tomatensoße mit Gemüse zubereitet. Er hatte den Tisch in der Küche gedeckt und sogar anstelle den von ihm favorisierten Küchentüchern, normale Stoffservietten neben die Teller gelegt. Auf Ninas Platz wartete ein Glas Rotwein. Die Spaghetti waren weich und an der Soße fehlten die Gewürze, aber sie verzehrte alles bis auf die letzte Nudel.

»Du ... Michi hat heute angerufen.« Nina trank ein Schluck Wein und wartete auf die Reaktion ihres Bruders. Der legte das Besteck zur Seite und sah sie nachdenklich an.

»Und ... er war sicher sehr böse auf mich. Oder?«

»Nein, Maxi. Wirklich nicht. Aber ich hatte nicht viel Zeit, mit ihm zu sprechen. Zuerst war Pierre mit im Auto und dann musste ich zu dem Briefing. Ich glaube, Michi hatte wenig Verständnis, dass ich auch am Samstag gearbeitet hab.«

»Hm ... und ihr habt euch wieder gestritten?«

»Nein ... nicht gestritten, aber ich konnte ihm auch nicht sagen, dass ich heute eigentlich in Rom sein wollte. Stattdessen dieser dumme Termin.«

»Ich glaube, dafür hätte er noch weniger Verständnis gehabt.«

»Er sagte, dass er im Gästehaus der Akademie wohnt, bis er eine Wohnung gefunden hat.«

»Nima! Dann flieg doch einfach das nächste Wochenende. Du musst mit ihm reden.«

»Ich weiß. Ich kann einfach nicht.«

»Wieso du kannst nicht?«

»Es ist ziemlich kompliziert. Ich weiß nicht, wie ich das sagen soll, aber der Pitch ist noch nicht über die Bühne.«

»Aber Nina, zumindest die Wochenenden kannst du doch freimachen. Das heute ist ja hoffentlich eine Ausnahme gewesen.«

»Ja, schon, aber Pierre macht richtig Druck. Er hat mir auf der Rückfahrt sozusagen gedroht, dass ich meinen Job verliere, falls ...«

»Er hat was? Wieso kann der dir drohen?« Max zog die dichten Augenbrauen hoch.

Nina berichtete von dem seltsamen Verhalten ihres Kollegen auf der Rückfahrt. Noch immer war sie betroffen über dessen Äußerungen. Max ebenso, denn er fragte mehrfach, ob Nina neben dem ominösen

Telefonat weitere Informationen über ihn hätte.

»Ich verstehe nicht, wieso der nur wegen einem dummen Telefonat so einen Aufstand macht.« Er sah seine Schwester nachdenklich an. »Er hat doch wirklich keinen Grund auf dich wütend zu sein. So wie ich das sehe, wird er befördert, wenn euer Pitch klappt. Aber dann sollte er doch für deine Mitarbeit dankbar sein und dir nicht drohen.«

Nina nickte stumm und Max holte ein weiteres Bier aus dem Kühlschrank. »Nima, ich glaube, da stimmt irgendwas nicht mit Pierre.«

»Egal. Das ist seine Sache. Ich muss den Pitch zu Ende bringen und dann nehme ich Urlaub. Ich kann hier kein Chaos hinterlassen. Wenn der Pitch klappt und Pierre seine Beförderung hat, fahre ich ganz beruhigt zu Michi. Aber vorher kann ich nicht und Michi muss eben so lange warten.«

»Aber er fehlt dir doch so. Wie lange dauert dieses Projekt denn noch?«

»Viel zu lange ...« Damit rannte Nina ins Badezimmer.

Nachdem sie zusammen die Küche aufgeräumt hatten, blieb Nina mit ihrem Weinglas unschlüssig an den Kühlschrank gelehnt stehen. Max sah unternehmungslustig zu ihr herüber. »Es ist Samstag Abend. Wann bist du eigentlich da letzte Mal richtig ausgegangen?«

Nina stellte das Glas auf den Tisch. »Was? Wie meist du das? Michi und ich gehen doch oft in ein Konzert und letztens war ich mit den verrückten Kollegen in Sachsenhausen.«

»Nein, ich meine kein Konzert. Einfach ausgehen und Spaß haben.«

»Du liebe Güte. Ich glaube, dafür bin ich schon fast zu alt und vielleicht auch nicht in der richtigen Stimmung.«

Max schüttelte den Kopf. »Zu alt bist du ganz sicher nicht und die Stimmung kommt automatisch. Los komm, ich zeige dir mal einen tollen Club. Du brauchst dich auch nicht umzuziehen.« Er griff nach ihrem Arm.

»Aber Maxi, ich kann doch nicht einfach ...«

»Doch! Klar kannst du! Komm!«

Obwohl ihr die Idee irrwitzig erschien, verspürte sie eine Art Neugier. Widerstrebend folgte sie Max zu seinem Wagen.

War sie denn jemals in einem Club, schoss es in ihren Kopf, als Max sie durch die Tür einer Bar im Frankfurter Westend schob. Laute Musik und Gesprächsfetzen drangen den beiden entgegen. Max steuerte durch die Menschenmenge zu der Bar und begrüßte einen Mann mit einem schwarzen Vollbart hinter dem Tresen. Nina setzte sich dazu und betrachtete das riesige Street-Art-Graffiti, das sich im Hintergrund über die gesamte Wand erstreckte. »Nina. Das ist Carl«, rief Max durch das Musikgetöse. »Carl fährt einen Austin FX4, ein altes Londoner Taxi, das wir vor ein paar Wochen zur Reparatur hatten.«

Carl nickte ihr zu und lachte, während er, ohne den Blick zu senken, weiter mit sicheren Bewegungen Drinks mischte. Er schien etwa in Ninas Alter zu sein. Die Lachfältchen um seine aufmerksamen Augen und sein blasses Gesicht erzählten die Erlebnisse aus vielen Nächten. Eine schwarze Fliege hing schief am Hals seines blütenweißen Hemds und um die Hüften hatte er eine schwarze Lederschürze gebunden. Carl stellte zwei

Longdrink-Gläser vor ihnen auf die Bar. »Cheers! Ihr seid meine Gäste heute Abend. Müsst ihr probieren. Meine Erfindung.« Max schob seines weiter zu Nina. »Nee, danke, Carl. Für mich nur ein alkoholfreies Bier. Will noch fahren.« Carl nickte und deutete zu der Tanzfläche. »Livemusik heute Abend. Habt Spaß!«

Nina nippte an dem Drink und schaute zu den unterschiedlich gekleideten Menschen, die sich in der Mitte des Raumes drängten. Ungewohnte, laute Musik dröhnte in ihrem Kopf, der nur von einer Frage beherrscht wurde: Was tat sie eigentlich hier? Was in aller Welt sollte sie in dieser Tanzbar? Sie schloss die Augen und spürte, wie die Bässe die Anspannung zu lösen schienen. Als sie sie wieder öffnete, lächelte Max sie an und deutete mit dem Kopf auf die Tanzfläche. »Los, probier's doch einfach mal.« Nina schüttelte den Kopf, worauf Max dicht an ihrem Ohr sagte: »Nina! Geh! Gib doch mal einen Moment die Kontrolle ab und lass dich gehen.«

Fast widerstrebend ließ sie sich von der Masse der tanzenden Menschen aufsaugen, doch dann nahm der Rhythmus der Musik mehr und mehr Besitz von ihr. Sie vergaß, wo sie war und selbst alle anderen Fragen verschwammen in der Bedeutungslosigkeit. Die Antwort lag nur in diesem Tanz, einer wilden ausgelassenen Bewegung im Gleichklang mit den Körpern der Tanzenden, deren Identität vollkommen nebensächlich war. Sie ließ sich treiben von dem schnellen Rhythmus, verloren im hier und jetzt des Augenblicks, berauscht von der Lebensfreude dieser Menschen.

Nach einer Weile kehrte sie zu Max zurück, der sich mit Carl über Oldtimer unterhielt. Sie trank ein paar

Schlückchen der zitronig frischen Flüssigkeit und strebte wieder zur Tanzfläche. Sie sah, wie Max lächelnd ihre ungestümen Bewegungen verfolgte, aber er selbst bleib an der Bar. Und Nina tanzte, wie sie noch nie getanzt hatte. Sie fühlte sich plötzlich so lebendig und frei, als ob sie durch diesen Tanz jegliche Traurigkeit von ihrer Seele herunter schütteln könnte.

In einer Pause schob Carl ein großes Glas Mineralwasser zu ihr hin, durstig trank es sofort leer. Nach einer Weile gesellte sich Max zu den Tanzenden. Sein muskulöser Körper bewegte sich geschmeidig durch die Menge hindurch, um neben einer jungen Frau weiterzutanzen. Für einen Moment erhellte ein Lichtblitz ihr von langen schwarzen Haaren umrahmtes Gesicht. Es schien nur aus den großen dunklen Augen und einem herzförmigen Mund zu bestehen. Sie war zierlich und mehr als einen Kopf kleiner als Max, durch ihre eng anliegenden Jeans sah sie fast aus wie ein Kind. Nina setzte sich an die Bar und beobachtete die sich nähernden Bewegungen der beiden jungen Menschen.

Sie zog ihr Handy aus der Tasche, um nach der Uhrzeit zu sehen. Es war zwei Uhr und ... Michael hatte eine Stunde zuvor noch mal angerufen. Warum um Himmels willen war sie nicht zu Hause geblieben? Er würde sich sicher fragen wieso sie nicht ans Telefon gegangen war. Der Abend in diesem Club, der Tanz und selbst ihre Müdigkeit hatten sich fremd, aber richtig angefühlt, bis jetzt. Jetzt war der Schmerz zurückgekehrt.

Carl fragte, ob sie einen weiteren seiner Drinks probieren wollte. Nina schüttelte den Kopf und bat ihn, Max auszurichten, dass sie schon nach Hause wäre. Dann drängte sie durch die Menschenmenge hindurch zum Ausgang. Unschlüssig stand sie an der Bockenheimer Landstraße und hielt Ausschau nach einem Taxi. Nur einmal kurz seine Stimme hören oder wenigstens einen telefonischen Gute-Nacht-Kuss. Nina wählte Michaels Telefonnummer. Seine Stimme klang verschlafen.

»Nina?«

»Du hattest angerufen ... und ...«Nina räusperte sich. »Michi ich wollte nur noch mal deine Stimme hören.«

»Baby, weißt du, wie spät es ist?«

»Es tut mir leid, ich wollte dich nicht wecken.«

»Hast du jetzt. Macht aber nichts. Sag mal wo steckst du denn? Kommst du jetzt erst von deinem Kundentermin nach Hause?«

»Nein. Ich war schon zu Hause. Max hatte gekocht und dann ...«Nina brach den Satz ab.

»Was dann?« Michis Stimme schien hellwach.

»Max hat mich in einen Club mitgenommen. Es gab Livemusik und wir alle haben getanzt.«

»Also hat dein lieber Bruder zum ersten Mal in seinem Leben etwas gekocht und dann seid ihr beiden ausgegangen. Versteh ich das richtig?«

»Ja, Michi, aber es war schön und ganz anders als sonst.«

»Nina! Du arbeitest an einem Samstag, was eine Ausnahme sein soll, aber nicht stimmt, denn du hast schon oft am Wochenende durchgearbeitet. Dann kocht Max dir etwas und dann geht ihr beiden aus. Das hört sich an, als wenn du mich überhaupt nicht vermisst. Ist vielleicht ganz gut, dass ich nach Rom gegangen bin.«

»Michi ... es tut mir leid. Es ist nicht so, wie du denkst.«

»Nein? Wie denn?«

»Du fehlst mir ...« Tränen liefen über ihr Gesicht.

»Nina, ich glaube, das führt jetzt zu nichts. In acht Stunden habe ich eine Probe mit ein paar Studenten der Akademie. Ich sollte jetzt lieber schlafen. Gute Nacht, Baby.«

Nina blickte fassungslos auf ihr Handy. Michael hatte das Gespräch beendet. So allein war sie schon seit ihrer Kindheit nicht mehr gewesen. Nein, kein Taxi.

Eine einsame Frau lief durch die menschenleeren Straßen in Richtung Frankfurter Nordend. Als sie endlich zu Bett ging, fiel das fahle Licht des Morgens auf Michaels Pullover. Nina zog die Decke über den Kopf. Tränen tropften auf die weiche Wolle.

Max war auf dem Weg zur Arbeit. Er drehte die Lautstärke des Autoradios höher und summte den Hip-Hop Sound des Musikstückes nach. Den ganzen Sonntag hatte er mit Leonie in ihrer Wohnung verbracht. Nach einem kleinen Frühstück waren sie wieder ins Bett gegangen und erst am Abend hatte der Hunger sie veranlasst auszugehen.

Auf dem Parkplatz der Werkstatt angekommen, sprang er aus dem Wagen und ging pfeifend ins Gebäude. Franco kam sofort auf ihn zu.

»Max! Gut, dass du da bist. Hakim ist wieder zurück. Aber irgendwas stimmt nicht mit dem Jungen.«

»Häh? Was ist denn mit ihm? Gott sei Dank, dass er wieder da ist.«

Franco hob die wabbeligen Arme. Auf seinem Hemd waren Schweißflecken und auch seine Glatze glänzte verschwitzt.

»Er ist total komisch. Sagt kein einziges Wort und

sieht so finster aus, als ob er gleich jemand umlegen wollte.«

»Hakim doch nicht! Wo steckt er denn?«

»Ganz hinten in der Werkstatt. Ich glaub, er putzt irgendwas. Sprich du doch mal mit ihm. Ich komme nicht an den Jungen ran.«

Max suchte ihn überall. Er sah sogar unter den Hebebühnen und in der Arbeitsgrube nach. Hakim saß auf einem Stapel alter Autoreifen und putzte ein paar rostige Werkzeuge. Seine Miene war komplett verändert. Die sanftmütigen Augen funkelten jetzt bedrohlich schwarz und die Lippen waren fest zusammengepresst. Als er Max erkannte warf er mit einer schnellen Bewegung seines Kopfes die langen Haare zurück. Max setzte sich zu ihm. »Hey, mein Freund. Alles klar?«

»Nichts klar.« Er senkte den Kopf wieder und schrubbte mit einer Metallbürste weiter an der verrosteten Zange.

Max sah ihm eine Weile schweigend zu. Dann fasste er vorsichtig an Hakims Arm.

»Du ... Hakim, wollen wir mal wieder Boxen und was trinken?«

»Jetzt sofort?« Hakim blickte auf.

»Nee, nicht jetzt ... aber vielleicht heute Abend?«

»Ich muss Boxen lernen. Aber ich zu unkräftig.«

»Hakim, das dauert halt eine Zeit, bis man richtig draufhauen kann.«

»Aber du stark. Du kannst boxen. Du kannst für mich boxen?«

»Hakim, wie meinst du das? Ich kann doch nicht nach Syrien fliegen und dort Leute vermöbeln.«

Hakim schüttelte den Kopf. »Nein, nicht Syrien.

Hier in Frankfurt. Hier Männer noch böser als in Syrien.«

»Wie meinst du das? Wir hier sind doch nicht gemein zu dir. Oder? Hat dich jemand geärgert, weil du Flüchtling bist?«

»Nein. Nicht mich. Aber Männer kommen und nehmen Kinder aus Flüchtlingsheim mit. Sagen, es gibt neues Handy dafür, wenn sie Kleidung ausziehen.« Hakims schwarze Augen glänzten feucht.

»Hakim, weißt du das genau? Das ist ein sehr schlimmer Vorwurf.«

»Ja, Max. Ich weiß genau. Kind von Frau, die bei Schwester ist, hat erzählt. Und Wachmann kriegt auch Geld. Ich musste ganze Zeit aufpassen auf Kinder. Ich muss Mann boxen.«

»Hakim, jetzt mal ganz im Ernst. Ist das wahr?«

»Ja. Ich schwöre bei Tod meiner Mama.« Sein Blick wurde flehentlich. »Max du musst boxen diese bösen Männer für mich. Sie Fotos von da bei Kindern machen.« Er zeigte auf seine Hose.

Max sah den jungen Syrer lange an, dann sagte er: »Das hat mit dem Citroën zu tun, den wir letztens vor dem Heim gesehen haben? Richtig?«

»Ja, Mann im Citroën … holt Mädchen ab. Wachmann am Tor bekommt Geld.«

»Aber fällt das den Müttern nicht auf? Ich meine die Kinder können nicht so einfach weglaufen.«

»Doch ... so viele Kinder da. Alle spielen … und dann Wachmann kommt. Gibt ihnen süße Bonbons. Er droht, dass sie Ärger mit Polizei bekommen, wenn sie verraten. Manche Kinder auch ohne Eltern. Ich passe auf.«

»Hakim. Das müssen wir der Polizei melden.«

»Nein! Nein! Bitte nicht Polizei. Wir alle sonst zurück nach Syrien und kein Asyl.« Die großen Augen blickten flehentlich zu ihm auf. Beruhigend legte Max den Arm um Hakims zitternde Schultern.

»Hakim, mach dir keine Sorgen. Ich verspreche dir, du musst nicht zurück in deine Heimat. Ich fahre dich heute Abend in deine Unterkunft und rede anschließend mit einem Freund, der bei der Polizei ist.«

»Aber dann wir müssen doch zurück.«

»Nein, mein Freund. Das verspreche ich dir auch, beim Tod meiner Mama.«

»Dein Papa auch tot?« Hakim sah voller Mitgefühl zu Max empor.

»Ja ... vermutlich. Ich habe ihn nie kennengelernt.«

»Dann wir sind Brüder. Für immer?«

»Brüder auf Lebenszeit.« Max hielt ihm die Hand hin. »Komm, Bruder. Aber jetzt arbeiten wir.«

Später saßen die beiden zusammen am Computer und Max erklärte Hakim die Softwarefunktionen der neueren Autos. In der Mittagspause spendierte Franco ihnen zwei große Pizzen, aber Hakim schien sich über die Kinder im Flüchtlingsheim zu sorgen. Er aß nur wenig und bat Max, ihn ins Heim zurückzufahren.

Auf dem Rückweg zur Werkstatt rief Max seinen Freund Chris an. Der junge Polizist trainierte ebenfalls in Max' Boxklub und stimmte sofort einem Treffen in der Polizeistation zu.

Die Polizisten und zwei Kriminalbeamte in Zivil hörten Max' Schilderungen aufmerksam zu, während sie Notizen über das Gehörte verfassten. Dann riefen sie bei der örtlichen Flüchtlingsbehörde an, um Hakims Aussage zu überprüfen. Nach mehr als drei Stunden verabschiedeten sie Max.

Warum hatte er sich das Kennzeichen des Citroëns nur nicht gemerkt? So viele Autos dieses Fabrikates konnten in Frankfurt nicht angemeldet sein. Weder Hakim noch er hatten den Fahrer selbst gesehen, aber das Verhalten des Wachdienstes war ihm schon an dem Abend komisch vorgekommen.

Armer Hakim! Der Junge hat die ganze Zeit versucht, auf die Kinder des Flüchtlingsheims aufzupassen. Max haute auf das Lenkrad seines Wagens. Wenn er den Fahrer des Citroëns an dem Abend nur erwischt hätte! So ein Dreckskerl!

Am nächsten Morgen informierte er Franco über die Vorgänge in der Flüchtlingsunterkunft und über seinen Besuch in der Polizeistation. Francos rundliches Gesicht wurde blass. »Ich glaub's nicht.« Sein dicker Bauch bebte unter dem engen Hemd. »Da werden echt Kinder entführt? Nein! Diese armen Leute. Suchen Schutz hier in Deutschland und dann werden die Kleinen vielleicht auch noch missbraucht.«

»Ja, und Hakim hat nur versucht, sie zu beschützen. Aber Franco ...« Max hielt inne. »Du kennst doch so viele der Oldtimer-Händler. Kannst du dich nicht mal umhören? Ich meine, wir könnten das doch der Polizei melden.«

»Kann ja mal ein paar Freunde anrufen. Aber wenn die mitkriegen, warum, lynchen die alle Besitzer von dem Citroën-Modell. Ich lasse mir mal was einfallen.«

»Die Polizei wird sicher auch das nötige ...« Max kam nicht mehr dazu, den Satz zu beenden, denn in diesem Moment stürzte Hakim in Francos Büro. Er war vollkommen außer sich. »Max! Max! Du helfen!«

Franco und Max blickten erschrocken zu dem

Jungen. Hakim zitterte am ganzen Körper. »Max! Komm schnell. Ayasha weg. Sie gestern weg. Heute nicht mehr da.«

»Hakim. Um Himmels willen, beruhig dich erst mal. Wie alt ist sie denn?«

Der junge Syrer zog an Max' Arm. »Sie acht Jahre. Komm, Max! Bitte. Wir müssen suchen.«

»Aber, Hakim. Wo sollen wir denn suchen? Wir müssen sofort zur Polizei.«

»Nein! Nein! Wir sonst zurück nach Syrien!«

»Nein Bruder. Ich verspreche dir, dass keiner aus diesem Grund zurückgeschickt wird. Wir beiden gehen jetzt sofort zu meinem Freund Chris. Hakim, beruhig dich. Nur die Polizei kann uns jetzt helfen.«

Hakim folgte Max widerstrebend zum Wagen.

Die beiden fuhren zur Polizeistation und Hakim berichtete den Kriminalbeamten stockend von den Vorfällen in seiner Flüchtlingsunterkunft. Zwischendurch schlug er die Hände vor das Gesicht und weinte. Erst als die Beamten ihm mehrmals versicherten, dass er aufgrund seiner Aussage sicher nicht abgeschoben wird, schien Hakim ruhiger zu werden. Max wich nicht von seiner Seite. Er würde sich ab sofort mehr um den Jungen kümmern.

Achtes Kapitel

Es gab kaum einen unpassenderen Zeitpunkt für Charlottes Anruf als diesem Morgen. Nina hatte die Zielgruppen-Analyse auf dem Mac geöffnet, Ferdi stand wartend vor ihrem Schreibtisch und mit Pierre sollte sie schon seit zwei Tagen weitere Details abstimmen. Ihm erneut persönlich gegenüberzustehen ... davor graute ihr am meisten.

Die hohe Stimme am Telefon verringerte ihr Interesse an dem Inhalt daher auf ein Mindestmaß.

»Nina! Störe ich dich gerade?«

Nina atmete tief ein. »Na, ja. Hab halt immer viel zu tun ... aber was gibt's denn? Langeweile oder Liebeskummer?«

»Hör mal! Warum sagst du so was? Du meldest dich ja nie bei mir.« Das Piepsen wurde lauter. »Immerhin habe ich durch Zufall erfahren, dass du letztens im ›Chinaski‹ warst. Und das, ohne mir etwas davon zu sagen.«

»Wieso? Muss ich dich vorher anrufen, wenn ich ausgehe?«

»Nina! Was ist denn nur mit dir los? Seit wann gehst du abends in einen Club?«

»Seit Max mich damit überrumpelt hat.« Ninas Fuß wippte nervös. Ferdi zeigte auf seine Uhr und gab ihr zu verstehen, dass er in ein paar Minuten zurückkommt.

»Max? Im Ernst? Ich dachte, der hat nur sein Boxen im Kopf. Aber mal ganz ehrlich, Nina, ich hätte euch doch gern begleitet. Schließlich bist du meine beste Freundin. Oder willst du immer noch nach Rom auswandern?«

»Ach ... Charly.«

»Nina, sei um Gottes willen vernünftig. Hast du jemand kennengelernt im ›Chinaski‹?«

»Nein, eigentlich nur mich selbst.«

»Wie meinst du das denn jetzt? Ich war vor ein paar Wochen da. Das Publikum ist doch ganz okay ... ich meine zumindest keine Teenager.«

»Charly. Ich will niemanden kennenlernen, und ob ich wirklich nach Rom ziehe, steht noch in den Sternen.«

»Also, du bist ja echt nervig heute. Ich wollte mich ja auch nur mal melden, um dir zu helfen. Aber wenn du meine Gesellschaft sowieso nicht brauchst und es vorziehst, allein wegzugehen ...« Charlys Stimme machte eine bedeutungsvolle Pause. »Dann ... dann müssen wir uns ja auch nicht sehen.«

»Aber, Charly! So ist das doch nicht gemeint. Du bist und bleibst meine beste Freundin, aber ich habe wirklich momentan so viel um die Ohren, dass ...«

»Siehst du! Du solltest Michi wirklich vergessen.«

»Nein. Ich sollte hinfliegen und mit ihm reden. Und jetzt sollte ich weitermachen. Wir haben hier gerade einen Riesenstress. Lass uns doch die Tage mal wieder treffen. Wie wär's?«

»Im ›Chinaski‹?«

»Da ist es zu laut, vielleicht im ...« Nina unterbrach den Satz, denn Ferdi stand mit hochgezogenen Augenbrauen wieder vor ihrem Schreibtisch und deutete auf seine Armbanduhr. Sie beendete das Telefonat daher schnell. »Du, Charly, entschuldige bitte. Ich melde mich. Versprochen.«

»Nina. Pierre ruft. Wir müssen in zwei Minuten im Meeting sein. Kam eine Rund-Mail vorhin. Ähm ... und noch was. Hier, hab dir was mitgebracht.« Er legte einen Tischtennisball neben Ninas Mac. »Denk dran: kein Fußball werden!«

Pierre hatte auf einer Wand die einzelnen Kampagnen des Pitches projiziert. Seine Finger spielten nervös mit einem Stift, während er auf alle Team-Mitglieder wartete. Abgabetermin war in fünf Tagen und der Redebedarf der Kollegen dem Druck entsprechend hoch.

Pierre erläuterte seine Vorstellung vom Möbelhersteller als alteingesessenes Unternehmen mit traditionellen Wurzeln, aber mit innovativen Produkten. Ferdi schubste Nina an und deutete mit dem Blick zu Kai und den Kollegen aus dem Design. Kai hatte den Kopf gesenkt und malte etwas auf seinem Notizblock. Die beiden Designer schienen vollkommen auf die Bilder der Präsentation fokussiert zu sein und folgten Pierres Ausführungen mit deutlich distanzierter Zustimmung. Alle sahen so aus wie in fast jedem Meeting – nicht nur das allgemeine Interesse gähnte. Nein! So schafften sie das nie. Nina atmete tief ein, aber ihr Puls raste.

»Pierre, bitte entschuldige. Aber hatten wir beim letzten Briefing nicht ein ganz anderes Bild von dem Unternehmen? Meiner Meinung nach wollen die Geschäftsführer doch genau dieses Image von Altertümlichkeit ablegen. Soweit ich informiert bin, sollte mit dem Re-Branding etwas Frisches geschaffen werden. Etwas, das besonders junge Käufer anspricht, Möbel, die nicht einer Wegwerfmentalität entsprechen und aus innovativen und nachhaltigen Materialien bestehen. Unser Claim ›Passt!‹ ist doch nichts für eine traditionelle Klientel.«

Pierres Miene verzog sich zu einer Grimasse. Die metallblauen Augen spießten Nina auf. »Nina, wie schön, dass du uns mal aufklärst, wie du trotz deiner häufigen Abwesenheit gedenkst, diesen Pitch anzugehen. Ich befürchtete schon, du hast gar keine Meinung dazu.«

Nina erhob sich und sah in die verständnislosen Gesichter der Kollegen, die durch Pierres Worte wachgerüttelt schienen. Ihre Hände zitterten, aber Ferdi nickte ihr aufmunternd zu. »Denk dran. Wir sind die Tischtennisbälle«, flüsterte er.

Nina erzählte über das letzte Briefing und ihre Eindrücken von der jungen Geschäftsführung. Pierres blasses Gesicht wurde tiefrot, aber er schwieg und man hörte förmlich das Knirschen seiner Zähne.

Nach zwei Stunden waren alle damit einverstanden, die Pitch-Präsentation umzugestalten. Nur Pierre sagte weiterhin kein Wort. Er saß regungslos mit verschränkten Armen auf seinem Stuhl, die Augen halbgeschlossen und die Lippen fest zusammengepresst.

Sofort nach dem Meeting stürzten sich die Designer auf die Werkstattfotos der kleinen Möbelschreinereien, die ihnen die Geschäftsführung zur Verfügung gestellt hatte. Der Claim ›Passt!‹ sollte die Zufriedenheit der Handwerker wiedergeben, wenn sie ein Möbelstück fertiggestellt hatten. Kai verschwand für zwei Stunden im ›Spielplatz‹, und forderte Sandra auf dem Kicker heraus. Dann eilte er zu seinem Mac und schrieb.

Unter dem Zeitdruck der wenigen Tage bis zum Präsentationstermin, verwandelte sich die Agentur erneut in einen Bienenstock. Alle arbeiteten hoch konzentriert, nur Pierre nicht. Er kam morgens spät, redete mit Patrick und verschwand dann in seinem Büro. Nina versuchte, jeden persönlichen Kontakt zu vermeiden, indem sie ihm Kopien der jeweiligen Ausarbeitungen zukommen ließ und ihn bei allen ihren Mails in den Verteiler setzte.

Ab und zu warf sie einen Blick zu seinem Schreibtisch. Er sah sie direkt an. Nina konnte aus seiner Körpersprache nicht erkennen, was in ihm vorging, denn Pierres Verhalten wurde immer undurchsichtiger, aber es mussten bittere Tage für ihn sein. Er telefonierte leise auf dem Handy, den Blick zu ihr oder auf den Mac gerichtet, und dann stolzierte er hoch erhobenen Hauptes zu Patrick.

Bei den folgenden hitzigen Team-Meetings saß er nur teilnahmslos dabei. Verwundert über das ungewöhnliche Benehmen hatte Kai ihn gefragt, ob alles okay wäre. Pierre hatte mit den Schultern gezuckt und ihm geantwortet, was denn nicht in Ordnung sein sollte. Nina bekam immer stärker den Eindruck, auf sich selbst gestellt zu sein, und arbeitete noch mehr. Sie vertiefte sich in die Konzepte hinsichtlich Markenanspruch, Positionierung, Differenzierung zum Wettbewerb, zum Alleinstellungsmerkmal und der Zielgruppe. Sie überprüfte die einzelnen Ausarbeitungen der Kollegen aus Design und Text und erstellte eine umfangreiche Darstellung des Gesamtkonzeptes, das dem Kunden vorgestellt werden sollte.

Am Vortag des Abgabetermins sandte sie die fertige Präsentation an Pierre und druckte alle Seiten noch mal für ihn aus. Die Kollegen aus der IT-Abteilung hatten zusätzlich eine Probewebseite des Möbelherstellers erstellt, in der die neue Corporate Identity exemplarisch eingearbeitet war.

Sie hatten es gemeinsam geschafft, besser ging nicht.

Die Geschäftsführer und der Leiter der Marketingabteilung kamen am nächsten Morgen. Patrick führte sie durch die Agentur und erklärte die verschiedenen Aufgabenbereiche der Kollegen. Dann begann Pierre mit der Präsentation. Nina verfolgte gespannt seine Ausführungen und beobachtete dabei die Reaktionen der Gäste. Pierre erläuterte genau den Ansatz der Marketingkampagne, den sie vorgeschlagen hatte. Ferdi kam in einer Besprechungspause dazu und zwinkerte ihr zu. »Haben wir doch gut hingekriegt. Oder?«

Nachdem alle Fragen geklärt waren, verabschiedeten sich die jugendlichen Inhaber und Patrick begleitete sie aus dem Gebäude.

Am frühen Nachmittag beendete Nina die Programme auf ihrem Computer eilte nach Hause. Die Anspannung der letzten Tage bröselte langsam von ihr ab, doch eine dünne Haut der Unsicherheit blieb. Das Wort ›Urlaub‹ erschien so verheißungsvoll wie eine Insel in der Karibik, aber auch genauso weit entfernt. Es war fraglich, ob sie den Pitch überhaupt bekämen und wenn nicht … dann würde Pierre sicher alles unternehmen, um ihr die Schuld dafür anzulasten. Sie hatte fest damit gerechnet, dass er irgendeine Kleinigkeit finden würde, um sie nach der Konfrontation unter Druck zu setzen. Aber er ging ihr aus dem Weg und Nina ihm. Eine Art Ruhe vor dem Sturm? War es wirklich nur seine Waffenruhe oder eher eine Kapitulation? Warum nur schien er seit dem Telefonat im Treppenhaus so verändert? Sie würde ihm das Feld gern kampflos überlassen und endlich zu Michi nach Rom fliegen – unabhängig vom Ausgang des

Pitches.

Gleich am folgenden Tag rannte sie zu Patrick, um ihn über den geplanten Urlaub zu informieren. Der Agenturleiter war in ein Telefongespräch vertieft und Nina drehte sofort wieder um. Dann beendete er jedoch das Telefonat. »Bleib ruhig hier, Nina. Ich wollte sowieso mit dir reden.«

Sie ließ sich auf einen Sessel fallen. Pitch oder Pierre? Was war passiert? Fast erwartete sie, dass Patrick ihr gleich eine mündliche Abmahnung erteilen würde. Sicher war irgendetwas falsch gelaufen und Pierre hatte sich bei dem Agenturleiter darüber beschwert. Sollte er doch! Bis die Gemüter sich beruhigten, blieb sie in Rom.

Patrick nahm seine Brille ab, putze sie sorgfältig und setzte sie wieder auf. Dann strich er über seinen grauen Oberlippenbart und lächelte sie an. »Also, ähm ... du, Nina. Wir haben den Pitch! Gerade rief einer der Geschäftsführer an, dass wir den Zuschlag bekommen haben!«

Nina atmete auf. Kein Ärger! Durch die Art, wie Patrick sie anschaute, erkannte sie jedoch sofort, dass das noch nicht alles war. »Aber das ist doch wunderbar! Dann kann ich ja beruhigt mal zwei Wochen Urlaub machen. Ich wollte dir das gerade sagen.«

»Ja, das ist ein toller Erfolg für uns und ein großes Budget noch dazu.« Patrick lehnte sich in seinem Sessel zurück. »Pierre weiß noch nichts davon, denn es gibt da noch etwas. Nina, die Auftraggeber und besonders einer der Geschäftsführer haben darum gebeten, dass du die Leitung der Kampagne übernimmst.«

Nina schluckte. »Was? Wieso denn ich? Pierre ist doch der Koordinator für diesen Kunden. Er hat die ganzen Vorgespräche geführt und kennt die Leute viel besser als ich.«

»Ja, und ich glaube, Pierre wird nicht sehr erfreut sein. Aber wie ich das so sehe, arbeitet ihr beiden doch perfekt zusammen. Oder gibt es da ein Problem?« Patrick sah sie fest an und Nina senkte ihren Kopf, um ihm nicht in die Augen sehen zu müssen.

»N... nein. Nicht dass ich wüsste ... aber ich hoffe, dass das so bleibt, auch so, nachdem du mit ihm geredet hast.«

»Davon gehe ich aus, Nina. Ich versuche, es ihm möglichst schonend beizubringen. Nur deinen Urlaub musst du noch ein paar Wochen verschieben, bis die Sache richtig am Laufen ist. Tut mir leid.«

Während Patrick mit Pierre redete, schlafwandelte Nina wie in einem Albtraum zurück zu ihrem Schreibtisch. Erneut war die Hoffnung wie eine schillernde Seifenblase zerplatzt.

Nein!

Einfach alles hinschmeißen? Weglaufen? Warum? Minutenlang starrte sie auf den schwarzen Bildschirm ihres Mac. Wegzulaufen war sinnlos. Müde schloss sie die Augen und hörte irgendwann, wie jemand den kleinen Tischtennisball auf ihrem Schreibtisch aufprallen ließ. Ferdi stand lachend vor ihr.

»Hey, Nina-Schatz! Alle freuen sich, und du siehst aus, als ob du gerade zum Tode verurteilt worden wärst. Hab Patrick zu Pierre laufen sehen und ein kleines bisschen gelauscht.«

Er zwinkerte mit dem einen Auge. »Aber nicht verraten. Ich freue mich jedenfalls dolle für dich. Nur Pierre tobt vermutlich jetzt.«

»Genau, das wird mein Problem ... ähm, eins

meiner vielen Probleme. Ich wollte eigentlich mal Urlaub machen.«

»Och, Nina ... so ein Urlaub läuft doch nicht davon.«

»Doch, Ferdi. Dieser Urlaub läuft davon und ist jetzt schon in Rom.«

»Okay ... ich verstehe. Aber mit einem Kurzurlaub über das Wochenende könntest du dem geliebten Urlaub vielleicht ein wenig näherkommen?«

»Ach, Ferdi. Du bist echt eine Knalltüte.«

»Nö! Aber ich habe gerade eine Knaller-Idee. Wir müssen den Pitch unbedingt feiern! Ich mache gleich einen Rundruf bei allen. Morgen Abend beim Italiener?«

»Ja, gern, aber nur wenn's Pizza ohne Oliven gibt.«

Ferdi ließ den kleinen Ball zu ihr zurückprallen. »Bekommst du. Und wenn ich persönlich alle Oliven einzeln herausschneiden muss. Hauptsache, die haben genug Rotwein für uns.«

Nina sah ihm hinterher, als Ferdi zu den Kollegen schlenderte. Dann sah sie zu Pierre. Er war wieder allein. Sie pustete Haarsträhnen aus ihrem Gesicht und lief los. Pierres Blick ging durch sie hindurch wie eine Speerspitze.

»Du, Pierre ... Patrick hat schon mit dir gesprochen?«

»Hat er.«

»Pierre, ich wollte das nicht.«

»Das glaubst du doch selbst nicht.«

»Ich habe nur meine Arbeit gemacht ...«

»Ha! Und dich dabei ganz gezielt in den Vordergrund gespielt. Das nennst du deine Arbeit?«

»Ich verstehe nicht, was du meinst. Ich habe mich nicht in den Vordergrund gespielt.«

»Wie kannst du nur so blöd sein? Und dann hast du es auch noch gewagt, mich vor dem ganzen Team zu kritisieren.«

Pierres Gesicht war weiß.

»Pierre, warum sagst du so was? Das war doch keine Kritik! Wir hatten eben unterschiedliche Ansätze für den Pitch.« Nina setzte sich nicht auf einen der Sessel vor seinem Schreibtisch, sondern blieb stehen. Ihr Herz schlug bis zum Hals.

»Unterschiedliche Auffassungen nennst du das? Und was war beim Briefing mit deiner plötzlichen Idee, einen Rundgang zu machen? Ich hatte dir ausdrücklich gesagt, dass du nur zuhören sollst.«

»Ich dachte nur ...«

»... dann hör auf zu denken und mach deine Arbeit.«

»Das ist unverschämt! Pierre, du bist beleidigend und unfair. Ich verstehe absolut nicht, warum du seit neulich so gemein bist, und weißt du was? Ich will es auch gar nicht wissen.« Nina drehte sich weg, um wieder zu ihrem Schreibtisch zurückzukehren. Aber Pierre ließ nicht locker.

»Ha! Du verstehst doch sowieso nichts.«

Nina hielt inne. Was nutzte ihr das Weglaufen in dieser Situation? Nicht nur in dieser Kampagne musste sie mit ihm zusammenarbeiten und Patrick durfte nichts von dem Streit erfahren. Sie sah ihn an.

»Pierre, ich glaube, das bringt jetzt nichts. Wir haben den Pitch, und es ist doch wirklich egal, wer von uns die besseren Ideen hatte.«

»Nein! Und noch mal nein! Es ist eben nicht gleich!«

Pierre haute mit der Hand auf die Schreibtischplatte.

»Weißt du, wie lange ich dafür gebraucht habe, diese Schnösel davon zu überzeugen, dass wir die richtige Agentur für so was sind und nicht deren Studentenfreunde? Diese Yuppie-Agentur von sogenannter Konkurrenz?«

»Aber genau deshalb musste unser Konzept doch noch besser sein.«

»Pah! Nina, die haben doch gar keine Ahnung, was besser ist. Wenn Pascal die Firma übernommen hätte, wären die doch gar nicht zum Zuge gekommen. Der Sohn des alten Schneider war ein guter Freund von mir. Und wenn der sich nicht wegen ein paar aus der Luft gegriffener Vorwürfe von der Brücke gestürzt hätte, wäre die Firma noch in Familienbesitz. Der jedenfalls wusste, was er wollte.«

Nina schwieg. Vor einem Jahr hatten alle Zeitungen davon berichtet, dass der einzige Erbe des bekannten Unternehmens Selbstmord verübte, weil er im Verdacht von Kindesmissbrauch stand.

»Pierre, das tut mir leid.«

»Dir tut ständig etwas leid. Ich warne dich Nina. Du hast keine Ahnung, wie man so eine große Kampagne leitet. Und beim geringsten Fehler bist du weg vom Fenster. Das schwöre ich dir.«

»Du willst mir drohen?«

»Nein. Ich bin sogar sicher, dass du Fehler machen wirst, und dann erkennt Patrick, wen er befördern muss.«

»Also es geht dir nur um diese dumme Beförderung? Ja?«

»Dir doch genauso. Du arbeitest schon genauso lange in diesem Laden wie ich. Nur, dass du eigentlich schon längst aufhören solltest. Du krallst dich an den

Job, um nicht alt und allein zu sein. Dafür ist dir jedes Mittel recht, sogar private Telefonate zu belauschen.«

»Pierre! Du spinnst und mir reicht es jetzt. Ich tue dir noch den einen und wirklich letzten Gefallen und rede nicht mit Patrick über diese Drohungen. Der würde dich sofort vor die Tür setzen.«

»Das würde der nicht wagen! Nach all dem, was ich für den Laden erreicht habe. Viele Aufträge sind nur durch meine Kontakte überhaupt erst zustande gekommen.« Pierres Augen blitzten.

Nina entfernte sich von seinem Schreibtisch, aber drehte sich noch mal um.

»So? Da wäre ich mir aber nicht so sicher.«

Nina hielt es nicht länger aus in der Agentur. Einen Moment überlegte sie, Ferdi ihr Herz auszuschütten. Aber er war nicht an seinem Platz. Tränen vor Wut und Entrüstung liefen über ihr Gesicht. Warum nur blieb sie überhaupt hier? Sie rannte zu ihrem Wagen und fuhr an den Main. Es war ein sonniger Tag, aber die Schwäne hatten sich eine andere Futterstelle gesucht und nur die zahllosen Jogger und Spaziergänger liefen an ihr vorbei.

Bilder aus ihrem Alltag begleiteten sie durch einen weiteren endlosen Tag. Es half alles nichts. Sie musste ihren Wunsch, Michi wiederzusehen, noch eine ganze Weile verschieben. Dazu kam der Seiltanz in Form der Möbel-Kampagne. Pierre würde nur darauf warten, dass sie Fehler machte und abstürzte. Oder sich lieber gleich einen neuen Job suchen? In Rom? Wieso ließ sie sich das alles gefallen? Warum nur schaffte sie es nicht, Pierres Beleidigungen und diesen ganzen Mist zurückzulassen und einzig das zu tun, was sie sich so wünschte – Michael endlich wieder zu sehen.

Die Hindernisse, die sie zunächst selbst und dann andere in ihren Weg legten, wurden immer höher. Und wenn sie glaubte, eine Hürde überwunden zu haben, stand sie vor einem neuen Berg. Hinter dem wartete Michael. Wie leicht wäre es doch gewesen, mit ihm nach Rom zu fahren, wenn ... wenn sie wirklich ihren Bruder wahrgenommen hätte – und nicht einen kleinen Jungen, den sie früher mit Schokopudding gefüttert hatte.

Wenn ... wenn man alles ungeschehen machen könnte, was man im Leben falsch entschieden hat, gäbe es nichts mehr zu bereuen. Ninas Wut wandelte sich in eine Art trotzige Stärke. Nein! Sie würde hier kein Chaos zurücklassen, aber auch heute nicht wieder ins Büro fahren. Wenn alle sich ein wenig beruhigt hatten, konnte sie Pierre noch immer zur Rede stellen. Als Erstes musste sie mit Michi reden.

Seine Stimme am Telefon klang erstaunt. »Baby? Was ist los? Ist etwas passiert?«

»Nein, Michi. Ich wollte dir nur mal sagen, dass ich dich so sehr vermisse und dass es mir leidtut. Ich hätte dich sofort begleiten sollen.«

»Nina? Ist doch etwas passiert? Wie kommst du so plötzlich zu dieser Erkenntnis – und das um vier Uhr nachmittags.«

»Es ist eine ganze Menge passiert, seit du weg bist.«

Im Hintergrund hörte sie die Töne eines Cellos.

»Warte, Baby. Ich gehe eben raus. Ich übe gerade mit einer sehr talentierten Cellospielerin. Du würdest sie sicher ebenfalls mögen.«

Nina wartete ein paar Sekunden. Die Töne wurden leiser und verstummten schließlich.

»Michi, ich besuche dich nächstes Wochenende in

Rom, und in ein paar Wochen kann ich vielleicht ganz bei dir bleiben.«

»Warum erst so spät? Nina? Warum nicht gleich? Ich habe mir gestern eine Wohnung in San Giovanni angeschaut. Das ist ein schöner Stadtteil mit vielen kleinen Restaurants und wunderschönen Kathedralen ...«

»Ja, das würde ich gern ... aber, versteh mich bitte richtig. Ich kann nur momentan noch nicht lange weg, aber sehr bald komme ich ganz sicher.«

Die Stimme am Telefon wurde lauter. »Ha! Das habe ich doch schon mal von dir gehört. Du kannst nicht weg. Immer nur du kannst nicht. Warum denn jetzt? Wegen Max oder wegen deinem Job?«

»Es ist wegen meines Jobs.« Nina presste jedes einzelne Wort heraus.

»Dann hat sich doch überhaupt nichts verändert! Nur, dass du jetzt offenbar festgestellt hast, dass ich dir fehle. Großartig. Ich bin seit sechs Wochen weg. Und du sagst mir nach dieser langen Zeit, dass du nur für ein kurzes Wochenende nach Rom kommen willst. Und in ein paar Wochen rufst du wieder an? Ja? Und dann musst du deinen Entschluss ganz sicher noch mal verschieben ... dann vielleicht wegen Max? Oder weil du gerade Mal wieder etwas Besseres zu tun hast?«

»Aber, Michi, wir haben in der Agentur einen großen Pitch, den ich leiten soll. Ich verspreche dir, danach nehme ich Urlaub und fliege zu dir.«

»So? Und was kommt nach diesem Pitch? Noch einer? Oder wieder ein Wochenende, wo du zufällig durcharbeiten musst?«

»Nein. Ich hab schon mit Patrick gesprochen ...«

»Super! Über was denn? Den Urlaub? Garantiert nicht über deine Kündigung. Oder?«

»Das kann ich doch noch tun, wenn der Pitch über die Bühne ist.«

»Baby! Ich höre von dir immer nur Ausreden, warum du dies nicht tun kannst und warum du das noch nicht getan hast. Merkst du denn nicht, dass du gar keinen eigenen Willen mehr hast? Kannst du nicht einfach mal Nein zu deinen Kollegen sagen?«

»Michi? Liebst du mich eigentlich noch so, wie ich bin?«

»Baby, ich du machst es mir so schwer. Erinnerst du dich an Ischia? Dort wollten wir unsere Hochzeitsreise verbringen und hatten alles wieder abgesagt, weil dein kleiner Bruder in seinem besten Rüpelalter steckte und nur noch Probleme gemacht hat. Wir könnten diese Reise nachholen ...«

»Aber das können wir doch auch noch im Herbst, wenn ich hier fertig bin.«

»Ach, Baby ... das sagst du immer. Ich warte schon viel zu lange. Komm endlich und zwar du selbst und mir nicht mit noch mehr Ausreden.«

»Michi?«

Nur die Stille des Telefons antwortete. Michi hatte das Gespräch beendet. Mitfühlende Blicke der vorbeieilenden Menschen ertappten ihr verweintes Gesicht. Nina rannte zu ihrem Wagen.

Max war nicht in seinem Zimmer. Er kam in den letzten Tagen oft spät und manchmal gar nicht nach Hause. Sie wusste aber, dass keine trinkfreudigen Boxkumpane für seine Abwesenheit verantwortlich waren. Max verbrachte viel Zeit mit seinem Freund aus dem Flüchtlingsheim und insbesondere mit der jungen Frau aus dem Club. Leonie schien sein Herz zu erobern.

Im Schlafzimmer stand noch immer ihr vollgepackter kleiner Reisekoffer. Ein Sinnbild für ihre Versuche, aus dem Käfig ihres Verantwortungsbewusstseins zu entfliehen. Oder war es vielmehr eine Aufforderung? Nina packte die Sachen wieder aus und holte in der Küche eine Flasche Rotwein.

Stundenlang saß sie regungslos auf dem Sofa im Wohnzimmer, ein Glas Wein in der Hand, ins Leere starrend. Eingefroren in dem Eis ihres Daseins. Jede zuversichtliche Wärme schien in weite Ferne gerückt zu sein.

Michi!

Spät in der Nacht öffnete auf ihrem MacBook die Webseite eines gemütlichen Hotels auf Ischia und buchte ein Zimmer für Anfang Oktober.

Fünf Monate bis zur Hochzeitsreise, das waren mehr als zwanzig Wochenenden, an denen sie ihn besuchen konnte. Sie musste nicht nur ihr Leben, sondern vor allem Michi zurückgewinnen. Und das würde sie vermutlich ihren Job kosten.

Neuntes Kapitel

Es regnete in Strömen, als Nina zur Agentur fuhr. Die Scheibenwischer ihres Porsche kämpften erfolglos gegen die Wassermassen an, die der Himmel an diesem Freitagmorgen auf die Stadt fallen ließ. Die bunten Schirme der Bewohner schwebten wie Farbkleckse an den grauen Häuserwänden vorbei und die Autoreifen trieben kleine Fontänen auf dem glänzenden Asphalt.

Nina fluchte. Ihre Schuhe waren auf den wenigen Metern vom Parkplatz bis in die Agentur durchgeweicht und ihre Hose bis zu den Knien nass. Ferdi kam ihr entgegen. »Na, du siehst ja aus wie eine nasse Katze.«

»Hey, Ferdi! Und du wie ein Honigkuchenpferd. Über was freust du dich denn so? Vielleicht über den Regen? Mistwetter!« Nina streifte die nassen Schuhe ab und lief barfuß weiter. Ferdis grünbraune Augen strahlten, seine Mundwinkel reichten fast bis zu den Ohren.

»Nö, über den Regen freue ich mich nicht, aber Patrick hat gerade verkündet, dass er die ganze Truppe heute Abend zum Essen einlädt. Als Dankeschön für den gewonnenen Pitch.« Er begleitete Nina ein paar Schritte und griff nach den Schuhen in ihrer Hand. »Darf ich? Ich kenne einen Trick, wie du sie schnell wieder trocken kriegst.«

Nina blieb stehen. »Ferdi? Soll ich irgendwas für dich tun? Oder was ist heute in dich gefahren?«

Ferdi schüttelte den Kopf. »Nichts Nina-Schatz. Einfach mal so.« Damit verschwand er mit den Schuhen in Richtung Waschraum. Nina eilte weiter zu ihrem Schreibtisch. Was war denn mit dem los? Die beiden Leiter der Agentur Dieter Springer und Patrick König luden die jeweiligen Teams doch oft zu gemeinsamen

Unternehmungen ein. Patrick bevorzugte dabei meistens ein Restaurant in der Nähe der Agentur; Dieter Springer veranstaltete lieber Grillfeste in seinem Haus auf dem Frankfurter Lerchesberg.

Nina vertiefte sich auf die zahllosen E-Mails. Patrick hatte dem Möbelhersteller die formale Bestätigung des Auftrags zugesandt und um den Vertrag kümmerte sich jetzt die Verwaltung. Nina verfasste eine lange E-Mail an den Kunden, worin die weiteren Schritte der Kampagne erklärt wurden. Sie unterbreitete Terminvorschläge für persönliche Treffen mit den Geschäftsführern in den kommenden Wochen. Pierre und die involvierten Kollegen aus den Fachbereichen setzte sie in den Verteiler der Mails. Um die Mittagszeit war alles erledigt und Nina lehnte sich einen Moment zurück. Aber zu viele weitere Projekte lagen auf ihrem Desktop, von denen insbesondere der Wellness-Drink noch immer auf eine rettende Idee wartete. Sie schloss die Augen und suchte nach einer Werbeaussage für das Wellness-Getränk. Wellness ... Ruhe ... Loslassen ... Michi! Heute in einer Woche würde sie ihn wiedersehen. Verflixt, sie wollte doch einen Flug für das nächste Wochenende buchen!

Als Nina ihre Augen öffnete, um das Buchungsportal auf dem Mac aufzurufen, erblickte sie – Pierre. Er hielt ihr einen riesigen Blumenstrauß entgegen. Das konnte nur eine Sinnestäuschung sein! Nina machte ihre Augen kurz zu und wieder auf. Er stand wirklich da und sah lächelnd auf sie herab. »Nina, ich glaube, ich muss mich bei dir sehr entschuldigen, und dachte, dass diese Blumen genau das Richtige dafür sind.«

Nina traute ihren Ohren –und Augen nicht. »Pierre ... ähm ich verstehe nicht ...«

»Pardon, Nina-Schatz. Ich war wirklich mit meinen Nerven am Ende und habe Dinge zu dir gesagt, die mir jetzt sehr leidtun.«

»Aber ... aber wir waren doch alle unter Stress.«

»Ja, aber mein Verhalten war dumm. Bitte vergiss alles, was ich zu dir gesagt habe. Es tut mir wirklich leid. Wir haben den Auftrag überhaupt nur dank deiner Arbeit bekommen. Und ... ich ... ich danke dir auch, dass du mich gestern nicht sofort bei Patrick verpfiffen hast.«

Nina nahm den Strauss entgegen und roch an den Blumen, um Zeit zu gewinnen. Etwas stimmte hier absolut nicht. Gestern drohte er ihr und heute spielte er das große Entschuldigungstheater? War das etwa seine Kapitulation oder nur ein fieser Schachzug, um die Beförderung nicht zu verscherzen?

»Hmm ... schon gut, Pierre. Danke für diese wunderschönen Blumen. Ich hoffe, dass wir das Re-Branding zusammen richtig gut hinkriegen.«

»Du hattest die besseren Ideen und ich den Kontakt. Wie lautet der Claim? ›Passt!‹? Das gilt dann also ebenfalls wieder für unsere Zusammenarbeit, wie ich hoffe. Ja?«

Nina sah in sein Gesicht. Es zeigte wieder sein früheres Lächeln. In ihren Augen eine Mischung aus jungenhaftem Charme und männlicher Dominanz. Nichts deutete auf Unsicherheit oder Falschheit hin, nicht einmal seine Mundwinkel zuckten und auch kein nervöses Genestele an der Krawatte. Trotz seiner freundlichen Worte blieb sie vorsichtig.

»Pierre, ich bin sicher, dass ich deine Hilfe brauchen werde. Ähm ... Ich hab denen schon eine Mail mit Terminvorschlägen geschickt. Passen die für dich?«

»Ich schau mir das gleich an. Wird aber sicher okay für mich sein. Wir sehen uns dann heute Abend.«

Pierre schlenderte zurück zu seinem Schreibtisch und Nina sah ihm verwirrt hinterher. Was oder besser wer steckte nur hinter dieser Maske? Noch immer barfuß rannte sie dann zum ›Spielplatz‹, auf der Suche nach einer Vase.

»Wow ... von wem sind die denn?« Sandra erhob sich von dem Loungesessel und stellte ihre Teetasse in die Spülmaschine.

»Hey, Sandra. Die sind von Pierre, ein Dankeschön sozusagen.« Nina suchte vergeblich im Schrank nach einer Blumenvase.

»Die sind in dem linken Fach ganz oben!« Sandras schlanke Gestalt überragte Nina bei Weitem.

»Warte ich helfe dir! Ich wünschte, ich würde auch wenigstens mal ein Dankeschön von Pierre bekommen. Der kann doch wirklich nur befehlen. Mal die Excel-Tabelle, mal die Internet-Recherche und dann kommt noch nicht mal ein Danke aus seinem Mund. So ein arroganter Mensch. Die Kollegen hier sind wirklich alle mega nett – aber Pierre ist wirklich das Letzte.«

Nina nickte ihr kurz zu. »Ähm ... danke, Sandra. Ist halt ein komischer Kauz.«

Sie hatte keine Lust, sich mit der Praktikantin über Kollegen auszutauschen, gleichwohl wunderte sie sich, dass Pierre offenbar ein generelles Problem mit Frauen hatte.

Am späten Nachmittag brachte Ferdi endlich ihre Schuhe zurück und erklärte, dass er sie den ganzen Tag über mit frischen Papiertüchern ausgestopft und anschließend trocken geföhnt hatte. Nina schlüpfte sofort wieder in die Schuhe, denn ihre Füße waren mittlerweile eiskalt. Sie fühlten sich tatsächlich trocken und warm an.

Ferdi blieb mit weit aufgerissen Augen vor den Blumen auf ihrem Schreibtisch stehen. »Von Patrick?«

»Nee. Du wirst es nicht glauben. Die sind von Pierre.«

»Na, ich glaube, der Kollege hat auch was gutzumachen bei dir. Oder? Es geschehen doch noch Wunder.«

»Jap. Ferdi. Er hat noch mehr Sachen gutzumachen, als du denkst. Aber darüber reden wir ein anderes Mal. Ich weiß nicht, was mit dem seit ein paar Wochen los ist.«

»Mit Pierre? Nicht viel. Ich denke, der sollte sich auf sein Familienschloss in Frankreich zurückziehen. Ist doch wirklich reichlich sonderbar. Er kennt total viele Leute und hat jede Menge Kontakte in ganz unterschiedlichen Unternehmen. Aber keiner weiß, woher er die alle kennt und aus Pierres Mund kommt nichts dazu.«

Ferdi grinste. »Na, ja was interessiert es uns! Die Blumen sind jedenfalls wunderschön.«

»Ja, schon, aber ... ach ... Ferdi, du hast recht. Kann uns wirklich egal sein. Wir müssen irgendwie mit ihm klarkommen – auch wenn's manchmal verdammt schwerfällt.«

»Genau Nina-Schatz. Also, kein Rätselraten mehr. Heute wird erst mal gefeiert. Denk dran in zwei Stunden beim Italiener in Sachsenhausen.« Ferdi wanderte pfeifend zu seinem Schreibtisch zurück.

Begleitet von der unbekümmerten Aufbruchstimmung der Kollegen, beendete Nina ihre Computerprogramme und buchte einen Wagen auf der

Carsharing-App. Sie wollte nach der Einladung keinesfalls selbst nach Hause fahren, sondern ein Taxi nehmen. Den Porsche konnte Max oder sie dann am Samstag abholen. Max verbrachte sicher das ganze Wochenende wieder bei Leonie, aber diesen Gefallen würde er gern für sie tun.

Der Regen hatte endlich aufgehört und hinter den Hochhäusern der Frankfurter Innenstadt schickte die Abendsonne letzte Strahlen zwischen purpurfarbenen Wolken hindurch. Nina parkte den Leihwagen ein Stück entfernt von dem vereinbarten Restaurant.

Es war eine jener typisch italienischen Trattorien, die den Eindruck erweckten, bei einer Familie in Ligurien eingeladen zu sein. Mama Sofia stand jeden Abend am Herd und kochte Pasta, die sie zuvor selbst hergestellt hatte. Zwischendurch steckte sie ihren grauhaarigen Kopf durch die Tür zum Gastraum und schimpfte in Italienisch mit dem jungen Kellner, wenn der die fertigen Speisen nicht schnell genug abholte. Patrone Matteo begrüßte die Gäste oder beriet bei der Weinauswahl. Im Übrigen war Matteo ein ausgezeichneter Sänger. Später am Abend und nach ein paar Gläsern Wein ließ er sich allzu gern dazu auffordern, auf seiner Gitarre zu spielen. Und wenn einer wie Matteo singt, bleibt er nie lange allein. Spätestens beim zweiten Lied sangen die Gäste mit.

Nina saß eingeklemmt zwischen Kai und Pierre, der sich auffallend um sie bemühte. Er rückte ihren Stuhl zurecht und achtete darauf, dass ihr Weinglas nie leer wurde. Nina fühlte sich unwohl in seiner Nähe. Waren seine Entschuldigungen wirklich ernst gemeint? Konnte sie ihm vertrauen? Was hatte er nur vor? Sie suchte nach einem anderen freien Platz, aber es gab keine Ausweichmöglichkeit am Tisch.

Mit ein paar Sätzen dankte Patrick dem Team und forderte sie auf, einen langen Abend mit einer mindestens ebenso langen Rechnung für ihn zu beenden. Er hoffte, dass sie auch nach den anstehenden Projekten wiederum einen Erfolg zusammen feiern könnten. Nina stupste Kai an. »Und beim Wellness-Pitch müssen wir dann wohl alle dieses süße Zeug auch noch trinken!«

»Hast du schon eine Idee dafür?« Kai nippte am Wein und stellte sein Glas wieder auf den Tisch. Nina zuckte nur mit den Schultern.

In diesem Augenblick brachte der junge Kellner eine Platte mit unterschiedlichen Pastagerichten und weitere Flaschen Mineralwasser und Wein. Nina griff sofort zum Wasser. Der Anblick des sprudelnden Getränks ließ sie innehalten und sie fragte ihn, was er mit dem Begriff Wellness verbindet. Der junge Mann sah verständnislos auf Nina herab, während er für sie die Wasserflasche öffnete.

»Wellness? Ähm ... du liebe Güte. Ist das nicht so was wie Abschalten?«

»Genau!« Nina wandte sich wieder an Kai. »Hast du das gehört? Abschalten! Das ist es doch. Dazu das leise Zischen der Kohlensäure. Kannst du das nicht in Worte fassen?«

Kai fasste sich an die Stirn. »Hm ... Nina. Ich glaube, das ist nicht schlecht. Wir sollten mal nächste Woche über den Wellness-Pitch reden.«

Parallel zu der Anzahl der geleerten Weinflaschen stieg die Stimmung unter den Kollegen, die sich mit humorvollen Begebenheiten aus dem Agenturleben zu überbieten schienen. Nur Pierre machte eine Ausnahme; er blieb in sich gekehrt und still. Aber keiner wunderte sich noch über sein Benehmen. Er war eben sonderbar. Beim Essen saß er mit gerader Haltung am Tisch und tupfte nach jedem Bissen den Mund mit der Serviette ab. Sein blassblauer Blick wechselte zwischen seinem Teller und Nina hin und her. Selbst wenn alle um ihn herum schallend lachten, verzog er keine Miene. Ab und zu sah er auf die Uhr. Vielleicht hatte er an dem Abend eine weitere Verabredung? Nina hoffte, dass er sich bald verabschiedete. Inmitten der homogenen Gruppe gut gelaunter Menschen blieb er so etwas wie ein unbekannter Außenseiter.

Nach dem Essen verschwand er an den Tresen und kam wenige Minuten später mit zwei Gläsern Grappa zurück. Einen davon schob er zu Nina. »Genehmigst du uns einen Versöhnungsdrink, Nina-Schatz?«

Sie zögerte, aber Pierre hielt ihr das Glas entgegen. »Bitte, als Zeichen, dass du mir verziehen hast. Komm! Auf unsere Zusammenarbeit.«

Nina versuchte, ihr Misstrauen zu vergessen, und nahm das Glas.

»Ja, klar. Warum eigentlich nicht? Cheers!« Die klare Flüssigkeit schmeckte bitter und Nina spülte den Geschmack schnell mit Mineralwasser wieder weg. Kai fragte sofort, ob die restlichen Kollegen sich bei dieser flüssigen Versöhnung anschließen dürften und ließ kurzerhand eine Flasche des italienischen Branntweins und weitere Gläser kommen.

Als der Kellner die Getränke brachte, hatte Matteo bereits seine Gitarre geholt und begann zu singen. Irgendwann sangen alle – bis auf Pierre.

Der Nebel kam plötzlich.

Was war denn jetzt mit ihr los? Das berauschende Gefühl einer Art Schwerelosigkeit erfasste sie wie einem Taumel. Das konnte doch nicht am Wein liegen! Sie hatte kaum mehr als zwei Gläser getrunken. Die Kerzenlichter auf den Tischen flackerten grell in ihrem Bewusstsein und weit entfernt hörte sie die Stimme Matteos und das Lied ›Bella ciao‹. Es dröhnte immer lauter in ihren Ohren. Nina griff zum Wasserglas, aber sie fasste daneben und das Glas fiel um. Sie erhob sich und versuchte etwas zu sagen. Aber kein einziges Wort kam über ihre Lippen. Die Kollegen sangen unbeirrt weiter ... »O bella, ciao, bella ciao, bella ciao, ciao, ciao!« Nina wankte raus aus dem Lokal an die frische Luft. Es war stockfinster.

Sie spürte, wie jemand sie am Arm packte und zu einem alten Auto zog, aber sie konnte sich nicht widersetzen. Ein silberfarbener Citroën mit weich gefederten Sitzen. Nina fühlte sich leicht, ja fast euphorisch und sehr müde. Jemand haute ihr auf die Wange.

»Hey! Nicht einschlafen. Ich hab dir doch nur die Kinderdosis verpasst.«

Was war das für eine Stimme?

Ninas Kopf fiel zur Seite. Wie hinter einer Milchglasscheibe sah sie – Pierre. Er saß am Lenkrad und haute ihr immer wieder leicht auf die Wange. Sie hatte plötzlich den Wunsch, sich die Kleider vom Leib zu reißen und knöpfte ihre Bluse auf. Pierres Hand lag zwischen ihren Beinen.

»Na, du Schlampe, wirkt es schon? Nur nicht wegtreten – ich hab keine Lust, dich die Treppen hochzutragen.«

Nina hatte nur noch ein Verlangen: wilden, hemmungslosen Sex.

»Langsam ... wir sind gleich da. Das Beste ist, ich könnte jetzt alles mit dir machen. Ich könnte dich ficken, wenn ich wollte und dich anschließend einfach nackt auf die Straße werfen. Aber weißt du was? Du bist mir viel zu alt. Ich mag kein welkes Fleisch. Ich schmeiße dich gleich vor deinem Haus raus und du wirst dich morgen an nichts erinnern. Und die Klugscheißer von Kollegen werden denken, dass du total betrunken warst.« Pierres Hand fasste an ihre nackten Brüste. »Na ja, geht ja noch, fast wie eine Fünfzehnjährige. Der Rest ist eher alt.«

Er fuhr durch eine Wohngegend und hielt am Straßenrand. Nina kamen die Häuser irgendwie bekannt vor. War sie schon mal hier? Sie stöhnte und fühlte etwas in ihrem Mund. Eine Zunge? Pierre?

»Ich wollte nur mal gucken, wie du schmeckst. Obwohl, dein Mund ist für was anderes sicher besser geeignet.« Er knöpfte seine Hose auf und sie merkte, wie jemand ihren Kopf nach unten zog.

Nina spürte einen Luftzug. Ein alter Mann ... es war der Obdachlose, der immer vor ihrem Haus herumlungerte? Schemenhaft erkannte sie ihn. Die Fahrertür wurde aufgerissen und Pierre aus dem Wagen gezogen. Nina hörte noch, wie jemand sagte: »Lass die Finger von der Kleinen. Das ist meine Tochter.«

Zehntes Kapitel

Das Erste, was sie sah, war ihre Handtasche. Die stand am Fußende. Es war hell und sie lag in ihrem Bett, zugedeckt mit einer Wolldecke. Ihr Kopf drohte zu platzen. Ihr Mund war ausgetrocknet, und ihr Magen versuchte, seinen gesamten Inhalt herauszuwürgen. Mit geschlossenen Augen fasste Nina an ihren Bauch. Sie war komplett bekleidet, nur ihre Bluse schien schief zugeknöpft. Um Himmels willen – wie war sie hierhergekommen? Sie drehte den Kopf zur Seite und öffnete mühsam ihre Lider. Eine Flasche Wasser stand auf dem kleinen Tisch neben ihrem Bett und darunter ihre Schuhe. Die Schuhe waren doch gestern nass ... sie versuchte, sich aufzusetzen, und fiel sofort wieder auf das Kissen zurück. Sie hatte Durst ... entsetzlichen Durst. Beim erneuten Versuch ließ sie die Augen zu und griff zu der Flasche. Gierig trank sie. Dann stürzte sie aus dem Bett und taumelte ins Badezimmer. Ihr Magen schien sich von seinem gesamten Inhalt befreien zu wollen. Nina wagte es nicht, in den Spiegel zu schauen. Sie wankte zurück ins Bett und schlief augenblicklich wieder ein, sie träumte von ihrem Vater. Er lag auf ihr. Nein. Von schrecklichen Bildern geplagt, wälzte sie sich herum. Ein vertrauter Geruch erreichte ihr Bewusstsein. Etwas, bei dem sie sich wohlfühlte und das sie liebte ...

Sie wachte auf, ihr Kopf lag auf Michaels Pullover. Nina vergrub ihr Gesicht darin und versuchte, die Erinnerung an den gestrigen Tag wiederzufinden. Sie war in dem italienischen Restaurant, aber sie fühlte sich unwohl, weil Pierre neben ihr saß. Matteo hatte auf der Gitarre gespielt und sie sangen das Lied ›Bella ciao‹. Vom restlichen Abend blieben nur verschwommene Eindrücke.

Was war mit ihr passiert? Wie ist sie nach Hause gekommen?

Es war ein Auto ... ein silberfarbener Citroën. Pierre! Sie hatte Stimmen gehört – oder hatte sie sich das nur eingebildet? Die kalte Nachtluft auf ihren Brüsten ... wieso? Das Wort ›Tochter‹ tauchte plötzlich wieder auf. Aber wer hatte was gesagt? Pierre? Da war noch jemand …

Kalte Panik ergriff sie. Sie brachte die zerrissenen Teile des Films über den gestrigen Abend einfach nicht mehr zusammen. Nina schloss die Augen und versuchte, ein Bild aus der verschwommenen Erinnerung heraufzubeschwören. Eine Wahrnehmung entstand. Der alte Obdachlose, der ihr mit Max geholfen hatte ... es war sinnlos. Die Erinnerungen verschwammen. So sehr sie ihren schmerzenden Kopf bemühte, sie konnte Realität oder Traum nicht unterscheiden.

Nina schlurfte ins Badezimmer. Sie fühlte sich entsetzlich schmutzig und verbrachte fast eine halbe Stunde unter der Dusche. Das warme Wasser rann wohltuend über ihren Körper, nur ihr Kopf dröhnte fürchterlich. Sie zog frische Jeans und eines von Michis Hemden an und ging in die Küche. Jemand hatte schon Kaffee gekocht, Max war sicher heute früh nach Hause gekommen. Mit einem Becher Kaffee in der Hand klopfte sie leise an seine Tür. Als niemand antwortete, öffnete sie vorsichtig die Tür einen Spalt, aber das Zimmer war leer und Maxis Bett unbenützt, nur sein Kleiderschrank war offen. Nina wanderte weiter durch den Flur in Richtung Wohnzimmer. Im Türrahmen hielt sie wie vom Blitz getroffen an. Halluzinierte sie denn noch immer?

Ein älterer Mann – der Obdachlose, der sich so oft vor ihrem Haus herumtrieb – saß auf dem Sofa in ihrer Wohnung.

»Ninchen ... endlich.« Er kam auf sie zu und Nina wich erschrocken zurück. Nein!

Das konnte überhaupt nicht sein! Es war sicher noch immer ein merkwürdiger Traum. Sie presste das Wort heraus.

»Papa?«

Wer sonst hatte sie jemals Ninchen genannt? Nina fiel auf einen Sessel und der Kaffeebecher auf den Boden. Der Mann vor ihr konnte nicht ihr Vater sein, denn der war doch längst tot. Ohne ein Wort zu sagen, ging er in die Küche und kam mit einem Handtuch zurück. Fassungslos sah sie zu, wie er den Kaffee vom Boden aufwischte und den Becher auf einem Tisch abstellte. Sie konnte den Blick nicht von ihm abwenden – war er es wirklich? War der alte Obdachlose vor ihrem Haus ihr Vater Franz Wiesner? Wieso hatte sie ihn dann nicht erkannt?

Jetzt erst fiel ihr auf, dass er offenbar Maxis Sachen anhatte. Ein Hemd war schief zugeknöpft und die Hosenbeine mehrfach umgeschlagen. Seine nassen Haare schienen ordentlich gebürstet und selbst die Bartstoppeln verschwunden. Er hatte die gleichen tief liegenden Augen wie Max, die jetzt auf sie gerichtet waren. »Ninchen ... lass dir ruhig Zeit. Das ist sicher alles zu viel für dich im Moment. Ich hole dir lieber mal noch'n Kaffee ... oder was zu essen?« Er verschwand wieder und Nina kniff die Augen kurz zu. Was passierte hier gerade?

Franz kam ein paar Minuten später zurück, in den

Händen ein Tablett mit frischem Kaffee, Buttertoast, Wasser und der Aspirin-Packung. Nina brachte noch immer kein Wort heraus.

»Du warst ohnmächtig gestern und ich hab dich reingetragen. Dieser Schönling im Auto hatte dir offenbar irgendwas verpasst, bevor er dich ... na, ja ... ist ja noch mal gut gegangen.« Franz sprach leise und blickte sie dabei sorgenvoll an.

Nina nahm zwei Aspirin aus der Packung und spülte sie mit dem Kaffee herunter. »Du warst das also doch.« Ihre Stimme versagte fast bei diesen Worten.

»Ja, Ninchen schon seit fast drei Monaten bin ich hier bei euch. Ich hab gestern Abend wieder vor eurem Haus übernachtet, und als der Citroën da parkte, wurde ich wach. Kannst du dich noch an irgendwas erinnern?«

Nina schüttelte den Kopf. »Nein ... es ist wie ein kompletter Filmriss. Bist du das wirklich, Papa?«

»Hm ... alles ziemlich kompliziert.« Er holte eine Art Brieftasche aus einer schäbigen Jacke, die über einem Stuhl lag. Umständlich zog er ein vergilbtes Papier hervor und reichte es Nina. Es war ein altes Foto, zerknittert und an den Rändern ausgefranst. Als Nina die Abbildung betrachtete, zitterten ihre Hände: Ihre Mutter hatte ein Baby im Arm und sie stand daneben. »Wir ... wir dachten alle, du bist tot und jetzt sitzt du hier.«

Franz kratzte sich hinter den Ohren. »Ja ... ich war schon mehrmals fast tot. Aber das ist eine lange Geschichte. Das erzähle ich euch, wenn's dir wieder besser geht.«

Bei dem Wort ›euch‹ fiel ihr Max wieder ein. Um Gottes willen, wie würde Max auf das plötzliche Auftauchen seines Vaters reagieren? Nina gab Franz das

Foto zurück.

»Wie stellst du dir das denn jetzt vor? Du ... du ... also ich weiß nicht, ob du hierbleiben kannst.«

»Das war mir klar. Ich ... ich hab mir nur erlaubt, Max' Sachen zu benutzen. Aber wenn du willst, gehe ich auch wieder weg und ... wenn ich auf der Parkbank übernachten muss.«

»Nein! Das musst du doch nicht – aber ... Max ... ich weiß nicht, wie er reagieren wird. Und Michi ...« Nina konnte den Satz nicht beenden. Nächstes Wochenende wollte sie zu ihm nach Rom fliegen. Konnte sie Max und einen Vater, den er nie kennengelernt hatte und den er womöglich ablehnen oder gar verprügeln würde, hier zurücklassen? Was wollte sie selbst? Dieser Mann vor ihr auf dem Sofa war ihr Vater, der ihr als Kind so wehgetan hatte und der sie vor mehr als fünfundzwanzig Jahren verlassen hatte. Konnte sie ihm überhaupt verzeihen oder sogar ihm wieder vertrauen?

Nein!

Das ging alles zu schnell. Nina blickte ihn an. »Franz, ich glaube, es wäre besser, wenn ich mit Max zunächst mal allein rede. Bitte lass uns noch ein paar Tage Zeit. Ich rede mit meinem Bruder und dann warten wir ab, wie er reagiert.«

Franz erhob sich mühevoll.

»Schon gut, Ninchen. Ich hatte nicht erwartet, dass ihr beiden mich hier gleich mit offenen Armen empfangt. Es tut mir alles sehr leid, das musst du mir glauben und ab jetzt bleibe ich in der Nähe meiner Familie.«

Er nahm seine Jacke und das Bündel Kleidung unter dem Stuhl und stapfte hinaus. Nina hörte, wie die

Wohnungstür hinter ihm ins Schloss fiel. Sie stützte die Ellbogen auf die Knie und legte den Kopf auf ihre Hände. Was war hier gerade passiert? Warum musste ihr Vater ausgerechnet jetzt wieder auftauchen und wovor hatte er sie überhaupt beschützt? Sie zermarterte sich den Kopf, um die Erinnerungslücken zu füllen, aber es kamen nur kleine Bruchstücke, die nicht zusammen passten. Sie wusste nur, dass Pierre sie offenbar nach Hause gefahren hatte – aber warum?

Sie musste am kommenden Montag mit Ferdi sprechen – sofern der bei der Feier überhaupt etwas mitbekommen hatte. Aber ihr Vater stellte ein viel größeres Problem dar. So lange sie zurückdenken konnte, hatte sie sich die Schuld für sein Verschwinden gegeben. War er wirklich ihretwegen fortgegangen? Alles in ihr sträubte sich gegen die Erinnerung an diese Zeit. Nein! Sie wollte nie mehr daran denken! Und doch – war durch sein Auftauchen jetzt eine Möglichkeit entstanden, diesen verfluchten Dämon ein für alle Male zu besiegen? Oder war es nicht einfacher, ihren Vater, sein Verschwinden und die vielen schlimmen Erinnerungen in der Gruft des Vergessenen zu belassen?

Zu spät! Sein persönliches Erscheinen hatte die Probleme ans Tageslicht gebracht, deren Geister sie jahrzehntelang in der Dunkelheit mit sich herum geschleppt hatte. Sie würde sich damit auseinandersetzen müssen! Ein weiteres Hindernis, das im Augenblick unüberwindbar erschien, war durch das Auftauchen ihres Vaters in ihren Weg gerollt worden.

Spät am Nachmittag hörte sie Max' Schritte im Flur.

»Hey! Jemand zu Hause?«

Nina war auf dem Sofa eingeschlafen und fuhr

hoch. »Bin im Wohnzimmer ...«

Max sah sie an.

»Liebe Güte, Nima! Du siehst aus, als wenn du die ganze Nacht durchgefeiert hättest. War wohl nett, eure Erfolgsparty gestern?«

»Oh je, Max ... ich fürchte, das zu erzählen dauert länger.«

Max ging zum Fenster und sah hinaus. »Kein Problem. Leonie hat Nachtdienst und ich jede Menge Zeit. Aber ganz was anderes. Ist dir dieser merkwürdige Penner vor dem Haus auch schon mal aufgefallen? Eben kam der mir auf der Straße entgegen und grinste.«

»Hm ... das ist auch ein Teil meiner Geschichte. Hast du schon gegessen? Ich brauche dringend eine Stärkung.«

»Seit dem Frühstück nichts mehr ... ähm ... du machst das ganz schön spannend. Ich bestell uns schnell was.«

Max zückte sein Handy. »Pizza wie immer oder lieber was anderes?«

»Pizza wär super, aber ohne ...«

»Nima! Aber ohne Oliven.« Max lachte.

Während sie auf das Essen warteten, berichtete Max, dass Hakim und er gestern zusammen eingekauft und dann bei Leonie arabisches Essen gekocht hatten. Sie studierte im achten Semester Medizin und war im Rahmen ihres Klinikpraktikums heute für den Nachtdienst eingeteilt.

Als die Pizzen gebracht wurden, verteilte Max sie schnell auf zwei Tellern und sah Nina mit großen Augen an. »Also ... jetzt erzähl endlich, sonst platze ich noch vor Neugier.«

Nina schilderte den Ablauf des gestrigen Abends,

soweit sie sich daran erinnerte: Auch, dass ihr von irgendetwas übel geworden war. Von Franz sagte sie nichts … sie konnte es einfach nicht. Max knallte das Besteck auf den Tisch.

»Nima! Das kann nicht wahr sein. Dir hat irgendjemand etwas in dein Glas geschüttet! Das kann doch nicht von zwei oder drei Gläsern Rotwein kommen! Und dieser Dreckskerl Pierre saß neben dir und hat dich auch noch nach Hause gebracht?«

Nina nickte. »Aber davon weiß ich absolut nichts mehr.«

»Na, den würde ich mir gern mal vorknöpfen!« Max haute mit der Faust so fest auf den Tisch, sodass eine Gabel auf den Boden fiel. »Ja, aber wie bist du dann hier rein gekommen? Hat dieses Schwein dich etwa hochgebracht? War der in unserer Wohnung? Den mache ich so was von fertig, glaub mir!«

»Max ... jetzt beruhige dich!«

»Was? Ich soll mich beruhigen? Dein Kollege hat dir mit Sicherheit irgendwas in den Grappa oder den Wein geschüttet und wer weiß, was er sonst noch mit dir gemacht hat. Der verbringt die nächsten Wochen im Krankenhaus, wenn ich ihn treffe. Das schwöre ich dir!«

»Ich weiß nichts mehr ... nur ...« Nina konnte den Satz nicht zu Ende bringen.

»... und aufgewacht bist du erst in deinem Bett und – voll bekleidet?« Max' Augen glänzten gefährlich schwarz.

Nina sah auf den wütenden Bruder. Konnte sie ihm die Wahrheit überhaupt zumuten? Sie sprach leise. »Maxi ... ja ich bin komplett angezogen in meinem Bett aufgewacht. Aber ... jemand anderes hat mich vermutlich vor Pierre beschützt und auch hochgetragen.«

Max ließ die geballten Fäuste sinken. »Nima? Ich verstehe jetzt gar nichts mehr. Willst du mir sagen, dass Pierre dich vermutlich vergewaltigen wollte und jemand dir geholfen hat ... und dich auch noch in dein Schlafzimmer getragen hat? Eine wildfremde Person? Ich glaub's nicht.«

Nina schloss die Augen und atmete tief ein. Jedes Wort fiel ihr schwer. »Es war kein Fremder, obwohl du ihn nie kennengelernt hast.«

Max rutschte seinen Stuhl zurück. Er sah sie an. Seine Augen zeigten nur Angst und Verständnislosigkeit. »Nima! Was versuchst du mir gerade zu sagen? Von wem oder was redest du?«

Sie presste die Wörter heraus. »Von deinem – unserem Vater.«

Es war eine Mischung aus minutenlangem Schreien und Weinen, das Max von sich gab.

»Nein!... Nein! ... Das kann doch gar nicht sein. Ihr alle habt mir gesagt, dass er tot ist. ... Nein!« Er rannte in den Flur und boxte so fest an die Wand, dass eine Delle in dem Putz entstand. »Nein! Das kann nicht sein!« Wieder boxte er an die Wand. »Alle sagten mir, dass er tot ist.«

Nina eilte zu ihm, und versuchte ihn zu umarmen, aber er wehrte sich. »Nein! Nima! Du erzählst Schwachsinn. Er ist tot!« Er lehnte sich an die Wand, tränenüberströmt und sank auf den Fußboden. Nina setzte sich zu ihm und streichelte über seine zitternden Schultern. »Maxi ... es tut mir leid. Ich darf es dir nicht verheimlichen. Es war wirklich unser Vater, der mir geholfen hat.«

Stundenlang saßen sie aneinandergekauert auf dem

harten Fußboden. Max schniefte und wischte sich mit dem Ärmel die Nase ab. Nina weinte still, keiner von beiden brachte ein Wort heraus. Die Dunkelheit breitete sich in den Räumen aus, nur aus dem Wohnzimmer leuchtete der Schein der Straßenlampen.

»Wo ist er jetzt?« Max' Stimme klang rau.

»Vermutlich wieder auf der Bank gegenüber von unserem Haus.« Nina rieb sich die verweinten Augen.

»Nein ... Nima! Das kann nicht wahr sein! Ist das der alte Penner, der mich heute Mittag angegrinst hat? Der immer vor unserer Wohnung herumlungert?«

Max sprang auf und reichte Nina die Hand. »Komm, ich helf dir wieder auf die Füße.« Müde ließ sich Nina von ihm ins Wohnzimmer ziehen. Er schaute aus dem Fenster auf die Straße. »Aber da ist doch gar keiner!« Die Bank auf dem Bürgersteig gegenüber war leer.

»Ich weiß nicht, wo er jetzt steckt.«

»Aber, Nima ... du bist sicher, dass das wirklich dieser Penner war, der dich vor Pierre beschützt hat? Und du bist sicher, dass der unser Papa ist? Bitte versteh mich nicht falsch ... du hast gestern irgendwas in dein Getränk bekommen und ... vielleicht hast du dir das alles nur eingebildet?«

Nina schüttelte den Kopf. »Nein, Maxi. Er hatte ein Foto von Mama und uns beiden. Er war heute Morgen hier, hat geduscht und sich ein paar Kleidungsstücke von dir ausgeliehen.«

»Er hat ... was? Deshalb stand mein Schrank offen, als ich heute nach Hause gekommen bin. Hat er vielleicht auch noch in meinen Sachen herumgewühlt?«

»Max ... ich glaube nicht, dass er irgendwas anderes gemacht hat, außer sich mal frisch zu machen, und als ich aufgewacht bin, saß er hier im Zimmer.«

Max sah sie lange an. »Ich will ihn kennenlernen.«

»Ja ... das müssen wir wohl beide. Aber nicht mehr heute Abend. Es war ein richtig beschissener Tag und ich bin total fertig. Maxi ... ich kann nicht mehr. Ich muss jetzt erst mal schlafen und morgen ist Sonntag. Dann haben wir beide genügend Zeit zum Weiterreden. Versuch, auch ein wenig Schlaf zu bekommen.«

Nina schleppte sich in ihr Schlafzimmer und fiel ins Bett. Was würde Michi zu all dem sagen? Noch mehr Probleme ... dann schlief sie ein.

Elftes Kapitel

Max sah ihr lange hinterher. Die ganzen Jahre war das Wort Papa für ihn ein bedeutungsloser Begriff; überdies verband er ausschließlich negative Emotionen damit. In der Schulzeit wurde er oft wütend auf die andern Jungs, wenn die von ihren gemeinsamen Unternehmungen mit den Vätern berichteten. Er hatte eben keinen Vater und auch niemand auf den er stolz sein konnte – bis auf Nina. Verflixt! Er wollte sie doch beschützen – insbesondere jetzt, wo Michi nicht hier war.

Wenn er letzte Nacht nur früher nach Hause gekommen wäre! Pierre läge heute im Krankenhaus, nicht nur wegen eines gebrochenen Kiefers. Dieser verfluchte Dreckskerl! Was hatte er Nina nur angetan? Im Grunde genommen musste er seinem Vater dankbar sein, dass er zufällig vor dem Haus geschlafen hatte. Aber war das denn überhaupt ein Zufall? Wie lange trieb sich dieser Alte schon in der Gegend herum? Hatte er sie beobachtet? Konnte es sein, dass es ein Betrüger war, der sich nur das Foto von seiner Mutter und Nina erschlichen hatte? Am liebsten wäre er runter auf die Straße gelaufen, um ihn sofort zu suchen.

Max nahm sich ein Bier aus dem Kühlschrank und schlurfte in sein Zimmer. Im Bett betrachtete er lange Leonies Foto auf seinem Handy. Was würde sie dazu sagen, wenn sich herausstellte, dass sein leiblicher Vater wieder aufgetaucht war? Er schrieb ihr eine kurze SMS, dass er sie am Sonntag erst spät wiedersehen könnte. Es gab einiges zu erklären, aber er musste seinen Vater zunächst einmal kennenlernen, wenn der es überhaupt war. Morgen würde er ihn zum ersten Mal bewusst sehen. Er hatte Angst vor dem Treffen.

Als er am nächsten Morgen aufwachte, war er sofort schlecht gelaunt. Mit festen Schritten stapfte er zum Fenster und sah auf die Straße, aber die Bank war verwaist. Na also! Der alte Penner hatte die Gelegenheit nur genutzt, um ein paar frische Sachen aus seinem Schrank zu entwenden, und das Foto war mit Sicherheit zu alt, um jemand mit Gewissheit darauf zu erkennen. Er ging in die Küche, stellte die Kaffeemaschine an und bereitete sein Frühstück wie immer.

Nina kam in T-Shirt und Jogginghose aus ihrem Schlafzimmer gerannt. »Maxi! Er ist wieder da! Vor dem Haus auf der Bank gegenüber!«

Max hielt ihr einen Becher Kaffee entgegen. »Nein … ich hab doch vor einer Viertelstunde nachgeschaut!« Sie zog ihn ins Wohnzimmer. Dort unten saß tatsächlich der Obdachlose und sah zu ihnen empor. »Was machen wir jetzt?« Nina ließ Max' Arm wieder los.

Max sah zu ihm herab. »Wir bitten ihn herein und danken ihm dafür, dass er dich vor diesem Schwein Pierre beschützt hat. Und wenn das wirklich unser Vater ist, soll er das erst mal beweisen.« Ohne das Fenster zu öffnen gab Nina dem Alten zu verstehen, er sollte heraufkommen.

Als er im Flur vor ihnen stand, wich Max zurück. Seine Nackenhaare sträubten sich, er ballte die Fäuste. Wie gern hätte er jetzt die Wahrheit aus dem Alten herausgeprügelt. Nina schien seine Aggression zu spüren, sie strich ihm über den Rücken. »Nicht, Maxi.« Sie flüsterte und wandte sich dann an Franz. »Komm erst mal rein.«

Franz lächelte. »Danke, Ninchen ... Max ...« Er brach ab und wischte sich mit dem Ärmel über die Augen. Nina verschwand in die Küche und kam mit zwei

Teller belegter Brote und Kaffee zurück ins Wohnzimmer. Max betrachtete den Alten. Ein bisschen Ähnlichkeit war da, zumindest hatte er die gleichen Augen wie Franz.

Der wischte sich wieder ein paar Tränen aus dem faltigen Gesicht. »Max ... wie groß und stark du geworden bist.«

»Einen dümmeren Spruch hast du wohl nicht auf Lager? Ich bin siebenundzwanzig, wenn ich dein Erinnerungsvermögen mal auffrischen darf.« Nina sah entsetzt zu Max und Franz senkte den Kopf.

»Max ... ich weiß nicht, was ich sagen soll. Es tut mir alles unendlich leid ... das musst du mir glauben.«

»Was tut dir leid? Wer bist du überhaupt?«

»Ich ... ich bin euer Vater, der euch verlassen hat, als du vier Wochen alt warst, und Ninchen war zwölf.«

»Kann doch jeder behaupten! Warum sollten wir dir überhaupt glauben?«

Franz zog das vergilbte Foto wieder aus seiner Jackentasche und hielt es ihm hin. »Das ist deine Mutter und Ninchen und du warst zu dem Zeitpunkt etwas über vier Wochen.«

»Dieses Foto kannst du überall herhaben, das beweist doch gar nichts.« Max gab ihm das Foto zurück.

»Nein, Max, ich trage es schon seit meinem Fortgehen mit mir herum. Deine Mutter hieß Maria und ist ein paar Jahre später gestorben, aber sie war schon bei deiner Geburt krank und ... «

»... das kannst du auch auf dem Friedhof gelesen haben. Ich glaube, du bist nichts anderes als ein mieser Betrüger, der sich die Informationen irgendwo erschlichen hat.«

Nina blickte Max ernst an. »Aber, Max, woher

sollte er wissen, wie Papa mich immer genannt hat?«

»Vielleicht kannte er unseren Papa ja und ...«

»... Nein, Max! Ich bin euer Papa! Ninchen hat ein Muttermal links neben ihrem Bauchnabel und dir morgens immer dein Fläschchen gemacht. Maria war nach der Geburt sehr schwach.«

Nina wurde blass. Sie stürzte aus dem Zimmer und Franz sah ihr mit traurigen Augen hinterher. Ein paar Minuten später kam sie zurück und wischte mit dem Ärmel über ihr verweintes Gesicht. »Nima, was ist los?« Max war aufgesprungen.

»Nichts, Maxi ... komm, wir setzen uns wieder.« Dann wandte sie sich an Franz. Sie sprach langsam und Max sah ihr an, wie schwer ihr diese Frage fiel. »Warum bist damals weggegangen?«

Franz' Kopf senkte sich noch weiter und seine Stimme klang so leise, als redete er mehr zu sich selbst. »Weil ich der mieseste, dümmste und egoistischste Idiot aller Zeiten war.«

Max zog die Augenbrauen hoch. »Und warum hast du so lange dafür gebraucht, dir das einzugestehen? Nicht mal das mieseste Schwein lässt seine Familie mehr als fünfundzwanzig Jahre im Stich, um dann plötzlich wieder aufzutauchen. Hast du dich jetzt erst daran erinnert, dass du zwei Kinder hast? Und was ist mit Mama? Du sagst selbst, dass sie schon bei meiner Geburt krank war. Du mieses Stück Scheiße verlässt so einfach von heute auf morgen eine kranke Frau mit zwei Kindern, die du gezeugt hast?«

Tränen bahnten sich ihren Weg durch die Falten. »Ja, Max ... du hast so recht. Aber ... ich war doch selbst erst fünfunddreißig, als du auf die Welt kamst. Das war nicht geplant. Als deine Mutter mit dir schwanger wurde und dadurch immer mehr Verantwortung auf mir lag, konnte ich nicht mehr. Sie wurde immer dicker. Nicht nur durch die Schwangerschaft, ihre Nieren arbeiteten nicht mehr richtig und überall hatte sie Wassereinlagerungen. Ich konnte alles nicht mehr ertragen; der Druck und das Gefühl, dass ich jetzt auch noch für zwei Kinder Geld verdienen musste. Ich hab's einfach nicht mehr ertragen. Ninchen war so zart ...«

Nina sprang wieder auf. »Dann war das alles gar nicht meine Schuld?«

»Nein, Ninchen. Es war ganz alleine meine Schuld – alles war meine Schuld – auch das mit dir ...«

Max' Blick flog zwischen den beiden hin und her. »Was heißt ... auch das mit dir? Nima was ist damals passiert?«

Nina fiel auf den Sessel zurück und vergrub das Gesicht in den Händen. Ihr Körper zitterte. »Maxi! Ich kann nicht mehr.«

Max kniete sich zu ihr und umarmte sie. Franz saß auf dem Sofa wie versteinert. »Es tut mir alles so leid.« Seine Stimme versagte fast bei diesen Worten. »Ich glaube, ich geh jetzt besser. Ihr wisst ja, wo ihr mich findet.« Er ging langsam zur Tür. Dann drehte er sich noch mal um.

»Ich habe sehr viele Fehler in meinem Leben gemacht. Ich bereue das alles mehr, als ihr euch vorstellen könnt. Aber falls ihr noch einen Funken Verständnis habt, bitte ich euch, mir eine Chance zu geben. Vielleicht eine letzte Gelegenheit für mich, etwas von den vielen schlechten Dingen wieder gutzumachen.«

Max hörte, wie die Wohnungstür leise zugezogen wurde. Nina saß noch immer tränenüberströmt vor ihm. Er streichelte über ihren Kopf und wartete, dass sie sich etwas beruhigte. Was war hier passiert? War dieser alte Penner wirklich sein Vater? Und was verbarg Nina vor ihm? Ihrer Reaktion zufolge musste es etwas Ungeheuerliches sein – aber was?

Er räumte Teller und Kaffeebecher zusammen und stapfte in die Küche. Dort boxte er heftig an die Wand. Warum jetzt? Warum musste der ausgerechnet zu diesem Zeitpunkt wieder auftauchen? Michi war weg und Nina sollte so schnell wie möglich zu ihm. Er hatte endlich einen Freund, mit dem er nicht nur nachts durch die Kneipen zog, sondern, der ihm sogar Kochen beibrachte. Hakim wäre im Boxstudio schutzlos den anderen ausgeliefert. Und Leonie. Mehr als bei früheren Mädchen fühlte er sich zu ihr hingezogen. Er liebte sie, und sie schien seine Liebe zu erwidern. Ausgerechnet in dieser Situation tauchte ein Mann auf, der behauptete sein Vater zu sein. Aber er brauchte doch gar keinen Vater – er wollte keinen Vater mehr. Und doch hatte Franz Nina offenbar beschützt und er bereute sein damaliges Verschwinden. Wenngleich das unverzeihlich ist. Wenn Leonie jetzt ein Kind von ihm bekommen würde, wäre er älter als sein Vater zu Ninas Geburt. Wie würde er selbst reagieren? War jemand mit siebenundzwanzig Jahren reif genug, um eine Vaterrolle zu übernehmen? Die Last der Verantwortung für eine kranke Frau und zwölf Jahre später für noch ein Baby? War er selbst vielleicht eine Art Unfall und Franz hatte seinetwegen die Familie verlassen? Max kam zu keinem Ergebnis. Aber er musste Franz kennenlernen, um ihn besser verstehen zu können. Entweder würde sich herausstellen, dass Franz in der Tat ein mieser Schwindler war, der mit ihren Gefühlen spielte. Oder er bereute sein Verschwinden aus tiefstem Herzen und suchte jetzt im

Alter wieder die Nähe seiner Familie. Offenbar schlief er schon seit Wochen auf der Parkbank gegenüber, nur um seinen Kindern nahe zu sein. Max ging zurück ins Wohnzimmer. Nina kam aus dem Bad. Sie hatte sich umgezogen. »Maxi! Wollen wir ein Stück spazieren gehen? Ich muss noch den Porsche an der Agentur abholen. Hast du Lust?«

Max sah auf sein Handy. Es war erst ein Uhr, und er hatte versprochen, gegen sechs bei Leonie zu sein. »Prima Idee! Komm. Aber ich darf zurückfahren mit dem Porsche.«

Als die beiden aus der Haustür traten, schauten sie sofort zur Bank gegenüber. Sie war leer. Der Wind blies ihnen kühl entgegen und Max legte den Arm um Ninas Schultern. »Was hältst du von ihm?«

Nina knöpfte im Laufen ihre Jacke zu. »Ich weiß es noch nicht. Warum musste der jetzt noch erscheinen? Ich meine ... haben wir nicht schon genug Probleme?«

»Du wünschst dir, er wäre tot geblieben ... oder?«

»Nein ... ja ... vielleicht. Ach, ich weiß es nicht. Es ist so viel passiert. Nächstes Wochenende will ich wirklich nach Rom fliegen. Ich muss Michi endlich besuchen.«

»Wirst du ihm von Franz erzählen?«

»Nein ... ich glaube, das kann ich nicht.«

»Das verstehe ich gut.«

»Weißt du Maxi, ständig kommt irgendetwas dazwischen. Zuerst das dumme Briefing und Pierre, dann der Stress mit dem Pitch und jetzt soll ich auch noch die Kampagne leiten. Ich weiß überhaupt nicht mehr, wo mir der Kopf steht. Am Montag werde ich mit Patrick reden, dass Pierre mir vermutlich irgendwas während der Party ins Glas geschüttet hat.«

»Das kannst du aber nicht beweisen, oder?«

»Nein, natürlich jetzt nicht mehr ... nach mehr als einem Tag. Aber die kennen mich doch alle. Ich falle doch nicht sturzbetrunken aus dem Lokal.«

»Wenn ich Pierre irgendwann treffe, prügele ich die Wahrheit schon aus ihm heraus.«

»Maxi! Das ist Unsinn. Ich regele das selbst und schließlich hat Papa mich ja sozusagen gerettet, wenngleich ich mich an nichts mehr erinnern kann.«

»Nima ... sollten wir ihm dafür nicht dankbar sein?«

»Dankbar? Meinst du vielleicht, weil er uns damals verlassen hat?«

»Ich weiß nicht ... er bereut das alles vielleicht wirklich. Wir ... oder zumindest ich, kennen ihn im Grunde genommen doch überhaupt nicht. Vielleicht hat er sich tatsächlich geändert, und wenn ich mir vorstelle, wie ich mich fühlen würde, wenn ich jetzt Vater wäre ... also ich weiß nicht, wie ich reagieren würde.«

Nina blieb stehen und sah zu ihm auf. »Maxi! Du würdest so was nie tun.«

»Bist du dir da so sicher?«

»Ja! Da bin ich mir sogar sehr sicher.« Sie setzten ihren Weg fort.

»Nima, bitte verzeih, dass ich dich so direkt frage. Gibt es etwas, das ich nicht wissen darf und das Franz und dich betrifft?«

Nina schüttelte heftig mit dem Kopf. »Nein! Nein! Max, frag so was nicht.«

»Entschuldige ... ich hab's nicht böse gemeint.«

»Das weiß ich, Maxi, aber ... ach es ist nichts. Dort drüben gibt's Eis. Hast du Lust?«

Max verstand sofort, dass Nina gern das Thema

wechseln wollte. Er bestellte zwei Kugeln Schokolade und für Nina Erdbeereis. Sie lächelte. »Weißt du eigentlich, dass ich früher manchmal Spinat unter deinen Schokopudding gemischt hab?«

Max lachte. »Na von irgendwas musste ich doch so groß und stark werden – also du warst die Schuldige.«

Nina erzählte ihm von Erlebnissen aus seiner Kindheit. Geschichten, die er schon hundertfach gehört und trotzdem nie genug davon bekam. Als sie an einer roten Fußgängerampel anhielten, fiel Max' Blick auf einen älteren Herrn, der mit einem Kinderwagen gegenüber wartete.

»Nima ... sollten wir Franz nicht doch eine klitzekleine Chance geben? Ich meine, wir können ihn ja nicht einfach ignorieren und auf der Parkbank schlafen lassen.«

»Wie stellst du dir das denn vor?«

»Na ja ... du fliegst nächsten Freitag zu Michi. Ich könnte Franz eine Liege ins Wohnzimmer stellen und mit ihm an dem Wochenende etwas unternehmen. Also Reden und so. Ich kenne ihn doch überhaupt nicht und vielleicht ist seine Reumütigkeit ja ehrlich.«

»Max, ich halte das für keine gute Idee – aber es ist deine Entscheidung. Und wie willst du das Leonie erklären? Sie wird doch sicher fragen, warum du das ganze Wochenende keine Zeit für sie hast.«

»Ich werde ihr die Wahrheit sagen – gleich heute Abend. Dass mein Vater nach mehr als siebenundzwanzig Jahren aufgetaucht ist und ich ihn kennenlernen möchte.«

Bis zur Hanauer Landstraße liefen sie schweigend nebeneinander her. Max sah, dass Nina über seinen Vorschlag nachdachte und versuchte an ihrem

Gesichtsausdruck zu erkennen warum sie so zögerlich war. Sie schien nicht mehr über das Thema reden zu wollen, sondern bat ihn nur nach Hause zu fahren, als sie im Porsche saßen. Max erzählte, dass er heute bei Leonie übernachtete und fragte, ob er den Porsche in der nächsten Woche mit zur Werkstatt nehmen könnte, um ihn dort zu waschen. Nina blieb wortkarg und verschlossen.

Was ging in ihr vor? Er erkannte jetzt, dass er den Grund für Ninas Verhalten bei ihrem Vater suchen musste. Zu Hause packte er ein frisches Arbeitshemd für den folgenden Tag und seine Sportsachen in eine Tasche und fuhr mit seinem Mercedes zu Leonie.

Zwölftes Kapitel

Das Handyklingeln hörte nicht auf. Nina öffnete die schweren Augenlider. Am Sonntagabend hatte sie beim Anblick des leeren Kühlschranks kurzerhand Charly angerufen. Sie hatten sich zum Essen beim Griechen getroffen und über die aktuellen Kinofilme geredet, da Charlotte an diesem Abend weder glücklich noch unglücklich verliebt zu sein schien.

Als Nina die Uhrzeit auf dem Handy las, sprang sie aus dem Bett. Es war zehn Uhr – Montagmorgen! Sie wollte doch schon längst in der Agentur sein! Am Telefon meldete sich Ferdi. »Nina! Na endlich! Ich dachte schon, du gehst gar nicht mehr ran. Bist du schon unterwegs?«

Nina war ins Bad gerannt und stand jetzt mit Zahnbürste und Handy vor dem Spiegel. »Nein ... ich hab wohl verschlafen. Fahr gleich los. Irgendwas passiert?«

Ferdis Stimme klang verlegen. »Na ja ... wie man's nimmt ... vielleicht solltest du heute mal lieber zu Hause bleiben.«

Nina spuckte die Zahnpasta aus. »Ferdi? Was ist los?«

»Nina ... du ... ich will dir nicht zu nahe treten und ... du kannst mir glauben ... an der Sache ist sicher nichts dran. Pierre erzählte heute früh, dass er dich Freitag Nacht nach Hause gebracht hat und du ihm im Auto ... also bitte entschuldige ... an die Hose wolltest.«

Sie fiel auf den Badezimmerhocker. »Er ... sagt was? Ich ... ich glaub's nicht. Dieser verfluchte Schwindler! Das ist eine Lüge. Eine ganz fiese Masche! Der hat mir irgendwas in den Grappa geschüttet und ich hab davon einen Filmriss bekommen. Aber selbst wenn ich komplett weggetreten war, mach ich doch nicht so was!«

»Das glaubt hier auch keiner so richtig. Nur ... Patrick hat's mitbekommen. Normalerweise hält der sich ja auch raus, wenn's ums Private geht, aber Pierre hat sich offenbar beschwert, dass du ihn mehr oder weniger genötigt hast. Ich hab dich vorsichtshalber krank gemeldet für heute.«

Nina brachte keinen Ton heraus.

»Nina? Also bleib heute um Himmels willen mal zu Hause. Morgen oder übermorgen ist das Gerede hoffentlich wieder vorbei. Kai sagte mir, dass du mit Pierre Grappa getrunken hast, aber eigentlich kann sich keiner mehr daran erinnern, ob du betrunken warst. Nur dass ihr beide plötzlich weg wart.«

»Ferdi, du kannst mir glauben. Pierres Anschuldigungen haben einen ganz anderen Hintergrund. Der ist sauer, weil ich die Kampagne leiten soll und dieses Blumentheater am Freitagmorgen war nur Show. Ich dachte nicht, dass er so weit geht, mir zu unterstellen, ich hätte auch nur ...«

»Nina! Das glaubt hier auch keiner. Aber du warst vor ein paar Wochen schon ziemlich sonderbar und die Kollegen nehmen an, dass du halt … entschuldige bitte, du weißt wie ich das meine … halt sehr einsam warst. Du bist manchmal rausgerannt und hast geweint. Tanja sagte, dass sie dich im Waschraum gesehen hat.«

»Das stimmt ... alles. Aber das ist mein Problem, das ich ganz allein lösen werde. Pierre hingegen hat ein ganz anderes Problem. Dieses Schwein! Ich bleibe heute und vielleicht auch morgen zu Hause, aber dann gehe ich zu Patrick und wir räumen mal ganz gewaltig auf. Es gibt einiges, über das ich bisher aus Anstand geschwiegen habe, aber wenn Pierre meint, er könnte mich durch irgendwelche Lügenmärchen bloßstellen, dann ist Fairness wohl fehl am Platz.«

»Nina, wir sind doch alle auf deiner Seite! Lass die Gemüter sich doch einfach wieder beruhigen. Was bringt es, Aussagen durch Gegenaussagen widerlegen zu wollen? Beruhige dich ein paar Tage und dann löst sich das alles von selbst. Du bist doch ein Tischtennisball und springst über die Vorwürfe drüber, oder?«

»Ja, Ferdi ... aber jetzt werde ich zur Gewehrkugel. Das ist zu viel. Ich muss nur vorher mit einem Menschen reden, der zufällig dabei war, als Pierre mich Freitag Nacht heimgebracht hat. Der sagt nämlich, dass er mich vor Pierres Zudringlichkeit beschützt hat.«

»Nina-Schatz, ich kann dir nicht sagen, was in dieser Situation gelaufen ist. Aber denk mal über den Abend in Ruhe nach. Ich passe auf, dass hier nicht noch mehr anbrennt.«

Ferdi hatte aufgelegt und Nina blieb entsetzt auf dem Badezimmerhocker sitzen. Sie warf die Zahnbürste ins Waschbecken und duschte fast kalt, denn sie kochte vor Wut. Am liebsten wäre sie jetzt sofort in die Agentur gefahren und hätte Pierre zur Rede gestellt. Aber ein Blick in den Spiegel sagte ihr, dass das vermutlich nur zur erneuten Eskalation führen würde. Sie war noch immer blass und übernächtigt.

Bevor sie wie eine Nemesis Pierre gegenübertrat, musste sie über die weiteren Schritte in Ruhe nachdenken. Was war in dieser Nacht überhaupt geschehen? So sehr sie sich in den letzten Tagen bemüht hatte, es tauchte keine Erinnerung in ihrem Kopf auf. Es gab nur eine Person, die vermutlich mehr wusste: ihr Vater Franz.

Nina rannte zum Fenster. Dort unten wartete er, mutterseelenallein wie ein ausgesetzter Hund am Straßenrand, und sah zu ihr hoch. Sie bereitete schnell zwei Becher Kaffee und zwei Buttertoaste und lief auf die Straße. Franz lächelte dankbar, als Nina ihm den Kaffee reichte. Sie setzte sich zu ihm auf die Bank. Wie sollte sie ihn überhaupt anreden? Papa? Nein, das Wort blieb ihr im Hals stecken. Sie brachte es nicht fertig, ihn anzusehen, sondern richtete ihren Blick starr auf die ruhige Straße.

»Franz, ähm ... hast du wieder hier geschlafen?«

Franz biss herzhaft in den Toast. »Nein, Ninchen. Ich war nur gestern Abend hier. Und als du gestern Nacht nach Hause kamst, bin ich wieder in die Unterkunft.«

»Eine Obdachlosenunterkunft? Du beobachtest wohl alles ganz genau hier. Oder?«

»Ich passe ein wenig auf euch beide auf. Und das ist ja auch gut so ... jetzt, wo dein Mann verreist ist.«

»Franz! Michi ist nicht allein verreist. Ich fliege nächstes Wochenende zu ihm!«

»Wo ist er hin?«

»Michi unterrichtet jetzt an der Musikakademie in Rom.«

»Hm ... ganz schön weit weg. Und du?«

»Ich regele hier noch ein paar Dinge und komme dann hinterher.«

»... und Max? Kommt der auch mit?«

»Vielleicht ... das glaube ich aber eher nicht.«

»Dann könnte ich ja bei ihm wohnen?«

Nina stellte den Kaffeebecher abrupt auf den Boden.

»Nein! ... Ähm ... das muss Max entscheiden. Wie

stellst du dir das denn überhaupt vor? Du kannst doch nicht einfach hier auftauchen und wieder ein Teil der Familie sein!«

»Nina, ich dränge mich ja nicht auf, aber wenn ich in dieser Freitagnacht nicht hier gewesen wäre ... dann hätte dieser Kerl dich sicher vergewaltigt.«

Ninas Herz raste. »Du hast alles mit angesehen?«

Franz tastete nach ihrer Hand. »Ja, Ninchen.«

»Was hast du gesehen?«

»Willst du das wirklich wissen?«

»Ich muss es wissen.«

»Nina. Du warst fast nackt und dein Kopf lag auf seinem Schoß. Er hätte ein leichtes Spiel mit dir gehabt. Ich konnte ihn gerade noch aus dem Auto ziehen, bevor du ... na ja ... also … ihm einen geblasen hättest.«

Sie schlug die Hände vor das Gesicht. Um Gottes willen, was hatte sie nur getan? »... und was dann?«

»Du warst wie betäubt und der Kerl fiel auf die Straße. Dann rappelte er sich wieder hoch und fluchte, dass er dich trotzdem gefickt hätte.«

»Nein!« Nina flüsterte nur. Sie war wie gelähmt vor Entsetzen. »Hat er?«

»Nein, ich glaube nicht, aber ich weiß nicht, ob ihr vorher noch irgendwo angehalten habt. Ich hab dich dann in meine Jacke gewickelt und in deine Wohnung getragen. Den Schlüssel hab ich in deiner Handtasche gefunden.«

»Nackt?«

»Ja, Ninchen. Ähm ... ich hab dich auf das Bett gelegt ...«

Nina sprang auf. »Und wer hat mich angezogen?«

»Das ... das ... das war ich ... ich wollte nicht, dass du erschreckst, wenn du wieder zu Bewusstsein kommst.«

»Du hast mich angefasst?« Nina presste diese Wörter heraus.

»Ninchen ... n ... nein ... ich schwöre dir. Das mache ich nie wieder! Ich hab dir nur die Bluse und deine Hose angezogen und dich zugedeckt ... den Rest weißt du.«

Allein seine Anwesenheit ekelte sie in diesem Moment. Sie hatte entsetzliche Angst, dass er ihr eben nicht alles gesagt hatte. Aber es war sinnlos, weiterzufragen. »Ich muss dir vermutlich glauben ... und wohl auch noch dankbar sein.«

Ohne eine Antwort abzuwarten, rannte Nina über die Straße zurück ins Haus. In der Wohnung riss sie sich die Kleidung vom Leib und stürzte unter die Dusche. Sie fühlte sich schmutzig, als klebten Franz' Worte wie Dreck auf ihrer Haut. Die Unsicherheit darüber, was wirklich in dieser Nacht passiert war, blieb und nagte sich wie eine Ratte durch ihre Gedanken.

Zurück im Wohnzimmer griff sie zum Handy, um Michi anzurufen, verwarf die Idee aber augenblicklich. Nein! Er durfte von all dem nichts wissen. Für ihn war ihr Vater seit ihrem zwölften Geburtstag tot. Selbst die Sache mit Pierre würde sein Unverständnis nur verstärken. Sie hatte es nie geschafft, Michi die Wahrheit über ihre Kindheit anzuvertrauen und ihn jetzt in dieser Situation damit zu konfrontieren erschien ausgeschlossen. In Ischia war genügend Zeit für Geständnisse, die sie nach der Reise endlich aus der Erinnerung streichen musste. Im Augenblick blieb ihr nur eins: in Ruhe über ihre Situation nachzudenken. Wenn sie nicht in der Agentur erscheinen wollte, könnte sie im Grunde genommen sofort zu Michi und ihn überraschen. Aber wog das Verlangen nach Gerechtigkeit nicht schwerer, als der Wunsch Michi wiederzusehen? Jetzt wegzufahren erschien wie ein Eingeständnis ihrer Schandtat. Jeder der Kollegen würde annehmen, dass Pierre die Wahrheit sagte – selbst wenn Ferdi behauptete, alle wären auf ihrer Seite. Fast sechzehn Jahre arbeitete sie in dieser Agentur. War sie schon zu lange dort und tappte ziellos auf der Stelle? Hatte Michael recht und sie war zum Steigbügelhalter für die Karrieren der Kollegen mutiert? Seit der Kindheit war sie daran gewöhnt, dass andere sie brauchten – missbrauchten! Hatte ihre blinde Gutmütigkeit sie im Laufe der Zeit gefügig werden lassen für deren persönliche Ziele? Oder hatte die Angst davor, nicht geliebt zu werden, sie geschwächt? Alles hinzuwerfen war feige, aber sie musste die Egoistin in ihr zum Leben erwecken. Und die brauchte dringend Michis Liebe, um zu wachsen. Die Möbelkampagne würde sie noch erfolgreich beenden und dann kündigen. In der Zwischenzeit würde sie Michi an den Wochenenden besuchen, und Max war jetzt selbständig genug, um hier zurückzubleiben. Allein schien er ohnehin nicht mehr zu sein. Aber Franz? Max musste entscheiden, ob er den Kontakt zu ihm aufrecht halten wollte oder nicht. Für sie blieb ihr Vater gestorben und alles was er ihr angetan hatte, ebenfalls. Und Pierre sollte im Keller der Bedeutungslosigkeit verrotten, nachdem sie mit Patrick geredet hatte.

Sie schrieb eine SMS an Max, dass sie die Einkäufe erledigte, und bat ihn, auf dem Rückweg von der Werkstatt Getränke mitzubringen. Im Supermarkt stand sie ratlos vor den Regalen. Michi hatte die letzten Jahre mit großem Spaß, aber anfangs wenig Erfolg gekocht und sich um den Einkauf gekümmert. Planlos legte sie alle möglichen Gemüsesorten, Nudelpackungen, Dosen und Frischprodukte in den Einkaufswagen – genug Lebensmittel, um eine Großfamilie vierzehn Tage satt zu bekommen. Nina fluchte, als sie alles aus dem randvoll beladenen Kofferraum in die Wohnung schleppte. Wann hatte sie eigentlich das letzte Mal etwas selbst gekocht? Wenn Michi nicht zu Hause war, gab's einen Lieferdienst oder ein schnelles Sandwich auf dem Heimweg.

Sie nahm zwei Mohrrüben und zog die Schublade mit den Schneidegeräten auf. Michael liebte scharfe Messer und ihr Anblick erinnerte sie an einen gemeinsamen Einkauf in der Kleinmarkthalle. Er hatte lange mit dem älteren Japaner geredet, der dort einen Sushistand betrieb und hochwertige Messer verkaufte und auch reparierte oder schliff. Michi war sofort begeistert von einem handgeschmiedeten Damastmesser Santoku, das ihm der Inhaber unter vielen Verbeugungen überreichte. Einige weitere waren im Lauf der Zeit hinzugekommen, die Michi allesamt mit großer Vorsicht benutzte, denn eine Verletzung seiner Hände hätte eine Katastrophe für ihn bedeutet. Jetzt lagen die Messer verwaist in der Schublade, jedes in einem separaten Fach. Nina fasste behutsam nach einem der hölzernen Griffe. Dann hielt sie inne und sah auf das Messer in ihrer Hand. Der schimmernde Stahl der Klinge demonstrierte Sicherheit, aber er war doch Bedrohung zugleich. Er vermochte ihre Fesseln zu zerschneiden und alte Dämonen zu zerstören, und er stellte ebenso eine todbringende Gefahr dar. Nina erschauderte unter dem Druck ihrer Anspannung, die der Anblick des Messers verdeutlichte, denn es rief gleichermaßen Angst wie Hoffnung in ihr hervor. Sie legte es in die Schublade zurück und schloss die Augen.

Erst der leise Nachrichtenton des Handys erinnerte sie an die Realität ihres Daseins. Es war eine SMS von Max. Er wollte sie nur informieren, dass er nach der Arbeit mit Hakim ins Boxstudio ging, aber die Getränkekisten schon besorgt hatte.

Mohrrübenknabbernd wanderte Nina ins Wohnzimmer. Ein Blick aus dem Fenster beruhigte sie; Franz war wieder verschwunden. Sie öffnete das MacBook und buchte für den kommenden Freitag einen Platz in dem Nachmittagsflug nach Rom, dann vertiefte sie sich in die Lektüre des Reiseführers.

Sie war auf dem Sofa eingeschlafen, denn in der Dunkelheit erkannte sie Max' Silhouette nur schemenhaft. Aber er schien nicht allein. Nina lief in den Flur. Franz stand dort, mit zwei Bierkisten in den Händen und grinste sie an. »Ich hab Max nur geholfen, die Kisten reinzutragen ... wenn ... wenn ihr wollt, gehe ich wieder.«

Nina öffnete den Mund, um zu antworten, aber Max' Stimme aus der Küche kam ihr zuvor. »Nein ... ich meine, wenn Nina nichts dagegen hat, bleib ruhig da. Ich mache uns nur schnell was zu essen.«

Franz sah mit bittendem Blick zu ihr. »Kann ich?«

Nina brachte kein Wort hervor.

Max kam aus der Küche, ein Duft nach gebratenem Speck und Eiern zog in den Flur. »Kommt, essen. Also ich sterbe vor Hunger.«

Franz setzte sich sofort an den Küchentisch – er saß auf Michis Platz! Nina blieb wie angewurzelt in der Tür stehen. Max schien ihre Gedanken lesen zu können, denn er bat ihn sofort, lieber einen anderen Stuhl zu nehmen und stellte ihm eine Bierflasche hin. Nina zögerte, nur ihr knurrender Magen veranlasste sie sich zu setzen. Jeder Bissen blieb ihr im Hals stecken. Wie sollte sie in dieser für sie unerträglichen Situation reagieren? Ihrem Bruder erklären, dass Franz' Anwesenheit unerwünscht war? Max' Blick wechselte aufmerksam zwischen den beiden hin und her, aber er schwieg.

Franz hatte eine große Gabel voll Speck in seinen Mund gestopft. »Ninchen ... du musst was essen! Oder störe ich? Du kannst mich jederzeit wieder rausschmeißen.«

Nina sprang auf, ihr Stuhl kippte um. Ihre Stimme versagte und sie konnte nur flüstern. »Das habe ich bereits ...«

Von Unruhe und Albträumen gejagt, wachte sie am Fußende ihres Betts auf. Heute würde sie mit Patrick reden! Nicht einen Tag länger wollte sie Pierres Verleumdungen auf sich sitzen lassen, außerdem hatte sie einen Telefontermin mit dem Geschäftsführer des Möbelunternehmens.

Doch als Nina an diesem Dienstagmorgen aus ihrem Schlafzimmer stürmen wollte, riss sie nur am Türgriff. Franz war am Abend zuvor in ihrer Wohnung gewesen und einem inneren Impuls folgend, hatte sie die Tür abgeschlossen. Vorsichtig sah sie ins Wohnzimmer – und spürte, wie der Druck wich. Es war niemand dort, genauso wenig wie auf der Bank gegenüber an der Straße. In der Küche brummte die Waschmaschine und jemand hatte schon Kaffee gekocht. Nina klopfte leise an Max' Tür, aber keiner antwortete.

Auf dem Weg in die Hanauer Landstraße kam der Druck zurück. Nina versuchte zu atmen und öffnete das Seitenfenster ihres Porsches. Jetzt im Mai war die Luft warm und weich, sie streichelte über ihre Haut und spielte mit ihren Haaren. Unter dem wolkenlosen Himmel glänzten die Bankentürme silbern in der Sonne, nur für Nina hingen dicke graue Wolken über der Agentur.

Trotz des späten Vormittags stand Pierres Wagen nicht auf dem Parkplatz. Nina atmete auf, trotzdem – eine Konfrontation mit ihm erschien unvermeidbar. Aber sie war gewappnet für die hämisch grinsenden Kollegen und stürmte in die Agenturräume.

Niemand schien sie zu beachten! Keine mitleidigen Blicke und kein heimliches Getuschel verfolgten Nina, als sie zu ihrem Arbeitsplatz ging. Pierres Blumen waren verwelkt und sein Schreibtisch verwaist.

»Hey, Nina-Schatz! Gut, dass du heute wieder da bist.« Ferdis ernste Miene tauchte neben ihrem Mac auf. »Ich glaube, heute früh ist irgendwas passiert.«

»Guten Morgen, Ferdi! Danke für deinen Anruf gestern ... aber was ist passiert? Wie meinst du das?«

»Ich weiß es noch nicht ... Pierre ist gestern so gegen drei Uhr einfach davongerannt. Richtig panisch war der. So hab ich ihn noch nie gesehen. Und heute ist er nicht erschienen. Ich versuche schon den ganzen Morgen über, mit Patrick zu sprechen, aber bei dem sitzen seit heute früh zwei Herren. Kunden nehme ich an.«

»Hast du es auf Pierres Handy versucht?«

»Klar hab ich das sofort getan. Geht aber keiner ran. Einer der Möbelleute wollte dich gestern Abend noch erreichen, und ich hab ihm zugesagt, dass Pierre ihn heute Vormittag zurückruft, da du krank bist ... ähm ... warst.«

»Ich kümmere mich sofort um den Anruf, Ferdi. Aber ich muss unbedingt vorher mit Patrick reden.«

Ferdi wandte den Blick ab und sah in Richtung Patricks Büro. »Du ... ich glaube, jetzt kommen die wieder raus.«

Nina drehte sich um. Der Agenturleiter und die beiden Männer schritten zu Pierres Schreibtisch. Dort packten sie seinen Mac und den gesamten Inhalt seiner Regale und des Schreibtisches in zwei große Kisten. Patricks Gesicht zeigte Entsetzen. Als die Männer die Agentur verlassen hatten, kam er zu Nina und Ferdi. »Bitte die gesamte Mannschaft in fünf Minuten zum Meeting kommen.«

Ferdi lief sofort los und informierte die Kollegen, selbst die IT-Leute und Mitarbeiter der Social-Media-Abteilung aus der anderen Etage kamen mit erstaunten Gesichtern zum Meeting-Areal.

Patrick König und Dieter Springer warteten geduldig, bis alle eingetroffen waren. Patrick erhob sich und blickte ernst auf die versammelten Mitarbeiter. »Danke, dass ihr alle so kurzfristig gekommen seid. Also um es kurz zu machen: Pierre de Valois ist heute Nacht verhaftet worden. Ihm wird Kindesmissbrauch in mehreren Fällen und Besitz und Vertreibung kinderpornografischer Darstellungen vorgeworfen.«

Weiter kam er nicht, denn jeder der anwesenden Kollegen fing gleichzeitig an zu reden. Nina fiel auf einen Stuhl, den Ferdi gerade noch rechtzeitig hinschob. Das Telefongespräch im Treppenhaus, Bruchstücke ihrer Erinnerung von Freitag Nacht, Pierres Grimasse – all das blitzte kurz in ihrem Kopf und löste sich wieder auf. Nein! Die letzten Wochen, sein verächtlicher Blick, die Drohungen, das unbarmherzige Achselzucken auf ihre Fragen – es ergab in diesem Moment einen Sinn. Ein Vater, der sie als Kind missbraucht hatte, hatte sie vor einem anderen pädophilen Monster beschützt. Nina schlug die Hände vor das Gesicht. Sie zitterte und rang nach Luft. Ferdi stand neben ihr und legte seine Hand beruhigend auf ihre Schulter.

Es dauerte eine gefühlte Ewigkeit, bis der Lärm sich so weit gelegt hatte, dass Patrick weiterreden konnte. »Okay, beruhigt euch erst mal. Dieter und ich sind genauso geschockt wie ihr alle. Jetzt müssen wir damit umgehen, dass ein kranker Pädophiler unser Kollege war und wir es nicht gemerkt haben. Das Wichtigste ist, dass keiner der Kunden davon erfährt. Wir – also Dieter und ich – wir haben uns schon geeinigt, dass wir Pierres Kunden kontaktieren und sein plötzliches Verschwinden mit einer schlimmen Erkrankung begründen. Ich werde heute im Laufe des Tages noch mit einigen von euch persönlich sprechen um, das weitere Vorgehen abzustimmen. Wichtig ist nur, dass der wahre Hintergrund nicht an die Öffentlichkeit kommt. Ich bin sicher, dass ich mich dabei auf euch verlassen kann. Die beiden Herren von der Kripo haben natürlich Pierres Unterlagen und den Computer beschlagnahmt. Falls einer von euch irgendwelche Hinweise über Pierre hat, bitte zunächst mit mir besprechen. In dem Fall müsst ihr natürlich auch zur Kripo, aber ich möchte nicht, dass die Agentur da mit reingezogen wird. Die Presse sollte ebenfalls kein Wort von der Sache mitbekommen. Das ist jedem von euch sicher klar. Das wär's so weit von meiner Seite. Wir haben einige wichtige Projekte am Laufen und sollten jetzt alle wieder Gas geben.«

Auf dem Weg durch die Menge der Mitarbeiter hielt Patrick bei Nina und bat sie ihn in sein Büro zu begleiten. Sie folgte ihm noch immer wie betäubt. Patrick sah sie fest an.

»Komm, setz dich erst mal. Ist dir nicht gut? Du bist kreidebleich. Soll ich dir ein Glas Wasser holen?«

Nina sank auf einen der Sessel vor seinem Schreibtisch und schüttelte den Kopf. »Nein ... danke ... schon okay. Ist alles nur ein bisschen viel gewesen. Ich weiß nicht, was ich sagen soll. Ähm ... ich muss unbedingt einen Rückruf ...«

»Nina! Beruhige dich doch. Der Rückruf läuft nicht weg. Die Sache mit Pierre ist uns allen ziemlich auf den Magen geschlagen.« Patrick lehnte sich zurück und strich über seinen ergrauten Bart.

»Nach all dem, was ich jetzt über Pierre weiß, glaube ich nichts von seinen gestrigen Worten. Aber ich möchte trotzdem gern mal aus deinem Mund hören, was am Freitag nach der Party passiert ist.«

Nina kniff die Augen zu und öffnete sie wieder. Es ist kein Traum, schoss ihr in den Sinn. Sie begann mit leiser Stimme zu sprechen und schilderte das seltsame Zusammentreffen mit Pierre im Treppenhaus, der Anblick der CD und sein verändertes Verhalten im Anschluss. Ihre Stimme wurde sicherer. Sie berichtete von Pierres Provokationen und dem Streit, nachdem sie die Leitung der Kampagne übertragen bekommen hatte. Als sie Patrick von den Drohungen erzählte, sah der sie nur kopfschüttelnd an. »Er hat dir wirklich gedroht? Mein Gott, Nina, warum bist du nicht gleich zu mir gekommen?«

»Ich wollte niemand ...« Sie konnte den Satz nicht zu Ende bringen, sondern senkte nur den Kopf. Da Patrick genauso fassungslos zu sein schien wie sie, redete sie nach ein paar Minuten weiter. Nina erzählte von seinen Entschuldigungen, den Blumen und seiner aufmerksamen Art beim Italiener. Und dass sie annehme, Pierre hatte ihr etwas in den Grappa geschüttet, von dem sie einen kompletten Filmriss bekam. Sie konnte sich an nichts mehr erinnern, was mit ihr passiert war.

»Aber hat er dich an dem Abend nach Hause gebracht, oder nicht? Nina ich glaube wirklich nicht, dass etwas an der Sache stimmt.«

Nina wischte sich ein paar Tränen aus dem Gesicht. »Patrick ... es tut mir wirklich leid. Aber ich habe keine Ahnung, wie ich nach Hause gekommen bin. Ich weiß nur eines – und das kann dir jeder der Kollegen betätigen –, ich hatte nicht zu viel Alkohol getrunken, sondern etwas von Pierre in mein Glas bekommen.«

Patrick nickte und nahm seine Brille ab. Umständlich putzte er mit einem Tuch die Gläser, dann setzte er sie wieder auf und verschränkte die Finger vor der Brust.

»Nina ... also sei ganz beruhigt. Ich glaube dir. Pierre ist ein pädophiles Schwein, den wir ganz einfach vergessen sollten. Nur ... ich fände es besser, wenn du von der ganzen Sache mit dem Telefonat und der CD nichts der Polizei sagst. Ich möchte keine weiteren Kripobeamten hier in der Agentur. Wenn das bekannt werden würde, gäb's nur Fragen und neuen Ärger. Verstehst du das?«

»Ja ... klar ... Patrick.«

»Gut, Nina. Also du wirst ab sofort sämtliche Kunden von Pierre übernehmen und um die Leitung der Möbelkampagne kümmerst du dich ja sowieso. Tanja wird dir helfen. Ich spreche nachher mit Dieter. Wir sorgen jetzt dafür, dass du den entsprechenden Titel für deine Arbeit und die passende finanzielle Belohnung für deinen Einsatz bekommst. Also … jetzt Kopf hoch! Mit drohenden Kollegen ist endgültig Schluss.«

Nina lief zu ihrem Schreibtisch zurück. Es gab nur Leere in ihrem Kopf. Vor ein paar Monaten noch wäre sie sofort an das Handy gestürzt, um Michi von dem bevorstehenden Karrieresprung zu informieren. Jetzt war nur Scham in ihr. Wieder einmal hatte sie es nicht geschafft, Patrick zu sagen, dass sie keine Beförderung wünschte, sondern vielmehr kündigen wollte. Auf der kühlen Oberfläche ihres Schreibtisches erlosch ihre Hoffnung erneut. Sie wählte Michis Telefonnummer, aber er antwortet nicht. Nina schrieb ihm eine SMS, dass sie am kommenden Freitag gegen sechs in Rom landete – und dass sie sich freute, ihn wiederzusehen. Blödsinn! Sie löschte den Satz mit der Wiedersehensfreude. Michi war zwei Monate weg und es war sein Entschluss, von heute auf morgen nach Rom zu ziehen. Zu viel war in der Zwischenzeit passiert. Ereignisse, die sie ihm vermutlich nicht sagen konnte. Fast hatte sie ein wenig Angst, ihm gegenüberzutreten, aber jede Faser ihres Herzens zog sie zu ihm hin.

Nina riss sich zusammen und erledigte zahllose E-Mails und Telefongespräche, die seit gestern auf der Rückrufliste standen.

Die nächsten beiden Tage waren erfüllt von Kundenterminen und der nie enden wollenden Ausarbeitung von Präsentationen für diese Termine. Tanja unterstützte sie glücklicherweise; Nina mochte die rundliche junge Frau, die meistens in weite Herrenhemden und Jeans gekleidet war.

Da sie abends immer spät nach Hause kam, begegnete sie Max nur selten, und wenn sie ihn sah, vermied sie es, über Franz zu sprechen. Nur Pierres Verhaftung und das Treppenhaustelefonat wollte sie ihm nicht verschweigen. Max hatte sie entsetzt angeschaut und ihre Erzählungen mit den Worten kommentiert: »Das hab ich mir fast gedacht, Pierre war also der Citroën-Fahrer. Jetzt haben sie das Schwein endlich gefasst und Hakim kann beruhigt sein.«

Ohne Aufregung packte Nina am Freitagmorgen ihren Koffer. Nach dem gemeinsamen Frühstück wartete Max auf sie. Er lächelte, als sie das kleine Bordcase in dem Flur abstellte. »Na, endlich ... oder?«

»Ja, Maxi ... höchste Zeit, dass ich mal etwas für mich tue. Ich weiß, dass es richtig ist – aber es fällt mir schwer, vor allem, da ich nicht weiß, was mich erwartet.«

Max umarmte sie. »Dein Mann erwartet dich, Nima! Der einzige Mensch, den du wirklich brauchst ... und das schon so lange.«

»Ich ... ich ... ich hab ein wenig Angst, ihn wiederzusehen. Vielleicht komme ich ja schon zu spät.«

»Nein! Nima! Besser zu spät als gar nicht. Ihr beide wart ein wenig wie die beiden Königskinder, die nicht zusammenfinden konnten. Aber das Wasser, das sie trennte, ist jetzt hoffentlich weg. Du brauchst dir um nichts mehr Sorgen zu machen. Ich komme hier bestens klar.«

»Das hab ich jetzt begriffen, Maxi. Nur ... was machen wir jetzt mit Franz ... unserem Papa?«

Max fasste ihre Schultern und sah ihr fest in die Augen. »Lass das mal meine Sorge sein. Ich hab am Wochenende viel Zeit ihn kennenzulernen ... und das muss ich wohl nach fast siebenundzwanzig Jahren.«

Nina schwieg. Es war sein Recht und ihre Pflicht ihm diese Möglichkeit zu geben – egal was er ihr angetan hatte.

Max schob sie sanft zur Tür. »So und jetzt fahr los,

kleine Schwester. Flieg zu deinem Glück und erlaube
dir nicht früher als Sonntag Abend spät nach Hause zurückzukehren.«

Nina lief los.

Dreizehntes Kapitel

Sie war zu spät zum Flughafen gekommen.

Das Rattern der kleinen Blättchen auf den Anzeigetafeln und die monotonen Ansagen aus den Lautsprechern – Nina hörte es nicht, denn sie rannte zu ihrem Flugsteig. Immer wieder strauchelte sie über ihren kleinen Rollkoffer, fast fiel sie hin. Als letzter Passagier stürmte sie durch das Gate und sank erschöpft auf ihren Sitz. Nina schloss die Augen. Erst als eine junge Dame sachte ihre Schulter berührte und sie bat, sich anzuschnallen, wurde ihr bewusst: Sie saß im Flugzeug auf dem Weg zu Michi. Wie würde er sich verhalten? Fast zwei Monate waren seit seiner Abreise vergangen; ihre Welt war dadurch eine andere geworden. Die Bühne, auf der sie weiterhin ihre Rolle spielte, hatte sich vergrößert, sich bis in ihr Privatleben erstreckt. Eine Sphäre, die zuvor tabu war, wurde jetzt durch das Erscheinen ihres Vaters ins Scheinwerferlicht gerückt.

Aber das Flugzeug brachte sie zu ihrem Zufluchtsort – zu Michael. Wie weit schienen die schrecklichen Erlebnisse zurück.

Die Flugbegleiterin stellte ihr den gewünschten Orangensaft auf das kleine Tablett. Ein Mann in der gegenüberliegenden Sitzreihe äugte ständig zu ihr herüber. Ob er versuchte, mit ihr zu flirten? Nina nahm eine Zeitung und hielt sie vor ihr Gesicht. Lasst mich alle in Ruhe. Hinter diesem Schutzschild blickte sie aus dem Fenster. Die schneebedeckten Gipfel der Alpen zogen unter ihnen hinweg. Wie dünne Fäden schlängelten sich Straßen durch die Bergmassive hindurch. Dann wurde die Erde grüner und flacher. Nina nippte an dem Orangensaft. Der Mann hatte sich ein anderes Opfer gesucht und sie legte ihre Zeitung wieder beiseite. Kleine Kumuluswolken begleiteten sie nach Rom. Als sie in Fiumicino landeten, hörte sie das Pochen ihres Pulsschlags. Ihr Herz schlug schnell – wie bei einem ersten Date, und in ihrem Kopf kämpfte Angst gegen Vorfreude um die Macht ihrer Gedanken.

Mit zitternden Knien lief sie die endlosen Korridore des Flughafens entlang zum Ausgang. Ein paar Jugendliche, jeder der Köpfe über das Handy gebeugt, blockierten die Schranke. Ob Michi wirklich draußen wartete? Ob er sie überhaupt vom Flughafen abholte? Sie hatte nur die Adresse des Konservatoriums ... wie sollte sie ihn dort finden? Unsicher schritt sie durch die Milchglastür des Ankunftsbereiches.

Fast hätte sie ihn nicht erkannt.

Michaels Haare waren kürzer und sein Gesicht leicht gebräunt mit einem Dreitagebart. Seine dunklen Augen strahlten bernsteinfarben. Er trug ein helles Leinenhemd und Jeans. Wie gut er aussah!

Nina ließ den Koffer stehen und stürmte in seine ausgebreiteten Arme. Vergessen schien alles um sie herum, hinter dicke Glaswände verbannt, die Banalität des Flughafens. Er küsste sie nur leicht, sie verharrten in dem Glück des Wiedersehens. Nina flüsterte nur. »Michi ...«

Nach ein paar Minuten löste er sich. »Komm!« Er ergriff den Koffer und führte sie aus den Gebäuden zu einem Parkhaus. »Ich hab momentan ein Leihwagen, mein alter BMW hat auf der Herfahrt schon kurz hinter dem Brenner den Geist aufgegeben.«

»Wie bist du dann hier nach Rom gekommen?«

»Baby ... das war ziemlich abenteuerlich. Den

BMW musste ich gleich in der Werkstatt lassen. Von dort hat mich ein Lkw-Fahrer ein Stück mitgenommen ... und den Rest mit dem Zug.« Michael lächelte. »Aber jetzt bist du endlich da. Ich hab ein Zimmer am Campo de' Fiori gebucht, da ich dir mein Gästezimmer in der Accademia nicht zumuten will. Man hat dort nie seine Ruhe.«

Sie fuhren ein Stück auf der Autobahn und dann die Via Aurelia in Richtung Vatikan. Üppige Parks und halb verfallene Gartenmauern zogen vorbei. Sie sprachen nicht viel auf dem Weg, immer wieder griff Michi nach ihrer Hand oder streichelte vorsichtig darüber. Nina sah ab und zu zu ihm herüber – wie sehr er sich verändert hatte! Er parkte den Wagen in einem Parkhaus am Tiber, das letzte Stück durch die engen Gassen der Altstadt gingen sie zu Fuß.

Das Zimmer lag im obersten Stock und Nina war begeistert von dem Ausblick über die alten Gebäude und unzähligen Kirchen. Michi trat hinter ihr auf den kleinen Balkon und umarmte sie.

»Na? Gefällt es dir? Weißt du, dass es in Rom über tausend Kirchen und Kathedralen gibt?« Er zeigte mit der Hand nach Osten in Richtung des Pantheons. »Dort mitten drin liegt das Conservatorio, und wenn du später nicht zu müde bist, zeige ich dir von der Dachterrasse aus den Petersdom und die Engelsburg.«

»Michi, das ist wunderschön ... ich bin so glücklich, endlich hier zu sein.« Michael drehte sie an den Schultern um und hob sanft ihr Kinn. Sie küssten sich lange und innig. Es war keine stürmische, leidenschaftliche Umarmung – vielmehr kamen sich ihre beiden Körper behutsam näher, als hätten sie sich soeben erst kennengelernt. Sie liebten sich, intensiv und aufmerksam auf den anderen bedacht.

Eine Weile lagen sie eng aneinandergeschmiegt. Ein leichter Wind strich sanft über ihre erhitzten Körper. Hinter den weit geöffneten Terrassentüren erstreckte sich der tiefblaue Abendhimmel, und ein lauter werdendes Stimmengewirr drang von der Straße zu ihnen herauf. Im Licht der Dämmerung sah Nina, dass Michis Blick zur Decke gerichtet schien. Sie wusste, dass die Frage nach der Dauer ihres Besuchs kommen würde und sie hatte Angst davor. Aber Michael stellte sie nicht. Er drehte sich zu ihr um. »Hast du Hunger?«

Nina küsste ihn leicht. »Wie ein Wolf.«

Michael sprang aus dem Bett und lief ins Badezimmer. »Komm!«

Sie duschten gemeinsam.

Michi führte sie in ein malerisches Restaurant abseits des von Touristen überfluteten Blumenmarktes. Sie redete viel an diesem Abend. Zu viel über ihre Arbeit, den gewonnenen Pitch, das Möbelhaus, Maxis verändertes Leben mit Leonie. Oberflächlichkeiten, die eine Art Entschuldigung für ihren verspäteten Besuch markierten und alles Unausgesprochene unter dem Schwall der Belanglosigkeit begruben. Michael hörte nur stumm zu. Im Kerzenlicht schienen seine Augen tiefgründig auf ihr zu ruhen.

»Nina! Was soll das?«

Sie stellte das Weinglas, das sie an die Lippen führen wollte, wieder hin. Also doch! »Wie ... wie meinst du das?«

»Warum entschuldigst du dich pausenlos? Ich weiß, dass du viel zu tun hast und ich freue mich auch für dich über den Pitch. Aber wie geht's dir wirklich?«

»Jetzt geht's mir wieder gut. Es war eine anstrengende Zeit ... und ich bin froh, dich endlich wiederzusehen.«

Nina versuchte ein Lächeln. Sie wand sich unter seinem Blick. Konnte sie ihm die Wahrheit sagen? Alles von ihrem Herz herunterschütteln wie bei dem Tanz in der Frankfurter Bar? Dass ihr Vater wieder aufgetaucht war – ein Vater der sie als Kind missbraucht hatte? Von der Ungewissheit, was an dem Abend nach der Agenturparty passierte und dass sie sich unendlich schämte? Wie würde Michael auf diese Wahrheiten reagieren? Er würde sie vermutlich fallen lassen und seine Liebe abwenden. Sie war noch nicht bereit für diese Offenheit, nein – sie durfte ihn nicht verlieren! All die schrecklichen Tatsachen, warum sie keine Kinder bekommen konnte, warum sie Max an dem Abend nicht im Stich lassen konnte ... das ganze absurde Theater ihres Lebens – es würde Michael von ihr trennen. Und sie hatte nur bis Oktober Zeit, auf ein Wunder zu hoffen.

Michi griff nach ihrer Hand. »Baby, liebst du mich überhaupt?«

»Ja! Ja! Michi, ich liebe dich so sehr.«

»Aber ...?«

»Aber was?«

»Was ist der Grund? Warum bleibst du dann nicht bei mir? Ich versuche so sehr, dich zu verstehen, aber ich schaffe es nicht.«

»Michi, ich muss noch ein paar Dinge regeln, dann komme ich nach Rom und bleibe. Glaub mir, es hat aber nichts mit dir zu tun.«

»Sondern ...?«

»Nur mit mir ... ach, es ist eigentlich nichts ...«

»Nina! Hast du vielleicht jemand kennengelernt, den du mehr liebst?«

»Nein! Nein! Michi, es gibt niemand auf der ganzen Welt den ich mehr liebe und brauche als dich.«

»Dann verstehe ich dich noch weniger ...«

Nina konnte nichts mehr antworten, sie rannte in den Waschraum. Als sie zurückkam, hatte Michael bereits die Rechnung bezahlt und leerte sein Weinglas. »Komm, Baby, ich zeige dir jetzt mal Rom.«

Zurück im Hotel führte Michi sie auf die Dachterrasse. Nina hörte, wie er ihr die unzähligen Gebäude und Kirchen erklärte, aber ihre Gedanken blieben bei dem vergangenen Gespräch. Sie verachtete sich für ihre Schwäche, denn dieses Versagen würde die Kluft zwischen ihnen weiter vergrößern. Nina wandte den Blick ab von der nächtlichen Stadt und atmete tief ein. »Michi ... ich ... ich ... muss dir so vieles erklären ...«

Michael umarmte sie. »Baby ... ich will dir doch helfen.«

»Michi ... ich ... ich ...« Ninas Stimme versagte fast. »Ich ... ach, es ist so wunderschön hier.«

Er löste sich von ihr. »Hm ... Rom ist eine traumhafte Stadt ... du ... du bist sicher müde von der Reise. Komm ins Bett.«

Das vielstimmige Läuten unzähliger Kirchenglocken weckte sie am nächsten Morgen. Michael stand auf dem kleinen Balkon. Nina wickelte sich in ein Bettlaken und trat zu ihm. Scharen von Menschen bevölkerten die engen Gassen.

»Die sind alle auf dem Weg zum Campo.« Michael küsste sie leicht. »Es gibt einen bekannten Markt dort ...

im Mittelalter war dieser Platz ein Blumenfeld – daher der Name. Heute ist es mehr für die Touristen. Ich zeige dir etwas Schöneres.«

Gestärkt von einem ausgiebigen Frühstück spazierten sie am von Touristen umlagerten Pantheon und der Villa Borghese vorbei, ein Stück am Tiber entlang. Michi blieb vor einem alten Haus mit einem prachtvoll verzierten Holztor stehen. »Hier ist das Conservatorio untergebracht. Die großen Auftritte sind allerdings im Parco della Musica. Es gibt mehrere Konzerthallen und Auditorien dort und die Akkustiken sind unbeschreiblich. Aber das ist zu weit um zu laufen.« Sie schlenderten weiter durch die Stadt in Richtung Süden. Vorbei an der monumentalen Basilika San Giovanni di Laterano strebte Michael über den großen Platz vor der Kathedrale in eine schattige Seitenstraße und wies auf eines der schön restaurierten Häuser.

»Nina. Hier würden wir wohnen. Ich habe die Wohnung ab August angemietet. Sie ist im vierten Stock und wird zurzeit noch renoviert.«

Nina brachte kein Wort hervor. Sie war erschöpft und hätte sich gern in einem der belebten Cafés ausgeruht. Er hatte ihr von den Geschichten der vielen Kirchen und Sehenswürdigkeiten erzählt und in ihrem Kopf überschlugen sich die Eindrücke. Fast schien es, als wenn Michael ihr die ganze Stadt an einem Tag zeigen wollte.

Michaels Hand zeigte zu kleinen Balkonen der Wohnungen. »Schau dort! Das Wohnzimmer und mein Musikzimmer gehen zur Straße hin. Der Schlafbereich ist auf der rückwärtigen Seite ... da ist es ruhiger.«

»Ähm ... Michi, das ist sicher sehr schön. Ich ... ich

bin ein bisschen müde. Können wir uns nicht irgendwo hinsetzen und einen Kaffee trinken?«

Michael blickte verständnislos auf sie herab. »J... ja klar. Ist das alles, was du mir zu dieser Wohnung zu sagen hast?«

»Ich ... ich freue mich natürlich ... und ... auch darauf dort vielleicht irgendwann mit dir zu wohnen.«

»Vielleicht? ... Irgendwann? ... Baby, was heißt das?«

»Es bedeutet, dass ich halt nicht alles stehen und liegen lassen kann. Es ist so vieles geschehen – seit du weg bist.«

Sie liefen nebeneinander her zu einem kleinen Straßencafé. Über den Rand ihrer Tasse hinweg registrierte Nina, dass Michael sie ansah. Er hatte die Sonnenbrille abgesetzt und seine Stirn zeigte eine tiefe Sorgenfalte. Aber das Schweigen konnte sein Unverständnis nicht deutlicher zum Ausdruck bringen. Nina biss sich auf die Lippe.

»Michi ... was macht eigentlich deine Symphonie?«

»Fortschritte. Aber danke, dass du fragst.«

»Ich würde sie gern hören.«

»Du könntest sie jeden Tag hören. Ich dachte, du interessierst dich nicht mehr für meine Musik.«

»Wieso soll ich mich nicht mehr dafür interessieren?«

»Du hast noch kein einziges Mal danach gefragt, bisher. Auch was ich hier so allein mache ... es scheint dich überhaupt nicht zu kümmern!«

»Doch ... aber ...«

»Nina, du redest von Frankfurt und deinem Erfolg und Max … sogar von Charlotte … aber du redest nie von uns. Du hast nicht gefragt, warum ich so plötzlich weggegangen bin. Und wann oder wie ich hier in der Accademia arbeite. Es erscheint mir fast, du bist blind für alles, was mich betrifft.«

»Michi ... du tust mir Unrecht! Ich konnte einfach nicht früher kommen.«

»Vielen Dank, dass du dir die Zeit dafür genommen hast!«

»Ich ... ich glaube, ich sollte lieber wieder abreisen ... Du willst mich nicht verstehen.«

»Nein! Baby! Du solltest hierbleiben! Für immer!«

Geschützt von ihrer Sonnenbrille wischte Nina ein paar Tränen weg. Sie war im Zentrum ihrer Wünsche und doch ihrem Ziel kein Schritt nähergekommen. Sie sah sich um. Die Straßen und Plätze leerten sich jetzt am frühen Nachmittag. Aber nicht nur die Hitze der Stadt lastete auf Nina.

»Michi, ich würde mich freuen, wenn du mir ein Stück aus deiner Symphonie vorspielen könntest.«

Ein Lächeln umspielte Michaels Mund. »Komm ... wir müssen zurück ins Conservatorio. Aber jetzt nehmen wir ein Taxi.«

Nachdem er einen dicken Stapel Notenblätter im Gästehaus abgeholt hatte, führte Michael sie in einen der Musikräume in dem alten Gebäude. Auf dem Weg erklärte er ihr, dass er diesen Saal für seine Zwecke nutzen durfte und bis zu seinem Arbeitsbeginn im August, hier private Klavierstunden erteilte.

Durch die geschlossenen Fensterläden fielen ein paar Sonnenstrahlen auf den großen Flügel in der Mitte des Raumes. Eine angenehme Kühle empfing sie. Nina setzte sich auf den staubigen Holzboden und Michael fing an zu spielen.

Die dämmrige Atmosphäre wurde erfüllt von

sanften, melodischen Akkorden. Nina lehnte sich an die harte Wand, müde schloss sie die Augen ... sie sah ihren Vater. Er streckte verlangend die Hände aus. Er griff nach ihr. Nein! Erschrocken fuhr sie hoch.

»Nina!« Es war still um sie herum. War sie etwa eingeschlafen? »Nina ... Baby! Wie gefällt dir das Stück?«

Michi hatte die Hände von der Klaviatur gelöst und sah sie erwartungsvoll an.

»Das ... das ist einfach wunderschön. Aber es ist noch nicht fertig. Oder?«

»Nein. Noch nicht ganz. Am Schlusssatz arbeite ich noch. Aber dafür fehlt mir momentan das Gefühl, wie es weitergeht. Der Schlusssatz wird entweder von Tragik oder von Freude bestimmt werden. Ganz wie im wirklichen Leben.«

Nina rieb ihren steifen Hals. Ihr Rücken schmerzte.

Michi erhob sich und kam langsam auf sie zu. »Komm, ich helf dir hoch.« In diesem Moment klopfte es leise an der Tür. »Michele?« Ein blonder Kopf erschien im Türspalt.

»Bist du hier? Ich dachte, du hast Besuch am Wochenende.«

Michael ließ ihre Hand los. »Komm ruhig herein, Silvia. Das ist Nina, meine Frau.«

Der blonde Kopf gehörte zu einer jungen Frau, die jetzt mit einem Cello in der Hand auf der Stelle umdrehte. »Scusi ... ich wollte nicht stören. Michele, ich rufe dich Montag an? Wir müssen reden.«

»Silvia ... alles okay. Ich habe Nina nur meine Symphonie vorgespielt.«

»Das ist so perfetto ... Nina, ich wollte Sie nicht stören. Bitte entschuldigen Sie mich.«

Nina sah zu Michael. »Das war wohl die talentierte Cello-Spielerin, von der du kurz erzählt hast?«

»Ja, Baby. Sie ist echt gut. Wir spielen zusammen in dem kleinen Orchester unseres Gästehauses. Aber jetzt hab ich noch eine Überraschung für dich. Komm!«

Nina folgte ihm durch die langen Flure nach draußen. Ihre Gedanken blieben aber bei der jungen Frau. Wer war sie für Michael? Nur eine Studentin? Oder gab es da mehr? Sie schüttelte den Kopf. Nein! Michi würde sie nie betrügen.

Er schien ihre Bedenken zu erahnen. »Nina, Silvia studiert hier seit über einem Jahr und ist sehr beliebt. Die Kollegen sagen ihr schon eine großartige Karriere voraus. Du solltest sie mal hören. Sie hat ein unbeschreibliches Gefühl für die Musik und spielt das Instrument schon seit ihrer Kindheit.«

Nina nickte unsicher.

Gemeinsam liefen sie durch die engen Gassen zurück ins Hotel. Die Sonne verbarg sich bereits hinter den Häuserdächern und zahllose Touristen strömten in die vielen Restaurants der Umgebung. Als Michael die Tür ihres Hotelzimmers öffnete, erblickte sie einen riesigen Strauß dunkelroter Rosen. Daneben wartete eine Flasche Champagner in einem Sektkühler. Michael umarmte sie zärtlich. »Ich dachte wir können unseren vierzehnten Hochzeitstag auch mal nachfeiern. Du warst schließlich in Frankfurt und ich in Rom.«

Nina stand fassungslos vor den Blumen. Ihr Hochzeitstag war an dem Freitag der Agenturparty gewesen! Der Stress der Kampagne, die vielen Termine im Büro, der Streit mit Pierre – all das hatte sie das Datum vergessen lassen. »Michi ... es tut mir so leid.«

»Ich weiß, Baby. Aber wir könnten es künftig

besser machen – zusammen hoffentlich.«

Am nächsten Tag fuhren sie über die Via Appia aus der Stadt heraus in Richtung Süden zum Lago Albano. Ninas versuchte die Tatsache zu verdrängen, dass sie Rom an diesem Abend wieder verlassen würde. Michael hatte ihr nur bedrückt zugesehen, als sie den kleinen Reisekoffer am Morgen packte, und sie war ihm dankbar dafür, dass er kein Wort darüber verlor. Auf dem Weg zeigte er ihr das Castel Gandolfo und erzählte über die Entstehung des Sees.

Am Ufer führte Michael sie zwischen den niedrigen Bäumen und Sträuchern hindurch zu einer kleinen Bucht. Da sie keine Badesachen eingepackt hatte, stürzte Nina sich nackt in das glasklare Wasser. Michael folgte ihr sofort.

Sie ertränkten Ninas Abreise im tiefblauen See und dem Blick in den wolkenlosen Himmel. Nina streckte sich auf dem Handtuch aus und sah zu Michi, der mit geschlossenen Augen neben ihr lag. »Woher kennst du eigentlich diese Bucht?«

Michael stützte den Kopf auf. »Einer der Kollegen hat nicht weit von hier ein Sommerhaus. Viele Römer verlassen in den heißen Sommermonaten die Stadt und verbringen die Wochenenden lieber hier am See. Er veranstaltet auch hin und wieder kleine Konzerte in seinem Garten. Wenn du hier lebst, wirst du ihn sicher kennenlernen.«

Nina antwortete nicht, denn ein Blick auf die Uhrzeit hatte ihre Träumerei beendet. Das Flugzeug würde in drei Stunden Rom verlassen – mit ihr?

Michael verstand ihren Blick sofort. »Keine Angst ... wir schaffen das. Oder?«

Ob er davon ausging, dass sie hierbleiben würde? Nein – sicher nicht. Zögerlich griff sie nach ihrer Kleidung. Michael sprang auf und räumte den Picknickkorb ein. »Ich verstehe – du musst los. Oder? ... Nina?«

Schweigend liefen sie zurück zum Auto.

Immer wieder sah Nina in sein Gesicht. Die tief stehende Sonne konnte seine Miene nicht aufhellen und selbst seine Augen leuchteten nicht mehr bernsteinfarben, sondern glänzten jetzt dunkel.

»Michi ... ich komme wieder und dann bleibe ich hier. Bitte versteh mich ein letztes Mal.«

Michael hielt vor der Abflughalle. »Nina ... du lässt mir ja keine andere Wahl! Ich habe so sehr darauf gehofft, dass du hier bei mir bleibst. Jetzt warte ich weiter ... wie lange denn noch? Eine Woche? Ein halbes Jahr? Wie lange willst du denn noch weglaufen? Ich ... ach, jetzt geh schon. Ich muss eben damit klarkommen.«

»Ich ... ich ... ich liebe dich, Michi.«

Nina ergriff den kleinen Koffer und rannte zum Flugsteig.

Als das Flugzeug abgehoben hatte, sah Nina auf die Lichter der Stadt unter ihr. Sie würde wiederkommen und für immer hier leben – zusammen mit Michi.

Vierzehntes Kapitel

Am nächsten Morgen öffnete sie vorsichtig ihre Schlafzimmertür und lauschte. Aus dem Wohnzimmer ertönte das laute Schnarchen von Franz, Max hantierte in der Küche. Überall standen Tüten eines Bekleidungsgeschäftes und im Flur neue Sneakers neben Max' Schuhen. Nina schlich leise daran vorbei.

»Guten Morgen, kleine Schwester!« Max lächelte und hielt ihr eine Kaffeetasse hin. »Alles wieder in Ordnung?«

»Ja ... klar, Maxi. In Rom schon ... mehr oder weniger.«

»Hm ... verstehe. Braucht halt alles seine Zeit ... oder?«

Nina nippte an dem heißen Kaffee. Er war stark und süß – so wie sie ihn am liebsten mochte. »Du ... ähm Maxi ... Franz schläft hier bei uns?«

Max schloss die Tür. »Ja, Nima. Falls das für dich okay ist? Ich ... ich meine, wir können unseren Papa doch nicht auf der Parkbank lassen. Er ... er ist wirklich ganz nett.«

»So? Ist er das?«

»Nima ... ich glaube, es tut ihm wirklich leid. Er hat viel über sich erzählt, warum er damals wegmusste und dass er sich danach wie der letzte Dreck gefühlt hat. Ich glaube ihm.«

»Du glaubst also seinen Aussagen?«

»Ja ... warum nicht? Warum sollte er uns was vorspielen?«

»Ich weiß es nicht ... vielleicht weil er jetzt alt und allein ist? Vielleicht weil er kein Geld mehr hat?«

»Also alt ist er ja nun wirklich nicht. Ich meine ... er

ist gerade mal knapp über sechzig und offenbar ziemlich fit. Außerdem ist er ganz schön stark. Ich frage in den kommenden Tagen mal bei Franco, ob der ihn beschäftigen kann. Da könnte er auch wieder Geld verdienen und in ein geregeltes Leben zurückfinden. Weißt du, dass Papa lange zur See gefahren ist? Er kennt sich mit Motoren ganz gut aus – das waren zwar Schiffsmotoren, aber den Rest lernt er bestimmt schnell.«

»Okay ... aber Maxi ... er ist ein Fremder für uns! Was hat er dir denn noch alles erzählt?«

»Nun ... er fragte sehr viel, wie es uns so ergangen ist und wer für uns gesorgt hat ... nach Mamas Tod. Er hat ganz viel über dich wissen wollen. Also, warum Michi weg ist und wie du damit klargekommen bist ... Sonntag früh stand er sogar in deinem Schlafzimmer.«

»Er war wo? Aber ... das geht ihn überhaupt nichts an!«

»Nima, er meinte das doch nur gut! Papa macht sich große Vorwürfe, dass er weggelaufen ist. Du solltest ihm wirklich eine Chance geben!«

Nina stellte ihre Tasse auf den Tisch. »So? Sollte ich das? Es reicht doch, wenn du ihm eine Chance gibst und dann auch noch dafür sorgst, dass er wieder Arbeit findet.«

Max kam auf Nina zu und umarmte sie vorsichtig. »Nima ... bitte! Versuch's für mich! Ich hatte nie einen Vater ... und jetzt will ich ihn nicht gleich wieder wegschicken. Ich ... ich hab sogar daran gedacht, ihn Leonie vorzustellen.«

»Was willst du ihr sagen? Dass er ein Penner war und sich monatelang vor unserem Haus herumgetrieben hat?«

»Nein! Nima! Wir waren am Samstag beim Friseur

und haben auch vernünftige Sachen für ihn gekauft. Er sieht ganz normal aus und die Herumtreiberei muss keiner wissen.«

»Du tust ganz schön viel für jemand, den du erst ein Wochenende kennst. Und schlafen soll er dann vorläufig hier in unserem Wohnzimmer?«

»Ja, Nima ... aber das ist doch nur vorübergehend ... bis er was anderes gefunden hat. Und du willst doch sowieso nach Rom ... oder? Wir hatten doch schon darüber geredet. So wie ich das sehe, kommt Michi nicht mehr hier nach Frankfurt zurück. Und du? Letztens sagtest du, dass du ebenfalls nach Rom ziehen willst. Oder hat sich daran etwas geändert – nach deinem Besuch?«

»Nein! Maxi ... ich weiß jetzt, wo ich hingehöre. Sobald ich eine Gelegenheit finde, kündige ich den Job und ziehe nach Rom ... zu Michi. Ich will die Kollegen nicht hängen lassen, daher werde ich die Möbelkampagnen bis August noch leiten. Das geht nicht anders. Aber dann bin ich weg.«

»Siehst du ... und wir besuchen dich dort so oft wie möglich.«

»Wir?«

»Ja ... Leonie und Papa und ich.«

»Maxi! Franz nicht!«

»Warum soll er nicht mit ...«

»Franz darf niemals nach Rom kommen! Ich will das nicht! Er kann dein Papa bleiben ... aber ich kann nicht.«

»Nima! Warum? Was hat er denn so Schlimmes getan? Ich meine, außer dass er uns damals verlassen hat. Das ist doch lange her und er bereut es offenbar ehrlich.«

»Maxi ... versteh mich bitte. Es geht einfach nicht.

Ich will darüber auch nie mehr reden.«

»Nima ... egal, welches Problem du mit Papa hast, du löst es nicht, wenn du ihn nur ignorierst. Wie kann ich dir nur helfen?«

Nina drehte sich um und ging zur Tür, dann sah sie zu Max zurück. »Gar nicht ... Maxi ... niemand kann mir helfen. Das muss ich ganz allein.«

Auf Zehenspitzen rannte sie durch den Flur. Sie wollte Franz unter keinen Umständen an diesem Morgen begegnen.

Vor ihrem Haus parkte ein dunkelblauer Opel dicht hinter ihrem Porsche, sodass sie Mühe hatte, aus der Parklücke herauszukommen. Zwei Herren darin schienen vollkommen unbeeindruckt von Ninas Bemühen, sondern blickten starr auf die Häuser. Nina fluchte über die Rücksichtslosigkeit der Immobilienmakler, die in regelmäßigen Abständen hier auftauchten. Sie war zwar wieder in ihrer Frankfurter Wohnung, aber es war nicht länger ihr Zuhause.

Als Nina um zehn Uhr die Treppen zu den Agenturräumen hochrannte, prallte sie fast mit Ferdi zusammen. Sein sommersprossiges Gesicht strahlte vor Vergnügen. Er hielt Zeige- und Mittelfinger seiner rechten Hand in Form eines V in die Höhe. »Hey, Nina-Schatz! Nicht so eilig! Du kommst noch früh genug zu deiner Beförderung ... oder liege ich da falsch?«

Nina fasste nach seiner Hand und bog den Mittelfinger wieder zurück, sodass allein der Zeigefinger strafend nach oben ragte. »So ... Ferdi. So liegst du richtig. Hast du wieder mal gelauscht, du böser Junge?« Sie lachte.

Ferdi zog die Schultern hoch und setzte eine

Unschuldsmiene auf. »Nein! Das würde ich doch nie tun! Die Spatzen pfeifen es schon aus deinem ›Garten‹.«

»Na, dann werden wir die Katzen doch mal aus dem Haus lassen, um die Spatzen zu jagen, oder? Du liegst in jedem Fall falsch.«

An ihrem Schreibtisch wartete Patrick auf sie. Er hielt einen Umschlag in der Hand und redete mit Tanja, die eine Palme neben Ninas Platz mit Wasser versorgte. Die beiden lächelten, als sie Nina erblickten.

»Guten Morgen, Nina. Na, dann können wir das ja auch gleich hier bekannt geben.« Patrick hielt ihr den Umschlag entgegen. »Glückwunsch, Frau Senior Account Manager! Hier die offizielle Ernennung und auch dein neuer Arbeitsvertrag ... natürlich wird dich dein neues Jahresgehalt nicht weniger interessieren.«

Ferdi tauchte hinter Patrick auf und fing an zu applaudieren, worauf alle Kollegen hinzuströmten und einstimmten.

Tanja war in die Küche geeilt und kam mit einer riesigen Platte wieder zu der Gruppe. Darauf lag eine Pizza? Sie lachte. »Glückwunsch, Nina ... aber das hier ist nicht das, wonach es aussieht. Wir wissen ja alle, dass du keine Oliven magst ... ich habe dir einen Kuchen gebacken. Garantiert ohne Oliven.«

Nina sah auf den Umschlag in ihrer Hand und in die lachenden Gesichter um sie herum, aber ihr war nicht nach Freude zumute. »Danke ... ich ... ich weiß gar nicht, was ich sagen soll.« Sie senkte den Kopf und nagte an den Lippen. Weglaufen? Unsinn! Wie konnte sie Patrick in dieser Situation erklären, dass sie kündigen wollte? Der Abschied aus der Agentur würde schwer genug. Alles dankend annehmen? Noch weniger machbar, Michi würde nicht ewig auf sie warten.

Kai ergriff ihren Arm. »Nina? Du bist kreidebleich. Sag mal, freust du dich denn gar nicht? Ist unsere Truppe hier denn so schlimm?« Seine Augen lächelten, aber seine Miene blieb ernst.

Nina schüttelte den Kopf. »Nein ... Kai. Vielen Dank. Ich freue mich wirklich über diese Sache. Es ist nur ...«

»Na, was haben wir denn hier für ein Problem?« Patrick kam wieder dazu und sah lachend auf Nina herab. »Hast du etwa Bedenken wegen der Verantwortung? Du machst doch die ganze Zeit schon Pierres Kunden mit. Das klappte bisher wunderbar, und wenn wir die Wellness-Sache auch noch so gut über die Bühne kriegen, dann gibt's die nächste Erfolgsparty. Oder hast du etwa ein Problem mit dem vielen Geld, das du jetzt verdienst? Ich meine, wir können das auch wieder kürzen ... wenn dir das lieber ist.«

Nina schluckte und holte tief Luft. »Nein, Patrick ... alles ist so unglaublich ...«

»Hängt dir die Sache mit dem Abschaum Pierre noch nach?«

»Nein ... auch das nicht ... so richtig. Ich wollte eigentlich in den nächsten Tagen ... mit dir reden.«

Patricks Augen sahen sie hinter den Brillengläsern an. »Aber, Nina! Das kannst du doch jederzeit. Also raus mit der Sprache! Was bedrückt dich denn so sehr, dass du dich noch nicht mal über die Beförderung freust.«

Ihr Herz raste und das Blut hämmerte durch ihre Schläfen. Alle Kollegen blickten verständnislos zu ihr. Nina sank auf die Schreibtischplatte. »Also ...« Ihre Stimme versagte. »Ähm ... also ... ich ... ich ... ich kann das nicht ... annehmen.«

Sie wagte es nicht, den Kopf zu heben, sie konnte nicht in die freundlichen Gesichter der Kollegen sehen. Ferdi gab ihnen ein Zeichen, alle zu verschwinden.

»Patrick. Ich kann diese Beförderung nicht annehmen. Ich will ... ich muss im August hier aufhören.«

Patrick nahm die Brille ab und rieb sich die Augen. Dann setzte er sie wieder auf. »Nina? Was ist los? Bist du etwa krank? Ich meine ... hast du irgendwas Ernstes? Krebs? Willst du lieber mit mir allein reden?«

Nina musste über seine sorgenvolle Miene lächeln. »Nein. Ich hab ganz sicher nichts, das einen medizinischen Hintergrund hätte. Ich werde nach Rom gehen ... zu meinem Mann.«

»Rom ist eine wundervolle Stadt. Aber wann? Etwa sofort? Jetzt sag mir bitte nicht, dass du bereits im Juni hier weg möchtest.«

»Nein, Patrick ... ich hab noch ein paar Dinge, die ich zu Ende bringen muss ... beruflich und privat. Also ... ich würde dann möglicherweise im August hier aufhören.« Nina sah auf ihre Hände. Michis Santoku-Messer kam ihr in den Sinn. Es hatte einen Teil ihrer Fesseln durchtrennt, der Rest würde schwieriger werden.

Patrick war einen Schritt zurückgetreten. Es schien, als spüre er, dass Nina mehr Raum benötigte. »Hm ... das sind keine angenehmen Neuigkeiten für uns. Aber gut.«

Er überlegte kurz. »Nina, wir lassen dir den Titel trotzdem. Ich glaube, Dieter wird mir da zustimmen. Es gibt nicht viele Mitarbeiter, die sich über Jahre hinweg für unseren Erfolg so sehr eingesetzt haben wie du. Dein alter Arbeitsvertrag gilt weiter, aber du bekommst eine Bonuszahlung im Juni und Juli. Und ... das verspreche ich dir: Falls es dir in Rom doch nicht so gut gefallen sollte, bist du bei uns immer willkommen.«

Nina senkte den Kopf und sah zu ihrem Mac. »Danke, Patrick ... ich ... ähm ... ich mach dann mal weiter. Der Wellness-Drink wartet und mit den Möbelleuten hab ich auch noch ein paar Termine. Webseite und Social Media sind gut angekommen.«

Er nickte ihr aufmunternd zu und lief weiter in Richtung seines Büros.

Ninas Blick verfolgte ihn. Instinktiv griff sie zum Handy, um Michael von der Kündigung zu berichten, dann legte sie es wieder hin. Es gab noch eine weitere Problematik. Alles in ihr sträubte sich bei dem Gedanken, Franz am Abend in ihrer Wohnung vorzufinden. Sie war mit dem Stigma seines Missbrauchs behaftet. Mehr als zwei Jahrzehnte lang hatte sie versucht, es zu verbergen. Höchste Zeit, diesen Makel endlich abzuschütteln. Nur wie? Der Vergangenheit mutig gegenübertreten oder davor weglaufen, immer in der Hoffnung, dass Max und vor allem Michael es niemals herausfänden. Wie sollte sie Frieden schließen mit einem Menschen, der ihr als Kind so wehgetan hatte? Aber sie war gezwungen auf ihn zu zugehen – für Max.

Der Tag flog dahin wie immer: E-Mails, Anfragen und Rückrufbitten. Erst am späten Nachmittag lief sie zu Kai, um über die Werbebotschaft des Wellness-Drinks zu reden. Ein paar Designer hatten für das Label eine Art Schalter gestaltet, der den Slogan ›Aufmachen, abschalten!‹ versinnbildlichen sollte. Nina war am nächsten Tag mit dem Getränkehersteller verabredet und dankte Tanja dafür, dass sie die Präsentation an diesem Abend noch für sie vorbereitete.

Der Porsche brummte zufrieden durch den

Feierabendverkehr. Trotz des positiven Gefühls, zumindest einen Teilerfolg auf dem Weg erzielt zu haben, wusste Nina, dass die schwierigste Etappe noch bevorstand. Sie hatte daher keine Eile nach Hause zu gelangen. Fast freute sie sich darüber, dass einige Straßen für eine Großveranstaltung gesperrt wurden und sie einen Umweg fahren musste.

Es war einer jener heißen Tage Ende Mai und die Menschen genossen den Abend in den Restaurants und Bars. Ninas Magen knurrte, als sie den Wagen endlich vor ihrem Haus parkte. Der dunkelblaue Opel war verschwunden.

Max und Franz saßen nebeneinander auf dem Sofa im Wohnzimmer und sahen fern. Nina blieb wie angewurzelt in der Tür stehen. Unverkennbar Vater und Sohn! Franz' Haare waren kurz geschnitten und die tief liegenden dunklen Augen glichen denen von Max sichtbar für alle. Beide trugen ein kariertes Baumwollhemd und Jeans. Nur ihr Körperbau unterschied sie gewaltig voneinander; Max muskulös und breitschultrig. Franz eher drahtig, aber genauso groß.

Sie schluckte und riss sich zusammen. »Jemand Hunger?«

Die beiden sprangen gleichzeitig auf. Max lachte. »Na, mich brauchst du nie zu fragen. Ich hab immer Hunger. Was gibt's?«

Nina sah auf Franz, der sie lächelnd beobachtete. »Ich dachte, wir gehen zum Italiener. Hab Lust auf Oliven ...«

Max war schon in den Flur geeilt. »Häh? Du isst doch gar keine ...«

»Schlauberger!« Nina lachte und wandte sich an

Franz. »Kommst du mit?«

Zögerlich kam er hinzu. »Wenn ich darf ... aber ich will euch nicht stören.«

»Du störst doch nicht ... also ich fänd's schön, wenn du mitkommst.« Max strahlte vor Glück.

Ninas Blick wechselte zwischen den beiden hin und her. Sie überlegte kurz. »Nee ... komm ruhig. Ich hab sowieso was zu feiern.«

Das gemeinsame Essen hatte etwas von diesen denkwürdigen Familientreffen, bei denen jeder bemüht ist, die Stimmung keinesfalls durch offene Worte zu zerstören. Franz erzählte von abenteuerlichen Erlebnissen auf seinen Reisen und alle lachten. Max blieb bei alkoholfreiem Bier, da er später zu Leonie wollte und Nina fügte sich in ihre Rolle – für Max. Obwohl ihr jeder Blickkontakt mit Franz widerstrebte, beobachtete sie ihn heimlich. Sie suchte in ihrer Erinnerung nach seinem Bild aus ihrer Kinderzeit, aber es entstand nur die Grimasse eines Monsters. Der Mann ihr gegenüber hatte nichts damit gemeinsam. Seine Augen leuchteten dunkel, nicht so treu und gutmütig wie die von Max, aber es schien keine Bösartigkeit in ihrem Ausdruck zu sein. Die kurzen Haare waren mehr grau als schwarz, genauso seine Augenbrauen unter der niedrigen Stirn. Er hatte eine Narbe, die sich von der rechten Wange bis zu dem Ohr erstreckte und seine Nase schien in der Vergangenheit mehrfach gebrochen zu sein. Ein bewegtes und gefahrenvolles Leben hatte tiefe Falten im Gesicht hinterlassen. Seine Mundwinkel zuckten leicht, wenn er redete. War das Nervosität? Kräftige Hände, von rauer Arbeit und Wetter geprägt, drehten unbeholfen mit der Gabel die langen Nudeln.

Max verabschiedete sich sofort nach dem Essen.

Nina kämpfte gegen ihren Wunsch an, ebenfalls davonzulaufen. Unter dem Tisch trommelten ihre Füße auf den Holzboden. Sie war eingesperrt in eine Situation, die sie im Grunde ihres Herzens so lange wie möglich vermeiden wollte. Weglaufen? Charlotte würde sich sicher über ihren spontanen Besuch freuen. Kopfschmerzen vortäuschen? Aber das würde ihn vermutlich nur dazu bewegen, sie mit Aspirin und väterlicher Fürsorge zu verarzten. Nein! Sie blickte starr ins Nichts der Tische um sie herum. Kerzenschein flackerte in den Gesichtern der übrigen Gäste. Ninas Hals war trocken, sie suchte nach dem Kellner, um die Rechnung zu verlangen, dann ergriff Franz ihre Hand. Nina zuckte zusammen.

»Ninchen ... du willst lieber gehen. Nicht wahr?«

»Ja ... es ist schon spät und ich will morgen zeitig ins Büro.«

»Ich verstehe ... aber du ... du brauchst keine Angst vor mir zu haben. Ich bin kein Monster – so wie dein Kollege aus dem Auto.«

»Nein ... hab ich das etwa behauptet?«

»Nun Max gegenüber vielleicht nicht, aber ich weiß, was du denkst.«

»So? Was denke ich denn?« Nina ergriff wütend die Rotweinflasche und goss den Rest in ihr Glas. Ein Teil landete auf der Tischdecke.

»Du weißt nicht, wie du mit mir umgehen sollst. Ninchen ... ich weiß, ich hab damals viel Scheiße gebaut. Aber ... jetzt ich will doch nur für euch da sein.«

»Großartig! Soll ich dir dafür auch noch dankbar sein? Wir sind sehr gut ohne dich klargekommen ... auch wenn's nicht immer leicht war.«

»Ich war ein böser Mensch. Aber glaub mir doch ...

Menschen können sich ändern und ich hab fast achtundzwanzig Jahre Zeit gehabt, das zu lernen.«

»Manchmal reicht auch ein Tag dafür. Spricht nicht gerade für dich.«

»Aber ich konnte doch gar nicht ... ich war die meiste Zeit weit weg und diese Welt ist grausam.«

»Nachdem du weggelaufen bist und nachdem du ...«
Ihre Stimme versagte.

Franz sah sie fest an. Für Nina schien es eine Mischung aus ehrlicher Zuneigung und Schuldbewusstsein zu sein. Aber da war noch etwas anderes in seinem Blick. Nina konnte es nicht deuten.

»Ninchen, ich weiß, was du meinst. Das tut mir am meisten weh, da ich dir das angetan habe.«

Nina sprang auf. »Du bist nicht mein Vater! Du bist ein verlogenes Dreckschwein ... und ich wäre froh, wenn du totgeblieben wärst!«

Franz schlug die Hände vor das Gesicht. »Ich ... ich verstehe, wenn du mich hasst ... es tut mir so leid ... ich war damals nicht ich selbst. Ich habe Dinge getan, für die ich mein ganzes Leben schon büße.« Er ließ die Hände sinken und sah sie mit weit aufgerissenen Augen an. »Siehst du die Narbe in meinem Gesicht? Ich war damals auf einem großen Frachter im Pazifik unterwegs und hab mich nachts von Bord gestürzt. Leider haben die Seeleute mich wieder herausgezogen und ich musste weiterleben mit der Schuld.«

Nina setzte sich wieder hin. »So wie ich, nur mit dem Unterschied, dass ich nicht nur meine Kindheit vergessen wollte, sondern auch noch für Maxi sorgen musste. Und was du Mama angetan hast, das ist dir wohl überhaupt nicht bewusst! Oder?«

»Doch Nina ... ich kann mich immer nur

wiederholen: Es tut mir entsetzlich leid und ich würde gerne mit euch zu Marias Grab gehen ... ich möchte mich auch bei ihr entschuldigen ... auch wenn's schon zu spät ist.«

»Wie hast du uns überhaupt gefunden?«

»Das, Ninchen, war purer Zufall. Ich habe gehofft, dass ihr noch in Frankfurt wohnen würdet und hier zuerst gesucht.«

»Wie denn ... ich heiße doch jetzt Uhland und nicht mehr Wiesner.«

»Ja, und es gibt glücklicherweise weniger als dreißig Wiesners in Frankfurt, die ich alle abgesucht habe. Aber dann hat mir ein Freund empfohlen in den sozialen Medien zu schauen. Und so hab ich Max gefunden.«

»Ein Freund? Im Obdachlosenheim etwa?«

»Nein ... ich habe noch ein paar Kontakte von früher hier. Es sind nicht die besten Freunde, aber man hilft sich halt manchmal.«

»Und warum haben die dir nicht auch geholfen, wieder auf die Füße zu kommen und eine Wohnung oder einen Job zu finden? Ich meine ... warum hast du als Penner gelebt?«

Franz senkte den Kopf. »Das hat andere Gründe ... auf diese Weise bleibt man unerkannt und ich konnte überall rumlaufen, ohne aufzufallen.«

Ninas Füße fingen wieder an zu trommeln. Sie wurde den Eindruck nicht los, dass Franz nicht die Wahrheit sagte. Trotzdem erschien es ihr aussichtslos weiterzufragen. Der Mann vor ihr war eindeutig ihr leiblicher Vater, aber er blieb ein unbekannter Fremdling, ein ehemaliges Monster, das ihr nicht nur die Kindheit geraubt hatte. Seine wahren Absichten würden bald ans Tageslicht kommen und, bis dahin musste sie ihre Rolle weiterspielen. Max sollte seinen Vater kennenlernen und selbst entscheiden, wie er zu ihm stand. Nur Michael durfte nie von Franz' Rückkehr erfahren.

Franz schien ihre Gedanken zu erahnen. »Du glaubst mir nicht, oder?«

Nina gähnte. »Das weiß ich jetzt noch nicht. Aber du kannst bei Max bleiben – wenn der das möchte. Wir werden die Wohnung möglicherweise ab September vermieten. Oder Max bleibt noch eine Weile dort. Er soll entscheiden, was mit dir ist. Ich gehe definitiv im August nach Rom ... zu meinem Mann.«

»Wann fliegst du wieder hin?«

»Das ist noch nicht sicher. Vielleicht bald im Juni ... Aber jetzt sollte ich wirklich nach Hause.«

Der Rotwein hatte ihre Müdigkeit verstärkt. Sie nahm ihre Tasche und schlurfte zur Tür gefolgt von Franz.

Draußen tobte ein Sommergewitter. Es schüttete. Nina lief ein paar Schritte dicht im Schutz der Häuserwände entlang, aber ihre dünne Bluse war sofort durchweicht. Franz hielt seine Jacke schützend über ihren Kopf, dann wickelte er sie darin ein und nahm Nina auf den Arm. Sie wollte protestieren, aber sie war zu müde, um sich zu wehren. Erst in der Wohnung setzte er sie wieder ab.

Fröstelnd verschränkte Nina ihre Arme vor der Brust.

»Danke, Franz ... ähm ... und gute Nacht.« Auch wenn sie nicht sicher war, so Nina spürte doch, wie sein Blick sie verfolgte, als sie die Schlafzimmertür hinter ihr abschloss.

Fünfzehntes Kapitel

Die nächsten Wochen hatte sie wenig Zeit, um über Franz nachzudenken. Ein großes Immobilienunternehmen hatte die Agentur beauftragt, die Präsentationsbroschüre für ein Neubauvorhaben zu gestalten. Die Möbelkampagnen brachten täglich neue Herausforderungen und auch ihre Ideen zum Wellness-Drink fanden die Zustimmung des Kunden.

Oft kam Nina erst spät am Abend nach Hause und fiel sofort ins Bett. Sie telefonierte mit Michi, aber es blieb bei oberflächlichen Fragen und stummen Entschuldigungen. Michael fragte nicht mehr, ob oder wann sie ihn wieder besuchen würde, und Nina war ihm dankbar dafür. Ihre Entscheidung, nach Rom zu ziehen, stand schließlich fest. Und darauf freuten sie sich.

Max übernachtete meistens bei Leonie. Da Nina kein Interesse hatte, ihre Zeit mit Franz zu verbringen, schloss sich in ihrem Zimmer ein. Manchmal hörte sie jedoch, wie er mitten in der Nacht wegging; am nächsten Morgen war das Wohnzimmer dann leer. Sie versuchte, seine Anwesenheit einfach zu ignorieren, aber sie wurde das Gefühl nicht los, dass er heimlich in ihren Sachen schnüffelte. Mal war der Kleiderschrank geöffnet, mal ihr Badezimmer benutzt. Manchmal hatte sie auch den Eindruck, jemand hätte auf ihrem Bett gelegen, obwohl sie alle Türen stets verschlossen hielt.

Als Max an diesem Abend nach Hause kam, bat sie ihn, ihr kurz in ihrem Schlafzimmer beim Aufräumen zu helfen. Franz blieb im Wohnzimmer vor dem TV und Max setzte sich auf ihr Bett. »Na, kleine Schwester – kommst du mal wieder nicht an die obersten Regale?«

»Du ... ich will nur ein paar Kleidungsstücke

aussortieren, aber ...«

»Aber was? Willst du vielleicht wissen, ob ich deine Sachen noch anziehen möchte? Oder wofür benötigst du meine Hilfe?« Max lachte und Nina schloss die Tür hinter ihm.

»Nein, Maxi – ich wollte nur mal ungestört mit dir reden.«

»Wieso? Franz stört doch nicht, oder? Ich hab den Eindruck, dass ihr beiden jetzt ganz gut miteinander klarkommt.«

Nina überwand sich zu der Antwort. »Ja ... das stimmt. Ich wollte nur mal wissen, wie du so über ihn denkst – jetzt, nachdem er schon ein paar Wochen bei uns wohnt. Ich bin definitiv ab August in Rom ... Max, ich frage mich, was du dann machst.«

»Warum denn? Wie du weißt, brauchst du dir um mich keine Sorgen mehr zu machen. Auch Franz ist ganz okay ... vielleicht manchmal etwas sonderbar, aber das liegt bestimmt am Alter. Er unternimmt oft allein etwas ... ich frag mich nur, was. Auch bei Franco ist er noch nicht erschienen, obwohl ich ihm gesagt habe, dass er sich dort persönlich vorstellen sollte. Franco war nicht uninteressiert ihn, zu beschäftigen.«

»Hat er dich schon mal nach Geld gefragt?«

»Nö ... na ja ... also nicht so wirklich, aber wenn wir ein Bierchen trinken gehen, bezahle immer ich die Rechnung.«

»Hm ... ich überweise dir morgen etwas. Bekomme sowieso eine Sonderzahlung von der Agentur und du hast sicher schon genug Ausgaben. Hast du ihn Leonie oder Hakim schon vorgestellt?«

»Wow ... danke! Nee, Leonie kennt ihn noch nicht. Hat sich noch nicht so ergeben. Am nächsten

Wochenende wollte er endlich zum Grab von Mama. Vielleicht könnten wir uns anschließend mit Leonie treffen. Ich meine du, Papa und ich.«

»Okay ... aber ich halte das für keine gute Idee. Vielleicht willst du das lieber allein machen. Ich meine Maxi ... du solltest dir mal so langsam überlegen, ob und mit wem du nach meiner Abreise hier wohnen bleibst. Zumindest hättet du und Leonie hier keine Miete ... außer den Nebenkosten natürlich.«

»Und Franz könnte ja dann vielleicht in mein Zimmer ziehen ...« Max schien begeistert.

Die Wohnung in der Wolfgangstraße hatten sie von Michis Eltern zur Hochzeit bekommen – kurz vor deren tödlichem Autounfall. Eigentlich musste sie so eine Entscheidung vorher mit Michi abstimmen. Aber Max konnte sicher dort wohnen, solange sie in Rom blieben. Nur wie ging es weiter mit Franz? Was würde Michi dazu sagen, wenn er noch mal herkäme und einen Mann vorfinden würde, der behauptete, sein Schwiegervater zu sein. Nein! Franz musste weg.

»Maxi, überlege dir bitte gut, ob du das wirklich machst. Wir kennen Franz erst seit ein paar Wochen ... wenn er sich eine eigene Bleibe sucht, könnt ihr euch doch auch besuchen.«

»Ja, schon ... vielleicht hast du ja auch recht. Leonie wäre sicher nicht begeistert. Wusstest du eigentlich, dass Franz mehrere Ausweise hat? Zwei davon sind ihm letztens aus der Tasche gerutscht, und als ich ihn darauf angesprochen habe, sagte er nur, dass er die für seine vielen Reisen gebraucht hat.«

»Mit unterschiedlichen Namen?«

»Nein ... glaube ich nicht – aber ich hab den Namen nicht so richtig lesen können. Ist bestimmt alles ganz harmlos. Papa ist ja wirklich viel herumgereist, und wer weiß, was einem da alles passiert.«

Nina sah ihn nur schweigend an. Max erhob sich wieder.

»Du ... Nima ... jetzt mal doch keine Gespenster an die Wand. Du weißt schon, wenn ich die boxen muss, gibt's Dellen in den Putz.« Er lachte und ließ sie allein.

Nina griff zum Handy, um Michael anzurufen, aber er antwortete nicht. Seltsam, wieso ging er nicht ans Telefon? Es war spät und Michi sicher nicht mehr im Conservatorio. Sie schrieb eine SMS, dass sie schon im Juli nach Rom kommen würde, aber vorher ein paar letzte Sachen zu regeln hatte ... und dass sie ihn vermisse. Zehn Minuten später klingelte das Handy. Seine Stimme klang merkwürdig aufgeregt und im Hintergrund hörte sie Musik. »Nina ... entschuldige. Ich konnte nicht ans Telefon gehen.«

Nina ärgerte sich über ihren Anruf. »Michi, sorry. Ich wollte dich nicht stören. Es ist nur ... ach, du fehlst mir!«

»Aber Nina! So wie ich deine Nachricht verstehe, sehen wir uns doch in ein paar Wochen schon wieder. Das ist wunderbar! Einer der Kollegen hatte unser kleines Kammerorchester eingeladen, ein Konzert zu geben. Weißt du, wo? Wir sind in seinem Haus am Lago Albano ... ganz in der Nähe der Bucht wo wir beide waren.«

»Dann hast du also keine Zeit?«

»Nein ... wieso denn? Das Konzert war wunderschön ... das heißt bis auf ein paar kleine Patzer der Violinen.«

»Michi? Du ... ich ... ich wollte dir auch sagen, dass ich in der Agentur gekündigt habe.«

Ein Augenblick herrschte Stille. »Nina ... das glaube ich jetzt nicht ... und du kommst dann endgültig nach Rom? Wann denn?«

»Voraussichtlich spätestens Ende Juli ... schon ... wenn alles gutgeht.«

Die Musik im Hintergrund endete abrupt und Michaels Stimme antwortete leise. »Dann sind hier Sommerferien ... aber was heißt voraussichtlich? Hast du jetzt gekündigt oder nicht? Oder bist du noch immer nicht sicher, was du willst?«

»Doch Michi! Ich weiß jetzt, was ich will. Ich hab die ganze Zeit gewusst, was richtig gewesen wäre und es verdrängt. Es tut mir so leid ... liebst du mich trotzdem noch?«

»Meine Güte, Nina ... es ist schon spät. Ich freue mich, wenn du endlich deinen Entschluss wahr machst. Aber jetzt muss ich zurück ... die anderen warten schon ... okay? Gute Nacht, Baby!«

»Ich liebe ...«

Michael hatte schon aufgelegt.

Nina lag noch lange wach in dieser Nacht. Sie war beunruhigt über das, was er ihr am Telefon gesagt hatte. Und noch mehr über das, was er nicht gesagt hatte. Auf ihre Frage, ob er sie liebte, war er ausgewichen. Er hatte nicht geantwortet. Hatte sie ihn zu lange allein gelassen? War sie schon jahrelang zu sehr mit ihren eigenen Problemen beschäftigt, dass er sich inzwischen abgewandt hatte? Ihre Gedanken drehten sich im Kreis. Sie hatte sich in seiner Liebe so sicher gefühlt. Sie wälzte sich umher und selbst Michis Pullover konnte sie nicht mehr umarmen.

Um sechs Uhr weckte sie lautes Hundegebell von draußen. Nina schälte sich aus den dünnen Bettlaken und sah zu dem Holzregal aus massivem Eichenholz an der Wand gegenüber; eine der Regalplatten ließ sich zu einer Art Schreibtisch herausklappen. Ninas MacBook lag darauf. Aber nicht der Computer zog ihre Aufmerksamkeit an, vielmehr waren es ein Dutzend Fotoalben, die im untersten Regalfach standen. Sie holte eines davon heraus und betrachtete die Bilder. Es waren Aufnahmen aus der Zeit, als sie Michi kennengelernt hatte. Wie sie einen der Elefanten im Opel-Zoo fütterten. Wie sie im Grüneburgpark ein Picknick machten und ein paar Fotos von ihrem ersten gemeinsamen Urlaub auf der Insel Föhr. Ihre gebräunten Gesichter lachten in die Kamera und im Hintergrund buddelte Max nach Wattwürmern im seichten Wasser. Nina klappte das Album zu.

Nein! Sie durfte sich nicht in Erinnerungen verlieren, sondern musste nach vorne schauen. Wenn Michaels Wohnung im August fertig war, hatten sie sicher alle Hände voll zu tun, um die Räume gemeinsam einzurichten. Ein schlichtes Zuhause, das sich zusammen mit ihrer Liebe entwickeln konnte, war vielleicht genau das, was sie nach dem Umzug brauchten. Und Michael würde endlich sein Musikzimmer haben. Ein Raum für den Flügel und seine Kompositionen.

Am späten Nachmittag rief Charlotte an. Ihre Freundin schwärmte in überirdisch klingenden Tonlagen von einer neuen Bekanntschaft, sodass Nina das Handy vom Ohr weghielt, da ihr Trommelfell zu platzen drohte. Sie verabredeten ein Treffen im ›Opéra‹, Charlys zweitem Wohnzimmer.

Als sie die Wendeltreppe vom Parkhaus der Alten Oper hochstürmte, ärgerte sie sich sofort. Das

Restaurant war voll besetzt und selbst auf den Kalksteinstufen des Konzerthauses saßen Leute in der Abendsonne. Von der Terrasse des Restaurants winkte Charlotte ihr aufgeregt zu. Sie brauchte nie zu reservieren, denn für sie war immer ein Tisch frei. Es dauerte genau zwei Prosecco, bis sich ihr Redeschwall gelegt hatte und sie Nina ansah. »Warum bist du so still?«

Nina lachte. »Ich freue mich doch für dich! Dein neuer Freund scheint ja ein wirklicher Mister Perfect zu sein.«

Charly blickte verträumt in die Ferne. »Ja das hoffe ich. Aber du kennst ja die Männer ... apropos ... was macht eigentlich Michael?«

»Ich habe ihn vor ein paar Wochen besucht ...«

»Nein! Nina du bist tatsächlich hingefahren? Und? Wie war's? Alles wieder gut oder Scheidung? Also, für Letzteres kann ich dir einen guten Anwalt empfehlen.«

»Charly! Ich brauche keinen Anwalt. Wir haben ein wenig geredet – aber ... ach, alles Mist. Ich müsste ihm einiges erklären und fürchte, Michi versteht das alles nicht.«

»Ha! Nina wie sollte er auch! Ist doch ein Mann.«

»Na ja ... also immerhin ein Mann, mit dem ich seit fast fünfzehn Jahren verheiratet bin.«

»Nina, das zeichnet dich aus, dass du es so lange mit ihm ausgehalten hast. Liebt er dich denn überhaupt noch? Sicher hat er längst eine Freundin in Rom. Glaub mir, wenn einer so einfach abhaut, steckt meistens eine Frau dahinter und zwar eine junge.«

»Nein! Michi? Niemals! Wir haben sogar unseren Hochzeitstag nachgefeiert. Und ... und ich werde spätestens im August nach Rom ziehen.«

Charly hob entsetzt die Augenbrauen und ihr

Puppenmund öffnete sich. »Nina! Das kannst du doch nicht tun! Ich ... ich ... ich meine, was wird dann aus unserer Freundschaft? Was wird aus mir? Wir können uns dann nicht mehr so häufig treffen und wenn's mir schlecht geht – wen soll ich dann anrufen? Du weißt, nach meiner ersten Scheidung hatte ich schon mal Schluss machen wollen.«

»Charly! Das machst du auch nie wieder! Hörst du? Wir können jederzeit telefonieren und Rom ist nur zwei Flugstunden von Frankfurt entfernt.«

Charlotte wischte sich mit einer theatralischen Geste eine Träne aus dem Auge. »Nina ... wenn du damals nicht für mich da gewesen wärst, würde ich heute nicht mehr hier sitzen.«

Nina konnte nicht anders. Sie stand auf und umarmte ihre Freundin, was deren Schluchzen nur verstärkte. »Ich bin doch auch so immer für dich da, wenn du mich brauchst.«

»Ver ... ver ... versprochen?«

Es dauerte einen weiteren Prosecco, bis Charly sich wieder beruhigt hatte. Ninas Blick flog über die vielen Menschen auf dem Platz vor dem Konzerthaus. Sie holte tief Luft. »Du ... Charly ... was würdest du dazu sagen, wenn mein Vater wieder aufgetaucht wäre?«

Charlotte hatte einen kleinen Taschenspiegel hervorgezogen und besserte ihr Make-up aus. Sie ließ den Spiegel sinken. »Wie meinst du das? Du hast immer gesagt, dass er schon seit deiner Kindheit tot ist. Soll er jetzt von den Toten auferstanden sein? Oder war das eine Lüge?«

Nina antwortete nicht sofort. Im Grunde war das keine Lüge, aber jeder – auch Michi – würde es so verstehen, wenn sie jetzt das Gegenteil behauptete. Und es würde weitere Lügen hinterherziehen: Warum er damals wegging, den Missbrauch, der ganze Schmutz würde erneut hochgewirbelt werden. Sie schüttelte den Kopf. »Nein, Charly! Ganz sicher nicht ... war nur so eine Idee. Vergiss es einfach.« Nina öffnete die Speisekarte. »Hast du Hunger? Also ich würde gern etwas essen!«

Charly bestellte einen Salat und Nina das Wiener Schnitzel. Sie erzählte der Freundin von Max' neu erworbenen Kochkünsten und seiner Liebe zu Leonie; von dem Agenturerfolg des Möbelpitches und vom Wellness-Drink. Als sie die Rechnung orderten, bat Nina, die übernehmen zu dürfen. Auf Charlys erstaunte Frage antwortete Nina nur, dass sie an diesem Tag an der Reihe wäre, was Charly sofort kommentarlos akzeptierte.

Auf dem Nachhauseweg dachte sie an Charlotte. Sie waren Freundinnen seit der gemeinsamen Studienzeit, obwohl Michi sie von Beginn an unsympathisch fand. Charlotte hatte Betriebswirtschaftslehre studiert und sofort nach dem Studium bei einer Frankfurter Bank angefangen. Damals war sie schlank mit langen blonden Haaren und einem Mund wie Brigitte Bardot. Als Dauergast im ehemaligen ›Unity Club‹ in der Hanauer Landstraße sagte man ihr Liebesbeziehungen nicht nur mit den vielen DJs nach. Charly war eben lebenslustig. Im Gegensatz zu Nina blieb sie oft bis zum frühen Morgen weg und steckte durch Alkohol- und Drogenkonsum ebenso oft in Schwierigkeiten. Doch Charlotte wurde älter. Viele kleine Enttäuschungen trugen dazu bei, dass ihr Vertrauen in die Männer schwand und ihr Gewicht zunahm.

Nur bei wirtschaftlichen Berechnungen machte ihr so schnell keiner etwas vor. Nach ein paar Jahren wurde Charlotte zur Direktorin in der Controllingabteilung der

Bank ernannt.

Bei ihren beiden Ehen fungierte Nina als Trauzeugin, doch das Glück hielte nie lange. Und obwohl sie jedes Mal die Schulter zum Ausweinen oder den Spucknapf stellte, hatte Nina die Freundin in ihr großes Herz geschlossen. Rom war nicht weit weg. Es gab sicher viele Gelegenheiten, einander zu treffen, und Charly würde einsichtig genug werden, um eine Freundschaft aufrechtzuerhalten.

In den folgenden Tagen beanspruchte die Arbeit in der Agentur ihre ganze Aufmerksamkeit, denn Ninas Perfektionismus schien durch die privaten Probleme erst recht gewachsen zu sein. Sie akzeptierte keine schlampigen Ausarbeitungen und die Kollegen bewunderten kopfschüttelnd ihre nie enden wollende Energie. Nach den täglichen Meetings blieb Ferdi meistens eine Weile bei ihr, um über die Produktbroschüre oder weitere Projekte zu diskutieren. Aber Nina hatte den Eindruck, dass etwas anderes unter seiner rotblonden Lockenmähne steckte. Sie wusste nur nicht, was. Plante er eine Abschiedsparty, oder versuchte er sie davon zu überzeugen in der Agentur zu bleiben? Sie hatte Patrick die schriftliche Kündigung überreicht und im Grunde genommen konnte sie durch die restlichen Urlaubstage ab Juli den Umzug nach Rom vorbereiten. Nina versuchte, den Gedanken an ihren letzten Arbeitstag zu verdrängen. Diese Agenturräume waren ihr zweites Zuhause und die Kollegen eine Art Familie für sie. Hier alles zurückzulassen, erschien unvorstellbar, aber es gab nur diesen Weg.

Patrick hatte Stellenanzeigen geschaltet, um Nachfolger für Pierre und sie zu finden, bisher schien noch keine geeignete Person bei den Bewerbungen dabei zu sein. Nina errichtete aus Freude darüber, zu Michi zurückzukehren, eine imaginäre Wand gegen die etwas inquisitorischen Blicke der Kollegen – oder eher für sich selbst. Sie durfte den stummen Bitten nicht länger nachgeben. Diese Wand aus Träumen verzerrte auch ihre Sicht auf die Realität.

An dem letzten Wochenende in Juni besuchten sie mit Franz das Grab ihrer Mutter. Max wollte hinterher zu Leonie und fuhr mit dem Mercedes schon vor. Es war ein schwül-heißer Tag, der sie nach der Kühle des Treppenhauses vor dem Haus empfing. Als Franz durch die Tür trat, drehte er auf der Stelle um und murmelte etwas davon, dass er eine Mütze vergessen hatte. Nina trug ein leichtes Sommerkleid und hörte, wie er fluchend in die Wohnung zurückrannte. Sie lief zum Porsche und wartete. Auf der anderen Straßenseite parkte wieder der dunkelblaue Opel mit dem Wiesbadener Kennzeichen. Es schien derselbe Wagen zu sein, der sie letztens zugeparkt hatte, und erneut blickten zwei Männer starr auf die Häuser. Seltsam, wieso stiegen sie nicht aus, sondern blieben im heißen Auto sitzen? Sie hatte keine Zeit weiter darüber nachzudenken, denn Franz kam durch die Tür gestürmt. Er hatte eine vom Max' Kappen tief ins Gesicht gezogen und den Hemdkragen hochgeklappt. Nina sah zu ihm rüber und öffnete die Wagenfenster. »Was war denn los?«

Franz zog die Mütze wieder aus. »Ich dachte, die Kappe schützt vor der Sonne ... aber es ist doch zu heiß dafür.«

Sie fuhren ein Stück den Öderweg entlang und dann

über die Eckenheimer Landstraße zum Hauptfriedhof. Max wartete am Eingang. Nina wusste, wie ungern er hierher kam, und dankte ihm insgeheim für seine Begleitung. Sie liefen an den steinernen Erinnerungsstätten bekannter Frankfurter Familien vorbei. Schicksale, die zum Teil in literarischen Werken festgehalten wurden.

Es war still hier. Nur die alten Laubbäume begrüßten sie mit ihrer schattigen Kühle. Vor einem schichten Holzkreuz hielten sie an. Franz trat dicht an das mit Efeu bedeckte Grab heran und kniete nieder. Nina und Max blieben mit gesenkten Köpfen hinter ihm stehen; wortlos, jeder in seinen persönlichen Erinnerungen versunken.

Franz griff eine Handvoll Erde. »Wisst ihr ... im Grunde genommen ist die ganze Welt ein einziger Friedhof. Man braucht gar nicht tief zu graben. Alles Leben steckt in diesem Grund. Nur unsere Seele stirbt nie. Sie ist dazu verdammt, ewig für die Schulden des Körpers zu büßen.« Er ließ die Erde wieder zurückrieseln und erhob sich. Dann umarmte er seine beiden erwachsenen Kinder. Nina ließ es zu, denn sie merkte, dass Franz diese Umarmung brauchte. Aber er drückte ihren Körper enger an sich, als ihr das lieb war. Zu fest! Nina löste sich energisch und bemerkte, dass Max sie erstaunt beobachtete. Er wandte sofort den Blick ab. »Ich ... ich würde jetzt gern zu Leonie. Entschuldigt bitte.«

Nina sah ihm hinterher, wie er hinter den Büschen verschwand. Dann wandte sie sich an Franz. »Soll ich dich irgendwo hinfahren?«

Franz schüttelte den Kopf und zeigte zu einer Bank unter einer alten Eiche. »Nein ... lass uns noch ein

Moment hierher setzen.«

Ein paar Minuten saßen sie wortlos nebeneinander. Ninas Fuß fing an zu trommeln, sie hatte nur einen Gedanken: diesen Besuch schnellstmöglich zu beenden. Es war heiß. Und Franz' Nähe war ihr unerträglich. Er schien über irgendetwas nachzudenken und griff nach ihrer Hand. Nina zuckte zusammen.

»Ninchen ... du brauchst nicht zu erschrecken ... ich tu dir doch gar nichts.« Er drehte sich zu ihr hin und legte die andere Hand auf ihren Oberschenkel.

Nina sprang auf, ihr Herz raste. Sie kämpfte gegen den Drang sofort wegzurennen oder ihm wenigstens eine kräftige Ohrfeige zu verpassen. Deshalb war er also zurückgekehrt!

Sie atmete tief ein und blickte auf ihn herab. »Du bist ein krankes, widerliches Drecksstück, Franz! Ich sag dir nur eins, denk nicht mal dran!«

Franz sah bittend zu ihr hoch, aber Nina erkannte darin sein schmutziges Begehren. »Nina ... ich denke nur daran, wie zart du noch immer bist. Und allein ... genauso wie ich. Ist das so schlimm? Ich tu dir doch nicht weh.«

Ninas Stimme überschlug sich fast. »Nein! Das hast du schon einmal und wirst nie wieder eine Gelegenheit dazu finden, denn ab sofort wirst du wieder auf der Straße übernachten. Du hast dich nicht geändert! Du bist ein mieses Dreckschwein und wirst es immer bleiben.«

»Nina! Es tut mir leid! Ich wollte dir doch nicht zu nahe treten ... bitte missverstehe mich doch nicht. Ich will wirklich nichts anderes, als euch beiden nahe sein.«

Nina sah zu einem Ast, der neben der Bank auf dem Boden lag. Dieses Monster einfach erschlagen ...

»Du ... du mieser Lügner ... ich habe dich durchschaut. Und Max kannst du auch nicht mehr lange hinters Licht führen. Verschwinde!«

Franz grinste. »Und was willst du Max sagen? Du willst doch nicht, dass er traurig ist. Oder? Bitte ... Ninchen! Ich muss sowieso wieder verschwinden, aber ... kann ich nicht wenigsten noch ein paar Tage in eurer Wohnung bleiben? Ich verspreche dir, ich halte mich von dir fern und nächstes Wochenende bin ich wieder weg. Ich schwöre es dir. Nur für Max ... bitte!«

Es blieben noch wenige Wochen, bis sie wegging und diesen Schmutz für immer vergessen würde. Wollte sie wirklich zulassen, dass Franz für weitere Tage in ihrer Wohnung blieb? Nein! Niemals! Nur ... wie sollte sie sein sofortiges Verschwinden Max erklären? Er ahnte nichts von dem Abgrund, der sich vor ihr auf der Bank auftat. Sie konnte ihm doch nicht die Wahrheit sagen! Fünf Tage, in denen sie aufgrund der Arbeit abends spät nach Hause kommen und ihre Schlafzimmertür abschließen würde. Allein der Gedanke verursachte ihr Übelkeit. Nina riss sich zusammen und die Intensität ihres Hasses verlieh ihr die Kraft dazu.

»Du kannst bis Freitag in unserer Wohnung bleiben, aber ich will, dass du in der Zeit mit Max redest. Erzähl ihm, was du willst, aber nicht, dass ich dich rausgeschmissen habe und vor allem warum. Und dann komm nie wieder zurück! Du bist für mich genauso tot wie Mama dort drüben. Und das bleibt so! Auch wenn du todkrank werden solltest, ruf nie wieder an oder tauch vor unserem Haus auf!«

Franz senkte den Kopf. »Ja ... Ninchen. Ich rede mit Max.«

Vollkommen außer sich stampfte Nina mit dem Fuß auf die weiche Erde. »Und ... du verfluchtes Stück Scheiße ... nenn mich nie wieder Ninchen! Ich will dich nie ... nie wiedersehen!«

Sie rannte zurück zum Porsche und fuhr nach Hause. Als sie in eine freie Parklücke raste prallte sie fast gegen den merkwürdigen Opel der Immobilienleute. In der Wohnung riss sie sich das Kleid herunter und stürzte unter die kalte Dusche. Sie war rasend vor Wut. Warum hatte sie sich nur bereit erklärt, ihm eine Chance zu geben? Das war kein Mensch, sondern ein krankes Miststück, das sich Max' und ihre Gutgläubigkeit zunutze gemacht hatte! Vermutlich bestanden seine Erzählungen nur aus Lügen ... und sie hatten ihm geglaubt!

Sie konnte hier nicht bleiben! Allein der Anblick des Gästebetts in ihrem Wohnzimmer ekelte sie an. Nina zog eine leichte Leinenhose und Bluse an und rannte wieder auf die Straße.

Nur ... wo sollte sie hin? Charlotte verbrachte den Sonntag sicher zusammen mit ihrem neuen Freund und Max durfte von allem nichts wissen. Bis Rom waren es mehr als zehn Autostunden und Michi hatte keine Ahnung, was hier vorging. Ziellos fuhr sie mit dem Porsche aus der Stadt heraus in Richtung Hanauer Landstraße.

Vor der Agentur hielt sie an. Der Parkplatz war leer und Nina suchte in ihrer Handtasche nach dem Schlüssel. Seltsam, wie groß und leer die Räume ohne die quirlige Menge der Mitarbeiter schienen. Nur ...

Nina traute ihren Augen nicht. Tanja saß an ihrem Schreibtisch. Was machte sie denn heute hier?

Die junge Kollegin lachte und wies auf ein Stück

Kuchen neben ihrem Mac. »Kaffeetrinken! Und nebenbei mach ich noch deine Präsentation für morgen fertig. Hatte grad nichts vor und hier ist es so schön kühl.«

Nina umarmte sie. »Du bist ein Schatz, Tanja ... ähm hast du noch ein Stück für mich übrig? Ich glaube, ich könnte so was gebrauchen. Dann erledigen wir den Rest zusammen.«

Tanja lief zum Kühlschrank und kam mit großen Stück Kuchen und Kaffee zurück. Gemeinsam erarbeiteten sie die Vorbereitungen für Ninas Kundentermine in der folgenden Woche. Immer wieder lachten die beiden und Nina sah in die weichen Gesichtszüge Tanjas. Im Grunde genommen wusste sie nichts von ihr ... aber ihr ehrlicher Blick und ihre Offenheit ließen eine Art Verbundenheit zwischen ihnen beiden entstehen.

Nina fasste Zutrauen. Sie erzählte ihr die ganze Geschichte ihres Lebens: vom Missbrauch des Vaters und seinem Auftauchen vor ein paar Wochen, von Pierre, seinen Beleidigungen und dem Ablauf der Erfolgsparty. Sie berichtete von Michi und dem Abend, als Max in dessen Flügel gestürzt war. Nina konnte gar nicht mehr aufhören, die vielen entsetzlichen Ereignisse aus ihrem Herz zu schütten. Und Tanja hörte ihr nur stumm zu. Hin und wieder ergriff sie ihre Hand und drückte sie fest, aber ihr sanfter Blick ruhte still auf Nina.

Als es draußen dämmerte, spürte Nina eine nie gekannte Erleichterung. Tanja brachte die Kuchenteller zurück und blieb dann vor ihr stehen.

»Nina ... ich glaube, das alles musst du auch deinem Michael erzählen. Du kannst das, denn das hast du gerade bewiesen und es wird dir sicher nicht mehr so schwer wie zuvor fallen. Aber du musst ihm die Wahrheit sagen, sonst habt ihr euch verloren.«

Auf dem Heimweg schüttelte Nina den Kopf. Was hatte sie getan? Sie hatte einer fremden Person so vieles von sich offenbart wie nie einem Menschen zuvor. Und es tat so gut!

Sechzehntes Kapitel

Der heißeste Tag des Jahres. Der Luft auf den Straßen flimmerte und im Asphalt zeichneten sich Spurrillen ab von den zahllosen Autos, die an diesem Freitagnachmittag aus der Stadt heraus rollten. Nina war auf der Rückfahrt von einem Kundentermin, als ihr Handy klingelte. Max. Seine Stimme klang so wütend, dass sie den Porsche am Straßenrand anhielt. »Nima! Ich verstehe das nicht mehr! Ich komme gerade nach Hause und Papa sagt mir, dass er heute Abend wieder wegmuss. Hat er das mit dir besprochen? Warum sagt mir das keiner? Jetzt war er gerade mal zwei Monate da und will einfach wieder weg? Was soll das? Er kann doch nicht nach fast dreißig Jahren plötzlich auftauchen und dann einfach wieder verschwinden! Hast du ihm etwa gesagt, dass er wieder wegsoll? Nima!«

»Maxi! Beruhig dich doch erst mal!«

»Ich will mich aber nicht beruhigen. Ich will, dass er bleibt!«

»Aber Max, wir kennen ihn doch viel zu wenig, um ihn zu verstehen ...«

»Das ist so unfair! Ich weiß ja nicht, was du für ein Problem mit ihm hattest, aber ich hab mich gefreut, dass er zurückgekommen ist.«

»Er ist trotzdem ein Fremder ... und du weißt auch nicht, warum er wieder fortwill.«

»Nein ... er sagte mir nur, dass er wieder weitermuss ... weg aus Deutschland ... warum so schnell schon? Und warum ist er dann erst bei uns aufgetaucht, wenn er sowieso wieder wegmuss? So ein Lügner!«

»Maxi ... er hat das bestimmt ehrlich gemeint. Er wollte dich sicher kennenlernen ... seinen Sohn. Und jetzt hat er vielleicht andere Pläne ... oder das Familienleben ist ihm zu viel geworden. Er liebt dich, Maxi! Auch wenn er jetzt wieder weggeht.«

»Das versteh ich noch weniger! Was ist das für ein Vater, der seine Familie liebt und sie dann trotzdem verlässt.«

»Max! Genau das hat er doch schon einmal gemacht.«

Ein paar Sekunden hörte sie nur sein heftiges Atmen.

»Ja ... das ist so eine Scheiße. Warum nur?«

Nina war froh, dass Max ihr Gesicht nicht sehen konnte, denn er hätte ihre Lüge sofort erkannt. Sie überwand sich zu der Antwort. »Du kannst nicht in ihn hineinsehen, Max. Franz ist eben so. Aber ich glaube trotzdem, dass er versucht hat, hier bei uns zu bleiben. Ganz ehrlich. Er schafft das halt nicht und wir müssen seinen Schritt akzeptieren.« Sie holte tief Luft. »Er ist ganz bestimmt kein böser Mensch ... nur unstet.«

»Und es ist ganz sicher nichts vorgefallen zwischen euch? Habt ihr euch gestritten?«

»Nein, Maxi ... kein Streit.«

»Ich hab mal gedacht, dass er dich vielleicht ... ach ... Blödsinn. Nima ... im Grunde genommen hast du ja recht. Ich hatte mich eben riesig gefreut ... wollte ihn demnächst Leonie vorstellen und ... alles Mist. Wir gehen nachher noch mal zusammen weg ... ein Abschiedsbierchen trinken. Kommst du mit?«

»Nein ... ich hab leider keine Zeit. Aber mach doch ein Foto von euch beiden. Dann haben wir eine Erinnerung an ihn.«

»Gute Idee ... hab ich schon mal gemacht, aber Papa wollte nicht, dass ich das poste.«

»Dann behalten wir es eben nur für uns ... Maxi? Alles wieder besser?«

»Nein! Natürlich nicht! Ich kann nicht damit umgehen, erst kein Papa zu haben, dann wieder doch einen, und dann geht der nach so kurzer Zeit schon wieder. Das ist doch eine Scheiß-Situation!«

»Maxi! Wir schaffen das alle zusammen!«

»Ja, sicher ... deine Energie hätte ich auch gerne. Wir sehen uns dann heute Nacht oder eher Morgen. Nicht böse sein, wenn ich heute ein Bier zu viel trinke. Hab mich schon für Samstag bei Leonie abgemeldet. Wird sicher spät und ich bin gespannt, was Papa als Entschuldigung für seine Abreise angibt.«

»Bis dann ... kleiner Bruder.« Nina drückte leicht auf den roten Hörerbutton, um das Telefongespräch zu beenden, und atmete auf. Jetzt endlich konnte sie die Erinnerung an alle schrecklichen Ereignisse begraben. Franz würde heute Abend endgültig verschwunden sein und sie in zwei Wochen bei Michi in Rom. Lächelnd startete sie den Motor. Es gab nichts mehr, das sie aufhielt! Der Weg zurück zu Michi war frei. Nur Max' Versprechen fehlte zu ihrem Glück, dass er Michi niemals etwas über Franz' Auftauchen verraten würde. Fast freute sie sich, an diesem Abend in ihre vertraute Umgebung zurückzukommen.

Max starrte eine Weile auf sein Handy, nachdem er das Telefonat mit Nina beendet hatte. Welch ein Auf und Ab in den letzten Monaten! Wie lang der schreckliche Abend zurücklag, an dem er Michis Flügel zerstört hatte. Die Selbstvorwürfe in den folgenden Tagen, weil Michi wegging und wie sehr ihn Leonies und Hakims Zuneigung danach unterstützt hatten. Nina schien die

Sache mit diesem Miststück Pierre inzwischen verarbeitet zu haben, und er freute sich über ihren Entschluss nach Rom zu Michi zu ziehen. Die beiden gehörten zusammen – so wie er vielleicht bald zu Leonie?

Es klopfte leise an seiner Tür. »Max? Hey, mein Sohn kommst du endlich? Ich warte draußen.« Franz stand vor seiner Tür. Der Anblick schmerzte nur ein wenig. Wenn sein Vater lieber allein bleiben wollte, würde er ihn ziehenlassen. Eine echte Vater-Sohn-Liebe war in dieser kurzen Zeit zwar nicht entstanden, aber er hatte sich gefreut, für ein paar Wochen einen Papa zu haben. Nur ... was war mit Nina? Er wurde das Gefühl nicht los, dass es etwas gab oder gibt, das sie verheimlichten.

»Ich komme schon!« Max zog die Wohnungstür hinter ihnen zu.

Die beiden spazierten zu einem kleinen Gartenlokal an der Leipziger Straße in Bockenheim. Franz wollte spät am Abend einen Freund am Frankfurter Westbahnhof treffen, mit dem er in der Nacht nach Amsterdam fuhr. Er war merkwürdig an diesem Abend, aber Max wunderte sich nicht mehr darüber. Franz trank schnell und viel. Immer wieder erkundigte er sich nach Nina oder nach seiner Beziehung zu Leonie. Hinter dem Rand seines Bierglases grinste er ihn an. »Macht sie denn alles, was du ihr sagst?«

Max sah in Franz' unrasiertes Gesicht.

»Warum fragst du so was?«

Schweißtröpfchen hatten sich auf dessen Stirn gebildet und die Augen glänzten eigenartig, fast gierig. Er hatte erwartet, dass Franz ihm den Grund seiner kurzfristigen Abreise nennen würde, aber nur flüchtige Ausreden von ihm bekommen: dass er weitermüsste, und dass es nicht gut für ihn wäre, hier in Frankfurt zu bleiben, und dass er noch mal zurück nach Brasilien ging. Phrasen, die Max nicht verstand und auch nicht hören wollte. Was sollte das?

Er hatte nur zwei Gläser Bier getrunken, Franz mindestens doppelt so viel. Nach drei Stunden zahlte er die Rechnung und entschuldigte sich bei Franz. Er sei mit Leonie verabredet. Für die weitere Reise wünschte er viel Spaß. Franz sollte doch mal eine Nachricht schicken, wo er überall herumkam.

Vor dem Lokal hielt Max nach ein paar Schritten an. Was für ein sonderbarer Mensch! Er musste noch an diesem Abend mit Nina reden. Sein Vater hatte es geschafft, in wenigen Stunden all die positiven Eindrücke der letzten Wochen zu zerstören. Er drehte sich um und sah, wie Franz ebenfalls die Kneipe verließ. Aber der lief nicht in Richtung Westbahnhof. War das auch nur eine Ausrede? Die ganze reumütige Rückkehr eine Lüge?

Warum tat er das?

Die Hitze des Tages wich langsam aus den Straßen. Max ging am Palmengarten vorbei und nahm einen kleinen Umweg über den Grüneburgpark. An dem Kiosk vor dem Park kaufte er eine eiskalte Cola und setzte sich auf die Wiese. Wieso hatte er dieses ungute Gefühl? Was steckte hinter Franz' überstürzter Abreise und warum benahm er sich so merkwürdig?

Max stapfte gemächlich nach Hause.

Siebzehntes Kapitel

Die Luft in ihrer Wohnung roch stickig, als Nina nach Hause kam. Sie rannte ins Wohnzimmer und erkannte in der Dämmerung, dass Franz' Gästebett fort und alle seine Hinterlassenschaften weggeräumt waren. Nina öffnete die Fenster und atmete tief ein. Die schwüle Nachtluft brachte zwar keine Abkühlung, aber der Anblick der vertrauten Möbel erleichterte sie. Sie sah sich um. Nach Franz' Auszug müsste hier gründlich geputzt werden, dazu blieb morgen sicher genug Zeit. Tanja hatte ihr vorgeschlagen, am Samstag eine Shoppingtour zu unternehmen. Daher wollte Nina die kühlen Morgenstunden zum Aufräumen nutzen. Trotz der Gewissheit, dass Max mit Franz unterwegs war, kontrollierte sie vorsorglich alle Räume. Max' Zimmer sah bewohnt aus, er würde sicher erst spät in der Nacht zurückkehren. Die Angst wich. Nirgendwo eine Spur von Franz.

Möge er für immer in der Hölle verrotten!

Sie versuchte Michael anzurufen, aber der antwortete nicht.

Nina schaltete einen Musiksender im Fernsehen ein, verdoppelte die Lautstärke und tänzelte ins Badezimmer. Sie blieb lange unter der kühlen Dusche. Nur mit ihrem Slip und einem Duschhandtuch bekleidet lief sie in die Küche. Die laute Rockmusik verleitete zum Tanzen. Nina warf das Handtuch fort und bewegte sich zu der fetzigen Musik. Nein ... es war viel zu warm, um sich zu bewegen! Lieber etwas Kaltes trinken! Sie gab ein paar Eiswürfel in ein Glas und füllte es mit Weißwein auf. Michis Santoku-Messer glitt mühelos durch die saftige Wassermelone. Nina schnitt mundgerechte Stücke der Frucht und legte sie auf einen Teller. Dann hielt sie einen Moment vor dem geöffneten Kühlschrank inne. Kalte Luft strömte ihr wohltuend entgegen.

Sie hatte die Wohnungstür nicht gehört.

Die Kühlschranktür wurde gegen ihre Schulter geschmettert. Nina taumelte zurück. Sein Schlag traf ihre Wange mit aller Wucht. Es knirschte in ihrem Mund. Benommen prallte sie gegen den Schrank. Franz! Seine Stimme krächzte.

»Jetzt bist du wieder so, wie ich das will. Nackt!«

Nina hob schützend die Hände und öffnete den Mund. Ihr Schrei erstarb durch ein Geschirrhandtuch, das er in ihren Mund stopfte. »Halt's Maul!«

Sie wehrte sich mit Händen und Füßen. Er ergriff ihre Haare und bog ihren Oberkörper nach vorn auf die Arbeitsplatte. Wie in einer Schraubzwinge waren ihre Handgelenke gefangen. Sie wand sich unter seinem Druck und roch den Alkohol in seinem keuchenden Atem.

Nein!

Panisch versuchte sie, nach hinten auszutreten, aber er presste sich so dicht an ihren Körper, dass sie ihre Beine aus eigener Kraft nicht mehr bewegen konnte.

»Halt still! Wenn du nicht so blöd gewesen wärst, hätten wir uns das ersparen können. Du dumme Schlampe hättest mich nicht wegschicken sollen! Jetzt ficke ich dich halt so. Aber ... ah ... wie heiß du bist!«

Mit einer Hand zog Franz ihren Slip herunter, während er mit der anderen ihre Gelenke fest umklammerte. Sein Atem ging schneller. »Du glaubst doch nicht, dass ich hier weggehe, ohne dich gefickt zu haben. Mach deine Scheißbeine auseinander!« Er fasste ihr zwischen die Beine und dann öffnete er seine Hose.

Nina war wie betäubt. Etwas Warmes lief an ihrer

Schläfe herunter und tropfte neben ihrem Kopf auf die Arbeitsplatte. Es war ihr Blut! Wie im Nebel sah sie die rote Pfütze unter ihrer Nasenspitze ... dahinter Michis Santoku-Messer.

Nein!

Mit der ganzen Kraft ihres Überlebenswillens riss sie ihren Arm los, während er versuchte, in sie einzudringen. Es war nur eine einzige schnelle Bewegung. Nina spürte den Griff des Messers in der Hand ... wand sich zur Seite und stieß die Klinge in seine Brust.

Sein Körper fiel zurück. Ihre Hand umklammerte fest den Griff des Messers, das mit einem schmatzenden Geräusch aus seiner Brust herausfuhr. Er fasste an die Stelle. Blut schoss heraus, es breitete sich auf seinem Hemd aus und tropfte auf sein Glied. Mit glasigen Augen sah er sie an. »Danke ... Ninchen ...« Sein Körper prallte hart gegen den Tisch und krachte auf den Boden.

Nina zitterte.

Sie ließ das Messer los und schleppte sich in den Flur. Dort brach sie zusammen.

Überall Blut.

Zwei Sanitäter waren zuerst in die Küche geeilt, einer schüttelte den Kopf. Der Stich ins Herz hatte die Aorta durchtrennt. Franz war tot.

Sie knieten neben Nina. Sie verbanden ihre Kopfwunde und spritzten Medikamente über eine Braunüle in ihrem Arm. Die beiden Polizisten hatten Franz' Körper nur kurz angeschaut und dann die Kollegen der Kripo verständigt.

Max! Sie blinzelte und sah, wie ein Sanitäter sich zu ihm umdrehte. »Beruhigen Sie sich ... Ihre Schwester ist gleich wieder da.«

Max! Er hielt ihre Hand und schluchzte laut.

Nina öffnete die Augen ein wenig mehr.

»Hallo, Frau Uhland! Alles gut! Sie sind in Sicherheit.« Der Notarzt tätschelte sanft ihre Schulter. Sie lag eingehüllt in eine Decke auf dem Boden im Flur. Nina hob den Kopf, ihr Blick richtete sich auf Max. »Maxi! Ist er tot?«

Max streichelte vorsichtig ihre Hand. »Ja ... Franz ist tot. Er wird dir nie mehr etwas tun.«

Ninas Kopf fiel wieder zurück, aber sie hatte keine Schmerzen mehr. »Maxi ... er hat versucht, mich ...«

»Ja, das hab ich fast geahnt, Nima. Ich hab's nur nicht wahrhaben wollen und jetzt bin ich schuld, dass er das mit dir angestellt hat. Ich ...« Seine Stimme erstickte in einem Weinkrampf.

Der Notarzt sah ihn stirnrunzelnd an. »Ich glaube, wir geben Ihnen auch eine kleine Beruhigungsspritze, Herr Wiesner.«

Max winkte mit beiden Händen ab. »Nein ... nein! Bitte! Ich muss klar bleiben.«

Zwei Kriminalbeamte kamen ins Wohnzimmer. Drei weitere Männer in weißen Overalls hantierten in der Küche.

Nina fasste nach Max' Arm. »Maxi! Du musst mir ganz fest versprechen, dass du Michael niemals etwas hiervon sagst. Er weiß nichts von Franz ... und auch nicht, dass er das schon mal getan hat. Bitte versprich mir das! Michi darf niemals etwas erfahren.«

»Nina ... dieses Dreckschwein da draußen hat schon mal versucht, dich zu vergewaltigen?«

»Ich ... ich ... ich war doch noch ein Kind. Danach ist er weggegangen.« Ninas Kopf fiel zur Seite.

Sie hörte, wie der Notarzt mit Max redete.

»Herr Wiesner, wir nehmen Ihre Schwester jetzt mit ins Bürgerhospital. Sie hat eine Platzwunde am Kopf, die genäht werden muss. Auch die Prellungen werden wir uns genauer anschauen. Sie können sie morgen besuchen, aber heute wird Ihre Schwester erst mal schlafen. Die Kripo hat sicher noch eine Menge Fragen an sie.«

Durch den Nebel der Beruhigungsmittel nahm Nina wahr, dass sie auf einer Liege in den Unfallwagen geschoben wurde. Dann schlief sie ein.

Achtzehntes Kapitel

Die Geräusche des Krankenhausbetriebes und eine schlecht gelaunte Pflegerin weckten sie um sechs Uhr am nächsten Morgen. Nina wankte ins Badezimmer. Das Gesicht, das sie in dem kalten Licht des Spiegels ansah, konnte unmöglich ihres sein. Ihre Wange war geschwollen und auf der Stirn ein dicker Verband. Ihr Körper fühlte sich an wie nach einem Boxkampf, die Torturen des gestrigen Abends waren unübersehbar. Nein …

In zwei Wochen wollte sie doch zu Michi fahren! Wie sollte sie die Verletzungen und Blutergüsse erklären, ohne ihm die Wahrheit zu sagen? Sie lief zurück zum Bett. Ihr Handy lag auf dem Nachttisch neben dem Frühstückstablett. Er hatte in der Nacht zurückgerufen, sie hatte es nicht gehört. Kein Wunder, ruhiggestellt, wie sie war.

Jetzt war es noch zu früh, um ihn anzurufen. Ihr Aussehen zwang sie, die Reise aufzuschieben, was weitere Lügen erforderlich machte. Oder aber Michi erkannte schon in der ersten Sekunde ihres Wiedersehens, dass etwas Unvorstellbares passiert war. Er würde Fragen stellen, die mehr Lügen zur Folge hätten. Aber wie einen Teil der Wahrheit erklären, ohne dass Michael den Rest erahnte? Sie fing an, die SMS zu schreiben.

Liebster Michi, ich weiß, dass ich zu viel von dir verlange, denn ich bitte dich noch um etwas Geduld. Ich habe ein riesiges Problem, das mich daran hindert, sofort zu dir zu kommen. Statt wie angekündigt schon im Juli, werde ich daher voraussichtlich erst im August nach Rom ziehen können. Ich erzähle dir alles, wenn ich da bin. Wir haben dann viel Zeit füreinander und es gibt einiges, dass ich dir sagen und erklären muss. Ich liebe dich. Nina

Nina hasste sich für diese Lügen. In Rom würde endgültig Schluss damit sein. Immer wieder nahm sie das Handy auf, um zu sehen, ob er auf ihre SMS geantwortet hatte. Michael schlief sicher noch. Die Wirkung der Beruhigungsmittel ließ nach und ihr Erinnerungsvermögen kam in den nächsten Stunden quälend deutlich zurück.

Sie sah, wie Franz blutend zusammenbrach und sie kannte das Messer in ihrer Hand. Um Gottes willen! Sie hatte ihren Vater getötet. Was war gestern Abend passiert? Schreckliche Erlebnisse ließen ihr keine andere Wahl als in Notwehr zu handeln. Und trotzdem: Sie hatte ihren eigenen Vater getötet! Max! Er war auch sein Papa! Eine Mischung aus Selbstzweifeln und Hass entstand in ihrem schmerzenden Kopf und die Bruchstücke ihrer Tat wurden immer klarer. Nina schloss für einen Moment die Augen. Sie sah Franz' gierige Grimasse, wie er sich gestern Abend auf sie stürzte. Sie kannte diese Fratze aus der Kindheit und trotzdem hatte sie ihn in ihrem Zuhause aufgenommen. Warum hat sie ihm nur vertraut? Die reumütige Rückkehr und seine Bitte, ihm zu verzeihen, waren nicht echt. Ein einziges Theater, um bei ihnen Unterschlupf zu finden. Seine merkwürdigen Blicke hatten sie gewarnt.

Schon auf dem Friedhof hatte er die Maske fallen lassen, doch sie hatte zugestimmt, dass er die letzten Tage bei ihnen bleiben konnte. Der Gedanke an den gestrigen Abend ließ sie erschaudern. Sie sah sich die grün-blau unterlaufenen Stellen auf ihren Handgelenken an.

Wie war er überhaupt in die Wohnung gekommen?

Sie konnte sich nicht mehr daran erinnern, ob sein Wohnungsschlüssel wieder im Flur gelegen hatte. Der Mensch, der behauptete, ihr Vater zu sein, hatte sich letztendlich doch als ein menschenverachtendes Ungeheuer entpuppt. Und sie musste es töten, um den Makel seiner Berührung ein für alle Mal loszuwerden. Hass und Ekel beschleunigten ihren Puls, würde sie damit leben können, einen Menschen erstochen zu haben? Die Jahre, in denen sie glaubte, die Schuld für sein Weggehen zu tragen, die kleinen und großen Lügen Michael gegenüber – all das erschien jetzt irrelevant. Die schreckliche Tatsache, dass sie ihn getötet hatte, stand über allem.

Es klopfte leise an der Tür.

Max! Er sah übernächtigt aus, zwei Herren begleiteten ihn. Max setzte sich auf ihr Bett und umarmte sie sanft. »Nima! Wie geht es dir? Ich ... ich ... ich weiß gar nicht, was ich sagen soll. Es tut mir so leid.«

Sie sah, dass er weinte.

Die Männer der Kriminalpolizei hielten sich im Hintergrund, bis Max etwas ruhiger wurde. Dann wandte sich einer der beiden an Nina. »Guten Morgen, Frau Uhland. Wie geht es Ihnen heute? Können wir Ihnen ein paar Fragen stellen?«

Nina nickte und warf einen Blick auf die Dienstausweise der Kriminalbeamten. Die fragten, an was sie sich erinnerte und ob sie Franz' Anwesenheit vorher bemerkt hatte. Nina erzählte von seinem Missbrauch in ihrer Kindheit, Franz' Verschwinden vor vielen Jahren und seiner Rückkehr ein paar Wochen zuvor. Sie schilderte den Ablauf des gestrigen Abends so weit wie möglich. Nur an die Situation wollte sie sich nicht mehr erinnern: Alles, was nach dem Griff zum Messer passiert war, schien ausgelöscht zu sein.

Einer der Männer sah sie lange an. »Frau Uhland, der Missbrauch Ihres Vaters ist noch nicht verjährt, das wird sicher berücksichtigt. Weiterhin wird es wohl ein Ermittlungsverfahren gegen Sie geben. Aber da Ihr Verhalten eindeutig Notwehr ist, wird das Verfahren sicher eingestellt. Wir haben die Fotos von Ihnen und dem Opfer zusammen mit unserem Bericht an die Staatsanwaltschaft gegeben. Sie bekommen dann in Kürze Post von denen. Aber ... wissen Sie eigentlich, wen Sie da gestern Abend erstochen haben?«

In Ninas Kopf blieben nur die Wörter ›Ermittlungsverfahren‹ und ›Opfer‹ hängen. Sie war doch das Opfer! Ein Ermittlungsverfahren gegen sie? Wieso?

Max nahm ihre Hand und drückte sie vorsichtig. »Nima ... alles gut. Du brauchst keine Angst zu haben.«

Aber Nina hörte nicht mehr zu. Die beiden Männer erklärtem, dass Franz Wiesner alias Paul Brown alias Sergio Mendez in ganz Europa wegen Vergewaltigungen, Kindesmissbrauch und Körperverletzungen gesucht wurde. Sie hatten einen Tipp bekommen, dass er sich als Obdachloser getarnt in Frankfurt herumtrieb, und daher die Wohnung in der Wolfgangstraße seit einiger Zeit observiert.

Der Opel vor ihrer Haustür ... das waren gar keine Immobilienmakler. Nina sprang auf und rannte in Badezimmer. Ihr Magen wollte das Frühstück nicht länger behalten. Wen hatten sie nur in ihrer Wohnung aufgenommen?

Als sie wieder rauskam, saß Max allein da. Er war blass und in den dunklen Augen blitzte kalter Hass. »Wenn Franz nicht schon tot wäre, würde ich ihn jetzt ermorden. Dieser widerliche Dreckskerl hat sich nur bei uns eingeschlichen, um der Polizei zu entkommen. Ich würde gern so lange auf ihn einprügeln, bis sein Kopf nur noch Matsche wäre. Nina ... wie konnte er dir das antun? Waren wir denn so blind?«

»Es ist nicht deine Schuld, Maxi!«

»Doch ... ich hätte an dem Abend besser aufpassen sollen.«

»Aber du kannst doch nicht auf alle Leute gleichzeitig aufpassen. Weißt du ... ich wollte ihm wirklich eine Chance geben. Schließlich war er dein Vater.«

»Einen Vater nennst du so was?«

»Nein ... sicher nicht! Er war definitiv kein Papa für uns. Er war ein krankes Monster. Und es wird noch einige Zeit dauern, bis wir das alles vergessen können.«

»Nima, du hast gewusst, was für ein Mensch er ist!«

»Nein ... ich hab gewusst, was für ein Mensch er vor vielen Jahren war! Und hab darauf vertraut, dass er sich geändert hat. Keiner konnte hinter seine reumütige Fassade sehen.«

Max senkte den Kopf. »Doch ich ... vielleicht ... Ich hätte es früher erkennen müssen. Ich hab gesehen, wie er dich die ganze Zeit angeschaut hat und es nicht wahrhaben wollen. So sieht kein Vater eine Tochter an. Und wenn ich rechtzeitig reagiert hätte, wäre das gestern Abend nicht mit dir passiert.«

»... und Franz wäre noch am Leben? Vielleicht hätte er dann in vier Wochen wieder auf der Bank vor unserem Haus geschlafen.«

»Aber die Polizei hat ihn doch schon gesucht. Du hast gehört, was der alles angestellt hat. Das war doch kein Mensch! Ich mag mir so was nicht vorstellen.«

»Das ist so entsetzlich. Ich weiß selbst noch nicht wie, aber wir beide müssen seine Anwesenheit und die letzten Wochen vergessen ...«

»Wie willst du das schaffen ... nach dem, was er dir angetan hat?«

»Ich weiß es wie gesagt selbst nicht. Aber noch wichtiger ist, dass Michi niemals etwas davon erfährt. Das musst du versprechen!«

»Aber, Nima! Du wolltest doch in zwei Wochen zu ihm! Wie willst du Michi dein Aussehen erklären?«

»Gar nicht ... ich fahre erst Anfang August. Bis dahin ist alles wieder halbwegs verheilt. Michi weiß nicht, dass Franz hier aufgetaucht ist. Für ihn ist er schon seit Jahren tot ... und das soll auch so bleiben. Er ahnt nichts von dem, was Franz mir als Kind angetan hat. Ich werde ihm das alles beichten, aber erst wenn ich eine passende Gelegenheit dazu finde. Du wirst vorher nichts verraten ... versprich mir das!«

Max nahm ihr Gesicht vorsichtig in beide Hände und sah ihr fest in die Augen. »Nima, ich verspreche dir, dass Michael nichts von mir erfährt! Aber du musst mit ihm reden – versprichst du mir das ebenfalls?«

Nina wandte den Blick ab. »Ja ... klar ... Maxi. Das klingt jetzt vielleicht albern, aber weißt du ... ich schäme mich einfach. Ist verdammt doof, wenn eine fast vierzigjährige Frau sagt, dass sie sich für etwas schämt, das sie gar nicht zu verantworten hat. Es lässt sich aber nicht so leicht abschütteln.«

»Michi liebt dich doch und du ihn ... also Kopf hoch! Du schaffst das!«

»Ja ... vielleicht. Schon komisch ... mein kleiner Bruder macht mir Mut.«

»Nima ... du musst Michi alles erzählen!«

»Ja ... versprochen. Aber erst wenn ich in Rom bin.«

Nina sah aus dem Fenster. »Du ... Max. Was passiert jetzt eigentlich mit Franz' Leiche?«

Der Hass kehrte in Max' Augen zurück. »Den können die irgendwo verbuddeln. Ist mir vollkommen egal!«

»Ich möchte ihn gern beerdigen. Ihn und alles was Franz mir angetan hat wirklich und endgültig in der Erde begraben.«

»Das versteh ich ... muss am Montag sowieso noch mal zur Kripo. Dann sagen die mir bestimmt, was wir zu tun haben.«

Müde schloss Nina die Augen für einen Moment. Das Gespräch hatte sie angestrengt und ihr Kopf fing erneut an zu pochen. Max streichelte über ihre Hand und schlich aus dem Zimmer.

Sie schlief wieder ein.

Ihr Handy klingelte erst am Nachmittag. Michaels Stimme klang traurig. »Du kommst also vier Wochen später? Oder doch eher gar nicht?«

»Michi ... es tut mir so leid.«

»Warum?«

»Ich verspreche dir alles zu erklären ... wenn ich bei dir bin.«

»Ha! So wie du das dauernd tust? Ja? Ich weiß nicht, wer oder was dich so verändert hat ... Nina ... was ist nur mit dir los?«

»Es ist nichts ... ich kann nicht ...«

»Was kannst du nicht, Nina? Alles zurücklassen? Oder nicht in der Agentur aufhören? Oder ist es doch wieder Max, den du nicht allein lassen kannst?«

»Michi ... bitte glaub mir einfach. Ich kann nicht darüber reden.«

»Nina ... Baby! Was ist so ungeheuerlich, dass wir

beide nicht darüber reden können?«

»Bitte ... lass mir Zeit ... bis ich im August in Rom bin.«

»Wir haben dann Semesterferien bis Ende September. Ich wollte noch mal nach Frankfurt ins Konservatorium zurück, um ein paar Unterlagen abzuholen, die ich hier für das neue Semester brauche. Ich könnte auch nächstes Wochenende nach Frankfurt kommen ...«

»N...! Ähm, Michi ... ich komme doch sowieso mit dem Porsche nach Rom. Kann ich dir die Sachen nicht einfach mitbringen?«

Michis Stimme machte eine lange Pause. »Nein, Nina. Ich kann zur Not mit dem Flugzeug zurückfliegen. Oder einer fährt allein mit dem Porsche. Schließlich müssen wir uns auch um die Wohnung und die Möbel kümmern.«

»Ja ... sicher. Max würde eventuell dortbleiben ...«

»Baby ... wir müssen endlich über viele Dinge reden und Max gehört definitiv dazu.«

»Hm ... ich freue mich so sehr auf Rom! ... Und noch mehr auf dich!«

Michael beendete das Telefonat und wieder hinterließen seine wenigen Worte Zweifel bei ihr. Aber Nina wollte keine Schatten auf dem makellosen Glanz ihrer Liebe wahrhaben.

Obwohl Max sie bekniete, noch ein paar Tage länger im Krankenhaus zu bleiben, hielt sie es genau zwei Tage dort aus.

Etwas wacklig in den Knien tappte Nina die Stufen zu ihrer Wohnung hoch. Max und Leonie hatten geputzt und selbst die Küche war wieder sauber und aufgeräumt. Nina zog die Schublade mit den Messern auf.

Das Santoku-Messer fehlte. Max sagte, dass die Polizisten es mitgenommen hatten und in ein paar Tagen sicher zurückbringen würden. Nina ließ sich auf einen Stuhl fallen. Ihr war schwindlig. Beängstigende Bilder schossen durch ihren Kopf und immer wieder tauchte das Trauma von Franz' Grimasse hinter der Kühlschranktür auf.

Max setzte sich zu ihr. »Was hältst du davon, wenn wir die Wohnung neu streichen und ein paar Sachen verändern?«

Nina war zu verwirrt, um einen klaren Gedanken zu fassen. In schneller Reihenfolge wechselten Realität und Albtraum einander ab.

Ein weiterer heißer Tag lag hinter ihnen und selbst die geöffneten Fenster brachten keine Kühlung. Max schien zu spüren, dass die Situation sie an den Schreckensabend erinnerte und dass Nina vor allem Ruhe und Sicherheit brauchte, um das Erlebte zu vergessen.

Wider Erwarten nahm sie sich etwas Zeit. Tanja rief fast täglich an, um Nina über die aktuellen Projekte zu informieren. Sie telefonierte mit Patrick wegen der Kündigungsfrist und sagte ihm, dass sie bis August hier in Frankfurt bleiben würde. Ein Nachfolger schien noch nicht gefunden zu sein. Dennoch sollte sie zu Hause zu bleiben, bis alle Blessuren wieder verheilt wären. Niemand außer Max und Leonie kannten die Ursache ihrer Krankmeldung, denn die Wahrheit würde nur Mitleid und Unverständnis bei den Leuten hervorrufen und das wollte sie verhindern.

Max hatte zwei Wochen freigenommen, um sie bei den Besuchen im Polizeipräsidium zu unterstützen. Ungewohntes Terrain für sie. Graue lange Flure mit stumpfem Linoleum und an den zerkratzten Wänden aufmunternde Landschaftsposter. Nina durchlebte den schrecklichen Abend ein weiteres Mal, als sie die Fragen der Kriminalkommissare beantwortete. Sie hatten in der Nacht Fotos von Ninas Verletzungen gemacht und selbst Franz' Körper war mehrfach in den Bildern festgehalten. Nina würgte bei dem Anblick und stürzte aus dem Zimmer.

Das konnte nicht sie gewesen sein. So sehr sie sich bemühte alles zu verdrängen, Franz hatte sie an diesem Abend zerbrochen. Sein Tod hatte ihr Leid nicht zum Erliegen gebracht, sondern vorläufig verlängert. Die Gewissheit, einen Menschen getötet zu haben, raubte ihren Schlaf, und wenn sie morgens in die Küche kam, sah sie ihn blutend auf dem Boden liegen. Ein Arzt hatte ihr Beruhigungsmittel verschrieben, aber nur die Sicherheit, Michi in wenigen Wochen wiederzusehen konnte ihr helfen. Und die Zeit, wahrscheinlich.

Ein paar Tage später erhielt sie ein Schreiben der Staatsanwaltschaft: Das Verfahren gegen sie sei eingestellt Franz' Leiche freigegeben worden.

Max protestierte, als Nina einen Sarg für ihn aussuchen wollte. »Nima! Du spinnst! Du willst ihn doch nicht etwa neben Mama beerdigen?« Er blieb vor der Tür des Beerdigungsunternehmens stehen. Nina zog ihn weiter.

»Was denn sonst? Max, er war ein Monster, aber immerhin auch unser Vater.«

»Ich will aber, dass er zumindest verbrannt wird.« Selbst Max schien unter dem Bewusstsein zu leiden, dass er Sohn eines Vergewaltigers und Mörders war. Sie einigten sich auf eine schlichte Feuerbestattung.

Am Tag der Beisetzung zog ein Gewitter auf. Schwarze Wolken türmten sich grollend über dem Taunus und der Regen peitschte erste Blätter von den Bäumen. Selbst die steinernen Erinnerungen auf den Gräbern versteckten sich unter dem Schutz herunterhängender Äste. Es war sinnlos, einen Regenschirm auszuspannen, denn der Wind machte jeden Versuch sofort zunichte. Nina klappte ihren Mantelkragen hoch, der Regen lief kalt über ihren Rücken. Das Pflaster auf ihrer Stirn war aufgeweicht und ihre Haare lagen in nassen Strähnen darüber. Max hatte darauf bestanden, einen dunklen Anzug anzuziehen, der jetzt auf seinem muskulösen Oberkörper klebte.

Es war eine skurrile Prozession, die sich von dem Krematorium zum Friedhof bewegte. Außer den beiden Kriminalbeamten, die in respektvollem Abstand folgten, schien weit und breit keine einzige lebende Seele zu sein. Sie hatten auf die Anwesenheit eines Priesters verzichtet, nur ein Friedhofswärter begleitete sie über die schlammigen Wege zu dem unscheinbaren Grab. Er fragte, ob er die Urne hinablassen sollte.

Max trat an die Grube heran. »Nein! Das möchte ich selbst übernehmen.« Er griff nach den Seilen, mit den die Urne herabgelassen werden konnte und hielt kurz inne. Regentropfen liefen über sein Gesicht – oder waren es Tränen?

»Fahr zur Hölle, Papa!« Dann ließ er den Metallbehälter in die dunkle Gruft sinken.

Nina schaufelte etwas der nassen Erde hinterher. »Das ist meine Kindheit.« Sie nahm eine weitere Schaufel. »Und das ist das Leid, für das du verantwortlich warst ... und das die Lügen, die ich Michi erzählt habe ... und das alles, was du mir und anderen Frauen und

Kindern angetan hast.«

Der Friedhofswärter füllte die Grube mit der restlichen Erde auf und legte eine Steinplatte darüber. Darauf standen nur Franz' Name und sein Todestag. Nina konnte sich nicht an seinen Geburtstag erinnern, und so beließen sie den Stein, niemand würde hierher kommen. Ihr Vater war zum zweiten Mal gestorben und für alle Zeiten aus ihren Köpfen verbannt. Begraben schien die Schuld für sein Verschwinden damals, aber vergessen würde sie den Schmerz durch seinen Missbrauch nie.

Langsam erwachte Nina aus der Schockstarre darüber einen Menschen getötet zu haben. Sie war frei, aber nicht glücklich.

In den letzten Wochen vor ihrer Abreise empfand sie eine Art körperliche Unbeschwertheit und selbst ihre stete Unruhe konzentrierte sie nur auf den Zeitpunkt, an dem sie endlich zu Michael aufbrechen würde. Die Prellungen heilten schnell, doch sie wurde das Gefühl nicht los, dass Michael etwas bedrückte. Wenn sie am Telefon vorsichtig nach der Ursache forschte, wich er aus. Es war höchste Zeit, zu ihm zu kommen. Dennoch sah sie es als einen Test für ihre Liebe an, den sie beide ohne Zweifel bestehen würden. Im Urvertrauen darauf verlegte sie die Hotelreservierung für die geplante Hochzeitsreise nach Ischia auf die zweite Augusthälfte. Michael würde sicher im Oktober bereits wieder unterrichten.

Sie hatte mit Patrick ein Treffen vereinbart, um ein Abschlussgespräch zu führen und ihre Unterlagen abzuholen. An einem schwülen Nachmittag Ende Juli rannte sie daher zum letzten Mal die Treppen zu den Agenturräumen hoch. Eine Art Traurigkeit begleitete sie. Die

Kollegen schienen alle zu sehr in die Arbeit vertieft, um sie wahrzunehmen. Enttäuscht ging Nina weiter zu Patricks Büro. Der war am Telefon und gab ihr durch ein Zeichen zu verstehen, dass das Gespräch sofort beendet sei. Nina setzte sich und wartete.

Sie hatte nur ein unterdrücktes Kichern und das schlurfende Geräusch der Schritte gehört. Eine Flut von Tischtennisbällen ergoss sich über ihren Kopf und verteilte sich in den Räumen. Der Schwall hörte überhaupt nicht mehr auf, und bald schien der gesamte Fußboden der Agentur mit kleinen springenden Bällen übersät zu sein. Ihr Sessel wurde herumgerissen. Sie sah geradewegs in Ferdis lachende Miene.

»Dachtest du etwa, du kommst ohne Abschiedsfeier hier wieder weg?« Patrick grinste. »Ich bin unschuldig, Nina. Haben alles Ferdi und Tanja organisiert. Nur Getränke und Catering gingen auf mich ...«

Nina brachte kein Wort hervor, als sie Ferdi durch den Ballteppich zum ›Garten‹ folgte. Alle zweiundzwanzig Mitarbeiter hatten sich dort versammelt und applaudierten.

Nina hob eine Hand und mit der anderen ergriff sie ein Sektglas, das Tanja ihr reichte.

»Hey ... alles gut. Ich dachte nicht, dass ihr euch so sehr darüber freut, dass ich endlich weggehe.«

Ein paar lachten, aber Ninas Stimme bebte. »Ich hab mir überlegt, dass wir bestimmt eine Filiale in Rom gebrauchen könnten und die Einweihung feiern wir dann vielleicht bei uns zu Hause.«

Nina pustete eine Haarsträhne aus dem Gesicht. Sie sprach noch ein paar Sätze, aber es fiel ihr sichtbar schwer, ihre Emotionen zu verbergen, denn sie würde die Menschen um sie herum vermissen. Übermorgen würde sie Frankfurt verlassen. Für immer?

Tanja hatte den Blick nicht von ihr gelassen und Nina erkannte an deren Gesichtsausdruck, dass sie sich Sorgen machte. Tanja wusste von Franz' Existenz, aber sie wusste nichts von seinem Tod, und jetzt fragte sie sich sicher, ob die Verletzungen wirklich von einem Sturz herrührten. Nina ging zu der Kollegin.

»Hey ... Tanja ... du musst unser Gespräch letztens nicht so wichtig nehmen.«

Die rundliche Kollegin wandte sich zu ihr um und ein Lächeln umspielte ihre Lippen. »Hm ... alles okay. Ich würde nie mit jemand darüber reden. Wenn es das ist, woran du denkst.«

»Nein ... das würde ich nie denken. Ich musste mir einfach mal ein paar Sachen von der Seele reden und weiß, dass sie bei dir gut aufgehoben sind.«

Tanja sah auf sie herab. »Es ist gut, dass du das getan hast ... und ich hoffe, dass du für dein Papa mittlerweile auch eine Lösung gefunden hast?«

»Oh ja! ... Ähm ... er wollte wieder weg von uns. Ist sicher besser so.«

»Weit weg?«

»Ja ... Tanja. Sehr weit weg. Er ist eben doch kein richtiger Papa für mich gewesen. Weder für mich noch für Max.«

»Dann ist es gut, wenn er wieder weitergereist ist ... oder?«

»Ja.«

»Ich verstehe ... und auch gut, dass es dir wieder besser geht. Du hast sicher eine Menge durchgemacht. Jetzt steht nur dein Michael an oberster Stelle.«

»Genau so ist es, Liebes.«

»Ich drück die Daumen ... du schaffst das. Erinnere

dich! Du hast letztens bewiesen, dass du auch die Wahrheit sagen kannst.«

»Tanja ... ich ... ich wollte dir auch noch mal danken.«

»Danken? Wofür? Geht doch jedem so ... und wenn du mal wieder nach Frankfurt zurückkommmst, es gibt in Rom diese wahnsinnig leckeren Geleefrüchte. Also du weißt, was zu tun ist?«

Tanja lachte. Dann zog sie Nina zu dem Buffet, das im ›Spielplatz‹ aufgebaut war. »Komm ... ich hab Hunger ... und die grüne Soße ist einfach köstlich. Du solltest noch mal zuschlagen, denn in Rom findest du das nicht.«

Es wurde spät an diesem Abend und Nina weinte doch noch, als Ferdi und ein paar andere sie zum Auto begleiteten. Die Agentur war wirklich ein zweites Zuhause und die Kollegen ihre Familie. Aber jetzt wartete Michael in Rom und das schon viel zu lange.

Neunzehntes Kapitel

»Du musst los!« Max hatte die beiden Koffer im Porsche verstaut und stand jetzt im Flur.

Nina überlegte einen Augenblick. Sie hatte diesen Tag herbeigesehnt und sich gleichzeitig davor gefürchtet. »Max ... ich ... ach, verfluchter Mist. Warum konnte nicht alles so bleiben wie früher?«

»Weil es so besser ist für dich und Michi ... und für mich.«

Max ging langsam auf sie zu und umarmte sie. »Es ist so vieles geschehen in den letzten fünf Monaten. Ich kann es kaum glauben ... Manchmal denke ich, es ist bereits ein Jahr her, seit Michi weggegangen ist.«

»Es waren die schlimmsten Monate meines Lebens.«

»Ja ... entsetzlich. Glaubst du eigentlich, dass Franz auch aufgetaucht wäre, wenn Michi hiergeblieben wäre?«

»Nein ... so im Nachhinein glaub ich das nicht. Oder Michi hätte ihn vermutlich sofort rausgeschmissen. Lass uns nie wieder darüber reden ... bitte.«

»Nina ... ähm ... noch etwas. Ich werde dich ab sofort nicht mehr Nima nennen ... ich glaub, das ist jetzt endgültig vorbei. Und wir reden nie wieder über Franz. Versprochen!«

Nina befreite sich aus seiner Umarmung und blieb mit ihrer Handtasche in der Hand im Flur stehen. »Ich ... ich fahr dann mal los. Oh, Mann ... ich kann dich wirklich allein lassen, kleiner Bruder?«

Max schob sie sanft zur Tür raus. »Du kannst! Nina. Das weißt du. Wir telefonieren, wenn du da bist. Jetzt mach dich endlich raus hier ...«

Er lachte.

»Leonie kommt gleich. Also du störst!«

Nina boxte ihm heftig auf den Oberarm. »Autsch!«

Max grinste. »Siehst du! Man haut keine großen Brüder! Bis später! Und rase nicht so.«

Sie lief hinaus auf die Straße. Auf dem Bürgersteig drehte sie sich noch mal um und sah hoch zu ihrer Wohnung. Heute früh hatte sie das Schlafzimmer aufgeräumt und ein paar persönliche Sachen in den Schrank zu den restlichen Kleidungsstücken gepackt. Wann würde sie wieder hierher kommen und wenn ja in welcher Stimmung? Sie war auf dem Weg in eine ungewisse Zukunft. Alles bisher Vertraute ließ sie hier in Frankfurt zurück, um auf dem Fundament ihrer Liebe ein neues Leben an Michaels Seite zu beginnen. Aber nicht nur er hatte sich verändert.

Sie stieg in ihren Porsche.

Max hatte ihn in den letzten Tagen geputzt und nochmals gewartet. Jetzt brummte der Wagen gleichmäßig auf der Autobahn A5 in Richtung Basel. Sie wollte heute wenigstens bis Como fahren und dort übernachten.

Nina hatte den Sprachkurs im Autoradio eingelegt und wiederholte die Konjugationen. »Io lavoro ... tu lavori ... lei lui lavori ... noi lavoriamo ... voi lavorate ... loro lavorano.« Lieber Himmel, wie sollte sie eigentlich einen Job in Rom finden, wenn sie nicht einmal halbwegs Italienisch konnte? Michael brauchte im Grunde genommen nur die Sprache seiner Musik, doch schon bei ihrem Besuch hatte er sich fließend mit den Leuten unterhalten. Er hatte sicher genügend Zeit zum Lernen und in der Musikschule neue Freundschaften geschlossen. Waren das wirklich nur Freundschaften oder gab es doch etwas oder eher jemanden? Die Cellistin fiel ihr sofort ein. Michael konnte Menschen durch seine offene Art und besonders durch seine Musik verzaubern. Schon in dem Frankfurter Konservatorium hatte er hin und wieder eine Bewunderin. Aber niemals gab es für Nina einen Grund, an seiner Treue zu zweifeln.

Trotzdem. Seine Antworten in den Telefongesprächen kamen ihr in den Sinn und sie analysierte jedes einzelne Wort. Es war schwierig, aber das Vertrauen in ihre Liebe unerschütterlich. Michael liebte sie und wartete auf ihr Kommen. Die Hoffnung hämmerte dieses Mantra in den Stein ihre Angst. Aber ein Zweifel blieb und mit jedem Kilometer mehr, wuchs der Stein zu einem Felsbrocken.

Die italienischen Verben im Autoradio verflogen unbeachtet, ebenso die Landschaft neben der Autobahn.

Nina ärgerte sich über die vielen Autos und Lastwagen. In einigen Bundesländern hatten die Ferien begonnen und endlose Karawanen wälzten sich über die heißen Betonbahnen. Zu viele Staus blockierten ihren Weg zu Michael. Nina öffnete die Wagenfenster, aber schloss sie sofort wieder. Die Luft war unerträglich heiß und voller Abgase. Nebenan aus einem BMW-Kombi winkten ein paar Kinder. Nina wollte nicht zurückwinken – sie wollte weiter! Mit jedem Stopp mehr festigte sich ihre Empfindung, zu spät zu kommen. Wenn sie sich nur kurze Pausen gönnte, würde sie heute Nacht noch in Rom ankommen. Eine Art Panik trieb sie voran, um noch schneller zu ihrem Ziel zu gelangen.

Der Porsche jubelte, als sie auf einem der wenigen freien Streckenabschnitte die Geschwindigkeit erhöhte. Ihr Handy klingelte. Ein kurzer Blick auf das Display genügte, um ihren Hoffnungsschimmer hinwegzufegen.

Auch das noch! Es war Charlotte, die sich über die Freisprechanlage meldete, aber ihre Stimme klang bedrohlich tief. Nina kannte den Unterschied in den Stimmlagen ihrer Freundin nur zu gut und wusste sofort, dass etwas Schreckliches passiert war. Charly fluchte so sehr, dass jeder usbekische Ziegenhirte ehrfürchtig seine Pelzmütze vor ihr gezogen hätte. Und genau das bedeute Weltuntergang! Nina stoppte den Wagen auf einem Rastplatz.

»... diesen verdammten Mistkerl mache ich fertig! Nina, hörst du mich eigentlich? Und dann sagt er mir gestern Abend so einfach, dass er verheiratet ist! Stell dir das mal vor! Seit achtzehn Jahren verheiratet und fand mich so sexy, da er auf Sex mit Vollschlanken steht. Dieser Idiot! Nina! Ich hab wirklich große Lust, mal bei dem zu Hause vorbeizufahren und seiner Frau die Wahrheit über ihren sauberen Ehegatten zu erzählen. Wahrscheinlich ist er mit so einer Spindeldürren verheiratet und hat die Schnauze voll. Nina, ich sag dir was: Die Männer sind echt eine Fehlplanung. Ein Negativergebnis in der Bilanz unseres Erfinders ...«

Nina wartete ein paar Minuten, bis Charlys Wortschwall etwas gelegt hatte. »Oh je ... das kann ich gut verstehen.«

»Nina! Was kannst du verstehen ... diesen Idioten etwa? Ähm ... wo bist du eigentlich?«

»Nein Charly ... natürlich dich! Das tut mir so leid für dich. Ich ... ich bin auf dem Weg zu Michael ... mit dem Auto.«

»Ich glaub's nicht! Du willst wirklich zu ihm? Nina! Wir müssen uns aber vorher unbedingt noch mal sehen. Du hast dich gar nicht richtig von mir verabschiedet.«

»Charly ... ich ... ich bin schon hinter Karlsruhe.«

»Aber du kannst mich doch nicht im Stich lassen! Nina! Doch nicht jetzt in dieser Situation! Ich bin kurz davor, diesen Arsch zu töten! Oder mich selbst! Nina ...!«

»Damit wärst du nicht allein ... ähm ... ich kann wirklich nicht umkehren ... ich hab das Gefühl, dass ich eh schon zu spät komme und ...«

»... natürlich kommst du zu spät! Ich sag dir eins: Er hat sicher schon längst eine andere!«

»Nein! Michi niemals! Ich ... ich liebe ihn doch. Ich hab so viel durchgemacht in den letzten Monaten, nur damit ich endlich wieder zu ihm zurückkomme. Ich fahre jetzt weiter ... zu ihm nach Rom.«

Die tiefe Stimme am Telefon verstummte und Nina merkte daran, dass sie über ihre Aussage nachdachte.

»Nina! Ich versteh dich aber wirklich nicht!«

»Dann lass mich einfach ...«

Wieder eine lange Pause, in der Charlotte offenbar nach einer Antwort suchte. »Schon gut ... dann fahr zu deinem Mann. Ich hoffe nur für dich, dass es die richtige Entscheidung ist. Aber ruf mich bitte an, wenn du nicht weiterweißt. Vielleicht bin ich ein wenig neidisch oder momentan zu enttäuscht von den Männern. Ich ... ich ... ich komm dich ganz bestimmt bald besuchen.«

Bevor sie etwas entgegnen konnte, hatte Charlotte das Gespräch beendet. Nina verdrängte den Anflug eines schlechten Gewissens. Charly würde auch diese Enttäuschung erneut unter einem Berg Tiramisu begraben. Aber das gemeinsam mit ihr im Oktober in Rom! Dafür würde sie sorgen.

Nachdem sie die dunklen Hügel des Schwarzwaldes

hinter sich gelassen hatte, erreichte Nina die Schweizer Grenze. Sie nutzte einen kurzen Stopp, um die Vignette zu kaufen und für einen Imbiss. Als sie wieder zum Auto zurückkehrte, sah sie, dass Michael ebenfalls angerufen hatte. Instinktiv wollte sie auf die Rückruftaste drücken, aber dann hielt sie inne. Er rechnete erst morgen mit ihrer Ankunft. Vor zwei Stunden noch war sie fest entschlossen, so schnell wie möglich zu ihm zu fahren.

Warum?

Misstraute sie ihrem Mann vielleicht doch? Hatte die Angst vor dem Zu-spät-Kommen ihren Wunsch, ihn wiederzusehen, nur als Entschuldigung benutzt? Oder war Charlys Anruf etwa eine Bestätigung ihrer eigenen Zweifel? Was war in den Wochen seit Michis Auszug alles geschehen? Nach seinem Weggehen hatte sie sich immer weiter in Lügen verstrickt, um ihn durch die Offenlegung ihrer Schwäche nicht zu verlieren. Aber liebte sie ihn denn wirklich? Oder steckte die in ihrem Herz tiefverankerte Angst vor dem Verlust ... dem Verlassenwerden, dahinter?

Was bedeutete Michael für sie?

Er war der Slow-Motion-Teil im Zeitraffer ihres Lebens – ein Ruhepol, der bisher immer für sie da zu sein schien. Er ging fort im Vertrauen darauf, dass sie ihn begleitete. Und sie hatte ihn allein gelassen. Aus Unsicherheit über ihre eigenen Gefühle hatte sie sich hinter der Arbeit und Max und Franz versteckt. Statt mit ihm zu reden benutzte sie Ausreden, die die Kluft zwischen ihnen im Laufe der Jahre, immer größer werden ließ. Lieben bedeutete dem anderen zu vertrauen, aber genau das hatte sie in der Kindheit nie gelernt.

Sie war nicht nur vor ihrer Angst geflohen, sie war ihr ganzes Leben schon der Liebe hinterhergelaufen. Und jetzt war es höchste Zeit, eigene Wege zu gehen. Nur … würde dieser Pfad sie zu Michael zurückführen?

Als sie am Vierwaldstätter See vorbei und durch die Schweizer Alpen brauste, hatte sie den Sprachkurs im Autoradio längst ausgeschaltet. Die Strecke nach Rom wurde immer deutlicher ein Weg zu sich selbst.

Gegen Abend erreichte sie Mailand und wählte Michaels Handynummer. Er schien außer Atem zu sein.

»Baby ... ich hab heute Mittag schon versucht, dich zu erreichen. Mein Flügel ist heute angekommen! Es ist so schön, ihn wiederzuhaben.«

»Konnte der Deckel und alles wieder repariert werden?«

»Ja natürlich und auch den Transport hat er unbeschadet überstanden. Ich habe heute gleich darauf gespielt. Meine Symphonie ... weißt du? Sie ist auch fertig.«

»Hm ... ich freu mich so für dich ... und wie hast du sie enden lassen? In Dur oder in Moll?«

»Nina, das Finale ist grandios! Es überführt die aufgewühlte Stimmung der vorigen Sätze in eine Art Dur-Erleichterung. Die Musik soll jubeln und strahlen.«

Nina bremste die Geschwindigkeit etwas ab. Jubeln und Strahlen ... bezog sich das jetzt wirklich nur auf Michis Komposition?

»Michi ... ähm ... ich wollte dir nur sagen, dass ich schon in der Nähe von Mailand bin.«

»Oh ... ich dachte, du kommst erst morgen? Nina ... ich wollte unbedingt hier noch ein wenig aufräumen. Es ist nach dem kleinen Umzug sehr chaotisch, aber ...

wenn du lieber heute Nacht ankommst, freue ich mich
... sicher. Baby ... vielleicht solltest du aber eine Pause
machen. Die ganze Strecke in einem Rutsch zu fahren
ist sehr anstrengend. Morgen kommst du dann ganz
entspannt hier an. Die Adresse hast du ja.«

»Ja ... vielleicht hast du recht. Ich ... ich werde eine
Pause machen und hier in der Gegend übernachten. Laut
Navi sind es noch über sechs Stunden. Ich melde mich
dann morgen früh. Gute Nacht, Michi ... ich ... ich freu
mich auf morgen.«

Michael beendete das Telefonat.

Nina übernachtete in einem Hotel in Basiglio, direkt
an einem kleinen See. Aber sie hatte keine Augen für
die reizvolle Landschaft, denn das Hotel erschien ihr
wie ein Fleck am Ende der Welt zu sein. Mit dem
seltsamen Gefühl der Unruhe schlief sie ein.

Sie kam erst am Freitagnachmittag in Rom an. Nina
hatte sich Zeit gelassen, aber ihr Herz schlug schnell, als
sie den Wagen in der Via Corfinio parkte. Sie schaute
zu den Fenstern empor; nirgends ein Zeichen, dass
Michael sie erwartete. Hatte sie gehofft, dass er sie vor
der Tür mit einem Blumenstrauß begrüßen würde?
Vielleicht. Auf den Türschildern stand ihr Name und sie
klingelte. Michael kam ihr entgegen. In der kühlen
Dämmerung des Treppenflures sah sie seine hagere
Gestalt in einer hellen Hose und ein lockeres
Leinenhemd gekleidet. Seine Haare waren noch immer
kurz geschnitten und das Gesicht tief gebräunt. Er
lächelte sie an.

»Nina! Komm erst mal rein.«

Michael schloss die Tür, sie umarmten sich lange
und wortlos. Sie spürte seine Arme um ihren Körper,

aber sie vermisste seine Nähe. Nach ein paar begrüßenden Worten führte er sie in ein geräumiges Zimmer, das offenbar als Wohnzimmer gedacht war. Der Raum schien aufgrund der hohen Decken von einer atmosphärischen Leichtigkeit erfüllt zu sein. Ein riesiges weißes Sofa stand an der Seite und ... Michaels Flügel in der Mitte. Er glich einem schwarzen Fantasievogel, der die Schwingen ausbreite, um sich in die Lüfte zu erheben. Nina blieb vor dem Instrument stehen. Ein Schatten der Erinnerung an den Tag als Michael wegging, lag über dem früher so vertrauten Anblick. Wie um das verloren gegangene Glücksgefühl heraufzubeschwören, berührten ihre Finger das glänzende Holz.

»Wie lange hab ich dich nicht mehr gesehen?«

Michael kam mit zwei Gläsern in den Händen langsam auf sie zu. »Nina ... ich verstehe dich gut. Es ist nicht einfach ... für uns beide. Komm, setz dich erst mal.«

Sie griff durstig nach dem Wasser. Michael verschwand kurz in der Küche und kam mit der Flasche und einem Teller Melonenscheiben zurück. Beim Anblick der Melonenstücke fing ihr Puls an zu rasen. Das Zimmer drehte sich wie in einem Karussell und sie fiel auf die Kissen.

Michael fing ihr Glas gerade noch auf. »Alles okay? Du bist gerade so weiß wie die Wand hinter dir. Was ist denn mit deiner Stirn passiert? Hattest du eine Verletzung da?«

»Ja ... ja ähm ... das war nur die dumme Schranktür. Aber ist schon wieder gut. Mir geht's gleich besser ... es war sicher die anstrengende Fahrt.«

»Möchtest du dich ein wenig ausruhen? Ich ... ich

hab einen Tisch für heute Abend reserviert. Es ist ein Restaurant hier ganz in der Nähe. Sie machen die beste Pasta der ganzen Umgebung.«

Nina setzte sich wieder auf. »Nein ... schon okay.« Sie sah sich um. »Hattest du nicht vorgehabt, den Flügel in ein separates Musikzimmer zu stellen?«

Als sie ein paar Tage später über diesen Abend nachdachte, bereute sie es, die Frage so kurz nach ihrer Ankunft gestellt zu haben. Michael lehnte sich zurück und schlug die Beine übereinander. Er setzte an, etwas zu sagen, brach aber sofort wieder ab und erhob sich. Dann nahm er gegenüber auf den Klavierhocker Platz, stützte den Kopf auf die Hände und sah sie an. Nina beobachtete schweigend sein Tun und wusste in diesem Augenblick, dass dieser Abend einen vollkommen anderen Verlauf nehmen würde als erhofft. Oder hatte sie nicht doch mit etwas Unerwartetem gerechnet?

Michael dreht sich auf dem Hocker um und legte seine Hände auf die Klaviatur. »Soll ich dir den letzten Satz einmal vorspielen?«

Nina nickte stumm und er begann zu spielen. Wie oft hatte sie seiner Musik gelauscht. Sie schloss für einen Moment die Augen und sah ihn in ihrer Frankfurter Wohnung am Flügel sitzen. Die Klänge lösten die Beklemmung und hinterließen eine lang vergessene Ruhe in ihr.

Die Euphorie des Schlusssatzes endete. Michael richtete sich auf. »Nina ... ich bin glücklich. Ich ... ich ... ich werde Vater.«

Obwohl sie die Antwort bereits vorher kannte, hörte Nina, wie sie fragte: »Kannst du mir sagen, was das bedeutet?«

Michael straffte die Schultern und sah sie fest an. »Ich bin der glücklichste Mann auf der Welt, da wir ein Kind erwarten.«

Nina hörte nur die Wörter ›wir‹ und ›Kind‹. »Wer?« Sie sah den Glanz in seinen bernsteinfarbenen Augen und das Glück in seinem Gesicht. Hatte er nicht gesagt, dass der letzte Satz in einem Jubeln und Strahlen endete? Ihr Herz schlug langsamer, fast hörte es auf.

Michael setzte sich wieder zu ihr und nahm ihr Gesicht in beide Hände. »Das ist verdammt schwer. Ich weiß nicht, wie ich es anders ausdrücken soll ... Nina ... ich bitte dich, mir zu verzeihen. Ich habe mich in Silvia verliebt und wir erwarten ein Baby.«

Also doch die Cellistin! Wider Erwarten schlug ihr Herz weiter und selbst die Tränen blieben aus. Nina schob seine Hände weg. Sie senkte den Kopf und sah die Musterung des Parketts zu ihren Füßen. Die polierten Hölzer waren im rechten Winkel zueinander verlegt, sodass sie ein V ergaben. Durch die Schlitze der Fensterläden fielen waagerechte Lichtbahnen darauf. Noch Jahrzehnte später würde sie sich an diesen Anblick erinnern können. Das Gehupe eines Autos erreichte ihre Ohren. Sie atmete tief ein und aus. Es war die Art Erleichterung, die ein todkranker Mensch empfindet, nachdem sein Arzt bestätigt, dass er nur noch sechs Monate leben wird. Die Ungewissheit endete, doch die Schwermut blieb. Es war keine Verbitterung oder Wut in ihr.

Sie konnte ihm nichts vorwerfen – nur sich selbst. Michael liebte jetzt eine andere. Das Schicksal, das sie eigenmächtig heraufbeschwor, hatte sich gegen sie entschieden. Denn so sehr sie sich durch ihre Ausreden bemüht hatte, genau dieser Situation zu entkommen, umso wahrscheinlicher wurde sie.

Nina sah in Michaels Augen. Sie ruhten sorgenvoll auf ihr. »Warum musste ich dann erst nach Rom fahren?«

»Ich wollte schon vor Wochen nach Frankfurt kommen. Erinnerst du dich an unser Telefongespräch? Ich wollte nach Frankfurt, um meine Sachen aus dem Konservatorium abzuholen ... und mit dir reden.«

»Es ging nicht ...«

»Nina ... du hast mir seit meiner Abreise immer nur gesagt, dass du in Frankfurt bleiben musstest ... wegen Max und deinem Job und weiß Gott weshalb. Und irgendwie hatte ich immer den Eindruck, dass etwas ganz anderes dahinter steckte. Aber als du mir noch nicht mal einen Grund dafür nennen wolltest, warum ich nicht in unsere Wohnung kommen sollte, hab ich aufgegeben. «

Nina öffnete den Mund, um sich endlich von der Last der Lügen zu befreien. Sie wollte Michael die wahren Hintergründe erklären und ihn um Verzeihung für ihre Ausreden bitten. Aber sie pustete nur eine Haarsträhne aus ihrem Gesicht und senkte den Kopf wieder. Was machte das jetzt noch für einen Unterschied? Michaels Mitgefühl wäre ihr sicher und sein Verständnis, aber seine Liebe gehörte einer anderen Frau. Wie sehr hatte er viele Jahre auf ein Kind gehofft, aber dieses Geschenk würde ihr nie zuteilwerden.

»Seit wann weißt du es?«

»Was?«

»Dass du Vater wirst.«

Das Strahlen kehrte in Michaels Gesicht zurück. »Seit mehreren Wochen schon. Silvia hat es mir nach unserem kleinen Konzert am Lago Albano gesagt. Aber sie hat auch gesagt, dass sie das Kind in jedem Fall behalten wird, auch wenn ich bei dir bleiben würde.«

»Du liebst sie also ...«

»Ja, Nina. Es tut mir unendlich leid, ich will dich nicht anlügen. Es ist einfach passiert. Wir sind uns über die Musik nähergekommen und irgendwann wollte ich nur noch in ihrer Nähe sein. Du warst immer so verschlossen und ich fühlte mich einfach allein und verlassen hier. Dann immer mehr Ausreden von dir ... warum du nicht herkommen konntest und alles Mögliche. Du hast nie gefragt, ob ich noch mal nach Frankfurt zurück möchte und ich hab immer mehr den Eindruck bekommen, dass ich dir vollkommen gleichgültig bin.«

»Das stimmt nicht ...« Nina brach den Satz ab. Ja, sie hatte Michael im Stich gelassen! Es war eine Art schleichender Trennung, die sie durch ihr Verantwortungsbewusstsein gegenüber Max und ihrer Arbeit verdrängt hat. Sie allein musste sich das Versagen vorwerfen. Jetzt war es zu spät. Zu spät für Geständnisse und zu spät für ein Leben mit Michael. Aber viel schwerer wog die Erkenntnis, dass sie es schon auf der Herfahrt gewusst hatte. Sie war erschöpft. Nina stand auf und schleppte sich zur Tür. Dann drehte sie sich um. »Michi ... ich ... ich kann nicht hierbleiben.«

»Nina, wo willst du jetzt hin? Du kannst doch nicht gleich wieder zurückfahren! Wir müssen reden, wie wir alles regeln können. Ich kann verstehen, wenn du nicht in einem Bett mit mir schlafen möchtest, aber du kannst doch ein paar Tage im Kinderzimmer schlafen und wir besprechen unsere ... Trennung.«

Nina sah zu ihm zurück. Michael war

aufgesprungen und kam auf sie zu. Sein Blick schien sie festzuhalten, er streckte die Arme nach ihr aus. »Nina! Bitte!«

»Nein, Michi ... ich kann nicht hierbleiben. Ruf mich an, wenn du nach Frankfurt kommst. Max ist noch in unserer Wohnung ... ich wäre dir dankbar, wenn du uns ein paar Wochen Zeit lassen würdest.«

»Aber du sollst die Wohnung doch behalten! Ich fliege vermutlich erst Anfang September in unserer letzten Ferienwoche noch mal zurück.«

»Dann ruf mich vorher an ... ich ... ich gehe jetzt.«

Michael eilte zur Tür. »Nina! Wo willst du denn jetzt hin? Bitte bleib doch wenigstens eine Nacht.«

»Nein ... es geht nicht. Bitte lass mich einfach.«

»Aber du kannst doch nicht heute zurückfahren!«

»Nein ... ich fahre nach Ischia. Ich hatte ein Zimmer dort reserviert und wollte dich damit überraschen.«

»Es ... es tut mir so leid.« Tränen standen in Michaels Augen.

»Nein. Es tut mir leid! Ich ... ich ... ach, ich muss weg.«

Nina stürmte aus der Wohnung. Sie stieg in den Porsche und fuhr ein paar Straßen weiter. Erst dann hielt sie an und weinte.

Leute liefen an dem Auto vorbei und warfen neugierige Blicke ins Wageninnere. Kinder spielten auf der Straße und in den Bars und Restaurants versammelten sich die Menschen, um den Abend zu genießen. Für Nina schien es fast ein wenig ironisch, dass manche ihr zulächelten. Es war, als ob ihr Lächeln Nina sagen wollte: Nicht weinen, das Leben geht weiter!

Zwei Stunden später griff sie zum Handy und wählte Charlottes Telefonnummer. Die Stimme ihrer Freundin klang erstaunt, als sie sich meldete.

»Nina? Was ist los?«

»Charly, ich brauche dich.«

»Oh je ... ich hab's gewusst. Dieser Scheißkerl hat eine andere.«

»Ja ... ähm, aber es ist nicht so, wie du denkst.«

»Nein? Noch schlimmer?«

»Vielleicht ... aber ... hast du Zeit? Ich meine, hast du Lust auf Urlaub?«

»Nina! Wo steckst du denn? Bist du noch im Rom?«

»Ja ... aber dann auf dem Weg nach Ischia.«

»Ischia? Och ... da wollte ich schon immer mal hin. Gucke gerade im Internet. Der letzte Flieger nach Rom geht in zweieinhalb Stunden. Das schaffe ich. Du, Nina ... bist du so weit okay? Ich meine kannst du mich noch vorher abholen, bevor du nach Ischia fährst?«

»Danke Charly ... ich hole dich ganz bestimmt ab.«

»Perfekt! Dann packe ich mal ganz schnell und schreibe der Bank eine Mail, dass ich dringend ein paar Tage Urlaub nehmen musste. Das müssen die einfach akzeptieren. Montag rufe ich meine Mitarbeiterin an. Bis später ... und heul Michael keine Tränen mehr nach.«

Auf dem Weg zum Flughafen hielt Nina in einem kleinen Restaurant außerhalb der Stadt. Während sie mit großem Appetit ihre Pizza aß, schrieb sie eine SMS an Max.

Hey, kleiner Bruder. Bin heil angekommen und fahre heute weiter nach Ischia in Urlaub. Ich komme in zwei Wochen zurück nach Frankfurt. Mir geht's ganz gut! Mach dir bitte keine Sorgen. Ich erzähle dir alles, wenn ich wieder in Frankfurt bin. Bitte ruf mich nicht an, ich melde mich in ein paar Tagen bei dir. Grüße auch an Leonie.

Sie verbrachten die nächsten beiden Wochen auf Ischia.

Noch auf der Fahrt zu einem Übernachtungs-Stopp nördlich von Neapel schilderte Nina der Freundin den Verlauf ihres Wiedersehens mit Michael. Aber es dauerte ein paar Tage, bis sie über den ganzen Hintergrund der Trennung sprechen konnte. Nina erzählte von ihrer Kindheit, von Pierres Intrigen und dem Auftauchen von Franz. Von seinem Vergewaltigungsversuch und dass sie ihn dabei getötet hatte.

An diesem Abend saßen sie auf einer Mole am Bootshafen. Nach dem Essen hatten sie eine zweite Flasche Wein und ihre Gläser aus dem Restaurant mitgenommen.

In der Ferne spiegelten sich die Lichter des Castello Aragonese auf der glatten Wasseroberfläche des Tyrrhenischen Meeres. Die Fender der Segelboote schlugen gegen die Kaimauer und der Wind pfiff leise durch die Takelage. Verliebte Pärchen liefen Arm in Arm vorbei. Nina schaute ihnen hinterher. Beim Abendessen hatte sie ein wenig geweint, aber es tat gut. Nachdem sie ein paar Minuten schweigend auf das Meer geschaut hatten, füllte Charlotte Wein nach. »Wie fühlst du dich? Ich meine wie kommst du klar mit deiner Entscheidung?«

»Ich lebe ... mehr oder weniger. Das Problem ist, dass ich mir ganz allein die Schuld für alles anrechnen muss.«

»Es ist nicht deine Schuld!«

»Doch ... gewissermaßen schon. Ich hätte Michael begleiten müssen.«

»Aber du konntest doch nicht ahnen, dass er in Rom gleich etwas mit dieser dummen Silvia anfängt.«

»Ich glaube, sie ist nicht dumm. Es war einfach Schicksal, dass sie sich begegnet sind.«

»Also auch nicht deine Schuld. Vielleicht hat er dich ja auch schon in Frankfurt betrogen ... weißt du's?«

»Michael? ... nein, niemals!«

»Du liebst ihn immer noch – oder?«

»Ich ... ich werde ihn immer lieben ... zumindest eine ganze Weile noch.«

»Warum hast du dann in Rom nicht um ihn gekämpft und bist einfach weggefahren?«

»Es ergab für mich keinen Sinn mehr. Ich glaube, ich hab es spätestens auf der Herfahrt bereits geahnt. Er war schon zuvor am Telefon merkwürdig. Und als er mir sagte, dass Silvia ein Baby von ihm bekommt, wusste ich, dass ich ihn verloren habe.«

»Aber bist du denn überhaupt nicht eifersüchtig? Ich glaube, ich hätte ihm vorher die Hölle heißgemacht.«

»Warum kämpfen, wenn man schon vorher verloren hat? Michael hat sich so sehr ein Kind gewünscht ... aber das konnte ich halt nicht. Ich weiß, dass er ein guter Vater sein wird.«

»Nina ... du hast mir die ganze Geschichte mit deinem Vater erzählt ... warum in aller Welt hast du nie mit Michael darüber gesprochen?«

»Über meinen Vater?«

»Nein ... natürlich nicht nur. Warum hast du Michael nie von dem Missbrauch erzählt?«

»Ich ... ich konnte es einfach nicht. Ich konnte mit niemand darüber reden. Ich hab mich einfach so sehr geschämt und wollte in seinen Augen immer perfekt sein. Weißt du, ich wollte die ganze Scheißkindheit unbedingt vergessen; den Schmerz, das Gefühl missbraucht zu sein. Die Einsamkeit ... mit niemand reden zu können. Wenn Max nicht da gewesen wäre und der Drang für ihn sorgen zu müssen ... ich glaub' ich wär damals einfach weggerannt.«

»Mein Gott. Das ist so entsetzlich. Man liest immer davon, dass Kinder verschwinden und die ganzen Missbrauchsskandale in den Nachrichten. Aber keiner ahnt auch nur im Geringsten, wie es den armen Wesen hinterher ergeht. Und als Franz dann plötzlich wieder aufgetaucht ist, ging alles von Neuem los.«

»Nicht nur ... es gab ja auch noch diese Ratte Pierre, der jetzt für den Rest seines Lebens im Knast oder einer Sicherungsverwahrung bleibt.«

»Aber Nina ... warum hast du nicht einfach alles stehen und liegen gelassen, um zu Michael zu fahren? Ich meine, du bist doch nicht allein in der Agentur und jemand hätte sicher deine Aufgaben übernommen.«

»Darüber hab ich so oft nachgedacht. Jetzt im Nachhinein weiß ich, dass das vernünftig gewesen wäre. Aber selbst das hab ich nicht geschafft. Ich konnte nicht einfach weglaufen ... obwohl ich das am liebsten getan hätte.«

»Das versteh ich noch weniger ... Nina? Du wolltest weg, um Himmels willen, was hat dich denn daran gehindert?«

»Mein verdammtes Pflichtbewusstsein, Charly. Mein Drang, für alles und jeden sorgen zu müssen und meine eigenen Wünsche zu ignorieren. Seit ich denken kann, musste ich mich um alles kümmern. Um Max, damit er was zu essen hatte und später seinen Schulabschluss schaffte, meine Mutter ... sie war sehr schwach, und als Papa wegging, ist sie komplett zusammengebrochen. Ich hatte doch gar keine andere Wahl, als mich um alles zu kümmern. Dann im Büro, wenn ich feststellte wie schluderig die Mitarbeiter zum Teil die Sachen erledigten. Das ging alles nicht. Ich konnte es nicht zulassen, Bilder oder Präsentationen halb fertig den Kunden vorzulegen. Also hab ich es selbst gemacht oder zumindest korrigiert.«

»Aber, Nina ... die Welt muss doch nicht immer perfekt sein. Es sind doch meistens Schwächen, die einen Menschen liebenswert machen.«

»Ich wollte aber eine heile, perfekte Welt und keine kaputte wie in meiner Kindheit. Michaels Liebe war das größte Glück meines Lebens. Ich wollte ihn nicht verlieren aber gleichzeitig in meiner perfektionistischen Arbeitswelt bleiben. Jetzt weiß ich, dass beides zusammen einfach nicht ging.«

»Heißt das, dass du jetzt weniger pedantisch sein willst?«

»Vielleicht ... das wird sich zeigen. Ich muss noch vieles aufarbeiten, aber ich werde nicht mehr die Opferrolle übernehmen, sondern mich auch um mein Wohlergehen kümmern.«

»Klingt richtig. Aber was hast du jetzt vor?«

»Ich werde vermutlich zurückkehren.«

»In die Agentur? Hast du schon mit denen gesprochen?«

»Ja. Patrick meinte, dass er einen ganz guten Accounter an der Hand hätte, aber mein Direktor-Posten sicher nicht so leicht zu besetzen wäre. Er sieht das so, dass ich mir nur eine Art Auszeit gegönnt hätte. Und meine Kündigung hätte er zwar erhalten, aber ... wie hat er sich ausgedrückt? ... noch keine Zeit gehabt, sie zu lesen.«

Charlotte lachte. »Netter Typ ... schaffst du das denn? Ich meine, so ganz neu anzufangen? Ohne Michael?«

»Ich glaub schon. Was hab ich nicht alles geschafft in den letzten Monaten?«

»Nina ... ganz im Ernst. Wenn ich das alles erlebt hätte, wäre ich vermutlich kurz vor einem Selbstmord.«

»Das ist keine Lösung. Ich habe viel daraus gelernt. Manchmal hab ich sogar den Eindruck, ich wäre gewachsen.«

Charlotte stellte ihr Weinglas auf die Kaimauer und legte den Kopf schief. »Ja ... wenn ich dich so anschaue ... es könnten jetzt fast ein Meter zweiundsechzig sein.« Sie lachte.

»Und wie geht Max mit den Neuigkeiten um? Er hing doch auch an Michael.«

»Ach, Maxi ... er ist so verliebt. Zuerst hat er wie verrückt geflucht auf Michael ... du kennst ihn ja. Immer wenn etwas geschieht, mit dem er nicht klar kommt, wird erst mal vor Wut geboxt. Als Franz aufgetaucht ist, hat er Dellen in der Wand hinterlassen. Aber er ist ruhiger geworden. Ich glaube, Leonie hat das geschafft. Ich werde in Frankfurt noch mal in aller Ruhe mit ihm sprechen. Die Wohnung können wir ja behalten und gemeinsam finden wir bestimmt eine Lösung.«

Fast bis zum Morgengrauen redeten die beiden Frauen über die Zukunft, ihre Wünsche und Pläne ... und über die Männer. Nina wunderte sich über sich selbst. Sie konnte mit Leichtigkeit über Dinge sprechen, über die sie früher noch nicht einmal nachgedacht hatte. Und sie war froh darüber.

Auf der Rückfahrt wechselten sie sich ab und übernachteten kurz vor der Schweizer Grenze. Der kleine Porsche war bis unter die Decke vollgepackt, aber es fühlte sich richtig an, wieder nach Hause zu fahren.

Als sie die Hochhäuser der Stadt erblickte, spielte das Autoradio einen älteren Hit von The Eagles .... ›There's a New Kid in Town‹. Nina hörte den Songtext ... ›it sounds so familiar ...‹ und sah zu den glänzenden Bankentürmen. Sie atmete auf. Feierabendverkehr und die Innenstadt überfüllt, Menschen aller Hautfarben und Nationalitäten, Bettler und Banker in den Parks und Straßen. In den Monaten zuvor waren die Stadt und ihre Bewohner ihr fremd geworden. Die Stadt war gleich geblieben, aber sie hatte sich verändert.

Jetzt kehrte sie zurück.

Weiterhin in **Tredition Verlag** erschienen:

Nach einem Unfall findet sich die zielstrebige Anwältin Susanne als liebevoller Engel wieder und wird mit den zurückgelassenen Problemen ihres Lebens konfrontiert. Sie entdeckt dabei jedoch auch die verlockenden Möglichkeiten einiger böser Engel, die ständig bestrebt sind Menschen in den Abgrund zu führen und gerät dadurch fast auf deren dunkle Seite. Sie erkennt, dass Engel eben nicht alle das Wohlergehen der Menschen anstreben, zudem erscheint Lucians Macht grenzenlos. Immer wieder zweifelt Susanne an der Richtigkeit ihres Tuns, denn auch sie wurde zu Lebzeiten von bösen Engeln beeinflusst. Aber die Verfehlungen ihres Berufslebens könnten sich am Ende ja auch als ganz nützlich erweisen

Seitenanzahl: 244
ISBN: 978-3-7439-6648-2
Erscheinungsdatum: 19.10.2017

Autorenvita

Johanna E. Cosack, geboren im August 1958 in Bingen am Rhein, studierte zunächst Fremdsprachen, bevor sie bei einer Bank in Frankfurt arbeitete. Schon während der Erziehung ihrer beiden Kinder begann sie mit dem Schreiben von Kurzgeschichten, in denen sie persönliche Eindrücke aus den vielen humorvollen und auch schwierigen Begebenheiten ihres abwechslungsreichen Lebens festhielt.

Nach mehreren Stationen im Ausland, in Hamburg, Bad Vilbel und Dreieich lebt die Autorin heute in Frankfurt am Main.

Zeitfracht Medien GmbH
Ferdinand-Jühlke-Straße 7
99095 Erfurt, Deutschland
produktsicherheit@kolibri360.de